U0938322

JPC
HK

千里江山圖

孫甘露

一九三三年農曆新年前後

叢書策劃　林　冕
責任編輯　呂佳禾
書籍設計　吳冠曼
書籍排版　何秋雲

書　　名　千里江山圖
著　　者　孫甘露
出　　版　三聯書店（香港）有限公司
香港北角英皇道 499 號北角工業大廈 20 樓
Joint Publishing (H.K.) Co., Ltd.
20/F., North Point Industrial Building,
499 King's Road, North Point, Hong Kong
香港發行　香港聯合書刊物流有限公司
香港新界荃灣德士古道 220-248 號 16 樓
印　　刷　美雅印刷製本有限公司
香港九龍觀塘榮業街 6 號 4 樓 A 室
版　　次　2025 年 1 月香港第 1 版第 1 次印刷
規　　格　大 32 開（140mm × 200mm）376 面
國際書號　ISBN 978-962-04-5546-9

Published & Printed in Hong Kong, China.

目錄

骰子

臘月十五，離除夕也就十來天。

大約九點三十五分，衛達夫走到浙江大戲院門前，對面就是四馬路菜場。

工部局允許車主在浙江路這一段停放車輛，平時這裏總是擁擠不堪，除了汽車，還有黃包車、商販的小推車、運送菜蔬的板車，行人進出菜場只能在車縫裏鑽。

衛達夫忽然感覺今天有點異樣，菜場入口兩側秩序井然，雖然路邊照舊停著一排汽車，但那些獨輪推車、把繂繩勒在肩膀上拉的板車，這會兒都不見了蹤影，就好像有人躲在街角攔住了他們。

他觀察了一會兒，注意到黃包車停到路邊後，主婦們剛一下車，車夫就急匆匆拉車離開，就好像周圍空氣中有某種警示，即使跑得滿頭大汗、氣喘吁吁，他們也意識到不能在禁區裏多待片刻。衛達夫覺得自己可能是神經過敏。話說回來，巡捕們心血來潮，突然跑到街上起勁地驅趕閒雜人等，在租界裏也是常有的事情。他想，這段時間自己可能太緊張了。

戲院門口貼著電影海報，今天開映《海外鵑魂》，主演是金焰和紫羅蘭。他覺得多半不好看，一個電影，統共三個主要角色，到最後三個都死了。再說時間也不對，第一場就要到下午三點，他心神恍惚地琢磨著。

上午九點四十分，世界大旅社屋頂花園。

遊樂場看起來有些蕭條，冬日陽光照在轉枱上，幾匹木馬垂頭喪氣，油彩剝落處看起來特別顯眼。跑冰場、彈子房都空蕩蕩，書場也沒有開門，只有露天茶室坐著一兩個客人。

易君年走到花園一角，站在護牆邊朝外看，馬路對面的大樓，底下兩層是菜場，主婦和用人擠在入口處，此刻正是人最多的時候。大樓上面兩層的窗子都關著。窗戶是上懸式樣，從底下才能推開。

“你早上見了什麼人？”凌汶在他身後問。按他們事先的約定，易君年今天早上要先到凌汶家，然後一起來菜場。可是他沒有來，卻讓自己書畫舖的夥計送來一封信，約她到世界大旅社屋頂花園碰頭。凌汶曾經跟易君年來過這個地方，很容易就進門上了電梯。

“南市員警署的一個司機，運用人員。”

“那麼急著見，出什麼問題了？”

易君年背朝她搖搖頭，仍舊俯視著下面的馬路，想了想，忽然說：“白雲觀偵緝隊半夜集合了一群人，說是要到租界裏辦事。”

易君年是凌汶的上級，按理說他不該把這些情況告訴凌汶，但她在這個小組裏工作的時間最久，人也很能幹，一直做內交通，易君年幾乎什麼都不瞞她。

“要不要通知老方？”凌汶頓時焦急了起來。

“不一定跟我們有關，而且也來不及通知了。”

秦傳安沒有走菜場入口，大樓朝北那面有個側門，他從那裏進去，乘電梯直接上了三樓。電梯門一開就聽見舒伯特，他辨出那是《未完成交響曲》。

他穿過一條昏暗的走廊，地面鋪著拼花瓷磚，淡綠色底子，上面有鋸齒形方塊，卻看不出究竟是什麼顏色。走廊兩側的房間有一扇門開著，裏面堆著的摺疊椅上滿是灰塵。

秦傳安逕直走到通道盡頭，推開雙扇門，門內是個寬敞的大廳，放著幾排摺疊椅，大廳前面赫然是一整個管弦樂隊。他找了把緊靠立柱的椅子坐下。他以前常來看樂隊排練，他喜歡音樂，在自己的診所裏也放了一台唱機。如果樂隊在市政廳或者蘭心大戲院有音樂會，他通常會提前來看排練，他喜歡聽樂隊重複排練某些段落，甚至某個樂句。

聽一會兒，他就看看手錶。看到第七趟，已是九點五十分了。秦傳安離開排練廳，沒有按原路回去乘電梯，而是從走廊另一邊的樓梯上去。開會的地方在三樓和四樓之間的夾層。

同春坊弄堂到底，有一道很高的圍牆，牆背後是工部局立格致公學，校門卻是開在街區的另一面。每次去上班，田非都會走這條路。

他在格致公學前後上了九年學。這家英式公學只招收男生，今天要放寒假，學校門口不時出來一群年輕人，雖然天冷穿著棉袍，但個個都規規矩矩，在棉衣外面罩上天藍色陰丹士林布長衫，戴著圓頂軟呢鴨舌帽，帽子上繡著黃色校徽。

田非沿著圍牆，在學校大門和邊門間來回踱步。路上的行人大都背著手，在路口簇擁而過，從後面望去，只看見一大片圓頂毯帽和毛絨棉帽。他們很快淹沒在過馬路的人群中。

他在圖書館工作，是他發現了書庫後面那個房間，一個天長日久、自然形成的密室，外人很少知道兩個樓面中間還有這麼大一塊地方。這是保存書庫。那兒最裏面的幾間，也就是走廊到底那一排的幾個隔間，存放的圖書要麼損壞嚴重，要麼就是因為新版複本太多而被淘汰。那幾個隔間連圖書管理員自己也不會去，只有田非偶爾跑到那裏，從滿是灰塵的書架上拯救出幾本。

一個多月前，他把一堆因為書架上放不下，不得不摞在角落裏的書搬開，才發現那裏有一扇門，門鎖鏽得不成樣子，撬鎖打開後，他發現了這個滿是灰塵、散發一股黴味的好地方。

實際上，田非本該早到幾分鐘，因為要先去開門。他摸摸口袋，鑰匙在那裏 —— 當時他沒有花心思去找房門鑰匙，直接拆掉舊鎖，換了一把新的。他又摸一下右邊的口袋，骨牌也在裏面。

易君年看著凌汶走進下樓的電梯。她的直覺總是很好，他應該更加謹慎一些。老方告訴過他，會議十分機密，來開會的人都經過仔細挑選，他們來自不同的地方，進入行動小組後，必須完全脫離之前的工作。易君年原地站了一會兒，菜場入口周圍看不出有什麼動靜，他又把視線轉向另一邊。

老衛站在上街沿，手裏拿著個煙盒，似乎正準備拆開。只見他停下手上的動作，抬頭注視前方，好像忽然看到了什麼。

易君年順著衛達夫的視線找過去，看到了馬路中間的凌汶。顯然，衛達夫認出了凌汶，看來他的記性的確好——他們兩個人確實見過面，有一回事情緊急，易君年不得不讓凌汶跑去那家茶館，通知衛達夫更換接頭地點。

衛達夫從浙江大戲院旁邊的煙紙店買了香煙，過馬路時，他正想拆開點上一支，抬頭看見一個女人，好看，他心裏暗讚，不對——他又盯著仔細看，確定自己沒有看錯，他一定在哪裏見到過她。可他想不起來到底是在哪裏、見她是為了什麼事情。

菜場二樓這一片全是面檔飯舖，這會兒早市正熱鬧。崔文泰原想喝碗豆漿、啃塊大餅了事，可他跑到這兒一看，忽然起意，滿心想喝一碗豬雜湯。四馬路菜場賣的豬內臟，整個上海最新鮮、最有名，每天早上用木船從蘇州河運來，卸船時筐裏都還冒著熱氣。

他是租車行司機。今天早上他特地接了個單子，送客人到金利源碼頭。他算算時間，正好能準時趕到菜場。辦完事，他再回車行交差，這樣就神不知鬼不覺了。在上海做秘密工作，有時很需要一輛汽車，因此組織上特意把他安排進了租車行。辦成這件事情，費了不少功夫，他要好好保住這個職位。

不知道為什麼，崔文泰一時間特別想喝碗豬雜湯，湯裏有幾片番茄，他撒了很多胡椒，再來兩塊燒餅。一碗又香又辣、稍微有些燙的豬雜湯下肚，他頓時覺得心裏踏實多了。喝完最後一口湯，嘴裏還嚼著燒餅，他看了看懷錶，九點五十分還沒到，他慢悠悠站起身，朝電梯口望去。

十點差五分。

菜場東面，那裏有一條極窄的夾弄。夾弄右邊是菜場後牆，左邊有一道籬笆，縫隙間不時飄出古怪的香料味。牆後影影綽綽有不少人，個個容貌奇異，穿著白袍，戴著白帽子。林石抬頭望向大樓頂上，記下了窗子和防火梯的位置。他又看了看錶，連忙穿過馬路。

在四樓圖書館供讀者自行挑選閱讀的書架旁，林石所站的位置略靠近大門。出門向右走幾步便是樓梯，樓梯向下轉彎處有一扇門，後面有一條走廊，通向開會地點。

接近十點，一輛汽車停到菜場斜對面的街角上，有人湊近車窗，小聲朝車內說了幾句話，隨即快步離開。汽車後座上的那兩位，有一句沒一句地說著，他們也在等待那一刻的到來。

“世界大旅社怎麼樣？”其中一位問道。

副駕駛座上警衛模樣的人回過頭來說：“屋頂花園有趣，夜裏花樣很多。捕房地面上，游隊長有興趣玩，吩咐一聲就好。這旅社就跟我們捕房自己開的一樣，連茶房都定時向我們彙報。”

後座的中央捕房姚探長不喜歡下屬多嘴，但他只是不動聲色地接著說道：“房間還不錯。怎麼樣，過年給游隊長開個房間泡泡澡打打牌？”

游天嘯搖搖頭，他看一眼對面的大樓：“如果有人站在世界大旅社的屋頂花園，菜場門口要是有什麼動靜，倒是能盡收眼底。”

“游隊長太小心了。”姚探長笑起來，“巡捕房在租界抓人，房頂上就算站滿了人，他們又能怎樣？”

雖然官拜淞滬警備司令部軍法處偵緝隊隊長，但游天嘯和租界巡捕房向無往來。巡捕房裏的洋人，從總監到督察，以前一直瞧不起在華界橫衝直撞的龍華偵緝隊，偵緝隊的人在租界辦事，稍有不慎也會被他們抓進巡捕房關上幾天。現在上面關係好了，國民黨不再大喊大叫打倒帝國主義，有關對付共產黨、交換情報和引渡犯人的合作協定也簽了，下面辦事的人自然而然就和睦了。游天嘯和公共租界警務處幾位華人探長都很熟，與姚探長的交情更是不同一般。

“招商局舞弊案，租界杜某人到底有沒有插手？”游天嘯換了個話題。他說的是去年秋冬之交，鬧得盡人皆知的一件大案。

“李國傑，他就是隻大洋盤。這事情從頭開始就被人做了局。聽說他叔爺爺和慈禧太后有一手，李中堂聽說之後嚇得幾天幾夜沒睡著，終於決定讓這個不成材的弟弟吃一包毒藥，翹辮子算了。”

姚探長說話向來這樣，就像下跳棋，左一句右一句。

“這個擺明的，陳孚木拿到錢就掛印跑了。人家是早有準備。就不知杜大亨是不是始作俑者。”

“據說有插手。”說到杜某人，連大嘴巴的姚探長也有點小心，“租界報紙反應那麼快，做局的人手面不一般。聽說是因為李國傑讓安徽斧頭幫暗殺了招商局總辦，又換了幾個船長，摸到老虎屁股了。杜親自到廬山找委員長哭訴——”有人急急穿過馬路跑到車旁，游天嘯看到來人，連忙推門下車，聽了報告，回頭對跟著下車的姚探長說：“你那位手下，早上沒抓到，果然要壞事。”

“怎麼回事？”

游天嘯有點想罵人，但這事怪不著人家，巡捕房原本就是魚龍混雜之地，要怪只能怪自己內部情報管理混亂，等他跑到巡捕房政治處跟人家副總監說好，人員任務都分派下去，又傳來消息說巡捕房有內奸，恰好就在參加行動的捕房人員中間。可他為什麼不趕緊逃命，卻要跑到這兒來呢？想來報信？真是連命都不要了。

十點左右，來參加會議的人陸續進入房間。房間正中放了一張長桌，綠絨桌布上有些油漬和香煙燙出的洞。每個人都從口袋裏摸出幾隻骨牌，放在桌上。

易君年站在桌前，把大家隨意放在桌上的骨牌碼齊，看了看牌說：“人還沒有到齊——”他抬頭把房間裏面的人一一端詳了一番，除了凌汶、衛達夫、田非，還有其他七個陌生的人，但是沒看到老方。老方緊急通知大家開會，為什麼自己卻沒有出現？易君年突然心神不安，覺得今天有可能要出事。

他再一次看看手錶，已經十點一刻。衛達夫忽然說：“有什麼事趕緊說吧，抓緊時間開會，說完就散。”

游天嘯又有手下來報信，說是菜場裏面已經動手了。一個人如果不要命，那可真是無孔不入。先是跟不知內情的捕房同僚套近乎，混進了設在菜場側門的封鎖線。進不了客梯，就硬往裏闖，從菜場供冷庫使用的貨梯上了三樓。在三樓被堵住，這會兒正大鬧排練廳，打傷了一名偵緝隊便衣，把一群樂師嚇得在樓裏到處亂竄，又退回貨梯上了四樓。

游天嘯點上一支煙，想起來又遞了一支給姚探長。他吸了幾口，把半截香煙扔在地上：“不能等他們開會了，直接抓人吧。”

走廊裏遠遠傳來兩聲悶響，夾層房間裏的人都愣住了。易君年敏捷地衝到門旁，聽了聽，又打開門，樓道裏沒什麼動靜，通向樓梯的門仍然關著。他轉回身，對著大家搖搖頭，又把一根手指豎在嘴上，每個人都安靜下來，看著他。

易君年盯著衛達夫看了一眼，回到桌旁。

可又一次，他剛想開口——動靜從天花板上傳來。現在每個人都確定那是槍聲，很多人在尖叫，樓板上方傳來四散奔逃的腳步聲，然後是窗外 —— 剛剛有人進來時，嫌房間裏有一股潮濕發黴的氣味，打開了窗。

只聽哐啷一聲，先從四樓掉下一扇鋼窗，然後是一個人，墜落地面時發出一聲悶響。田非衝到窗口，伸頭向下看。有人撞斷了鉸鏈，連人帶窗一起從四樓掉了下來。

這人選擇從這裏跳樓，是為了發出警報？不容多想，易君年壓低聲音對大家說："快走，從後門！"

打開後門是另一條走廊，通往樓梯。

"記住！" 易君年又提醒大家，"下樓不要急著衝上街，先混進菜場的人群中。"

衛達夫搶先出門。他跑出走廊，撞開防火門，幾步衝下樓梯，身後跟著幾個一起開會的人。其他人還沒來得及奔到樓梯口，從走廊另一頭擁入的巡捕就朝這裏射了一排子彈，林石剛推開防火門，子彈就打中了他的腿。

通往樓梯間的門被封鎖了，易君年帶領大家轉身跑向前門的走廊，他們先前就是從這裏進來的，可是走廊盡頭的門大開著，門口站著幾個荷槍實彈的巡捕。

易君年回到房間，坐在那副牌九前。桌上多出了一對骰子，他把骰子拿起來，放進口袋，定定神，剛想開口說話，房門被撞開了。

"嚯 —— 人不少啊，躲在這裏做什麼呢？"

游天嘯大步走進房間，逕直來到長桌旁，拍了拍手。巡捕衝了進來，每人手裏端著一支步槍，把房間裏的人團團圍住。幾名便衣懶洋洋地散在門旁，那是龍華偵緝隊的人，游天嘯自己帶來的。他瞥了他們一眼，似乎對他們的表現不太滿意。

易君年冷冷地看著這個神氣活現的傢伙，然後把視線轉到桌面上，忽然微笑著說：“陣仗那麼大，我們不過在玩錢。”

“在玩錢？”游天嘯走到易君年面前，從口袋裏摸出一對骰子，對齊兩個六點，並排放到桌上的牌九旁，“跟我們走吧，換個地方玩。”

看到游天嘯摸出一對骰子，大家都愣住了。易君年心裏一蕩，這是約定的接頭方式，上級派來傳達任務的人會拿出一對骰子，可這個人怎麼會知道呢？“都給我帶走！”游天嘯命令道。

崔文泰先前跑在衛達夫後面，才下了一層樓梯，轉身之間，那個嚷嚷著趕緊開會的人就已經不見了，只能向右轉進走廊。他分不清方向，只知道拚命向前跑，在一道門背後看見了電梯，便衝了進去。出來卻是底樓冷庫，原來那是貨梯。他順手抓了片麻袋披到肩上，扛起一爿豬肉。

門外停著巡捕房的黑色警車，一群巡捕盯著出口。崔文泰把臉埋在生豬肉下面，混在人堆裏跑出了菜場。

跳樓的人身體蜷曲著，躺在馬路中間。巡捕在周圍攔了一圈，有人拿著照相機過去拍照，有人蹲在邊上察看他有沒有斷氣。馬路對面聚集著看熱鬧的人，巡捕過去驅趕，人群卻不肯散去，這座城市裏有太多好奇心重、喜歡管閒事的人。崔文泰不敢細看，轉身朝路口跑去。

剛轉過街角，迎面又來了一輛警車，他連忙避進一條弄堂，背上卻被人拍了一掌。崔文泰心裏咯噔了一下，沒等他扭頭，便被拽進了暗處。

“老方！”崔文泰從驚嚇中緩過神來。“其他人呢？”

“都跑散了！”崔文泰氣喘吁吁。

老方觀察了一下馬路上的情形，一些巡捕開始封鎖路口：“這條弄堂通後面的馬路，分開走！”他戴上手中的帽子，閃出弄堂，隨著四散的人群側身往遠處退去，轉眼就消失不見了。

崔文泰隨即朝弄堂深處跑去，他得繞回去取車。跑到弄底時忽然想到，老方不會以為我趁亂順走了一爿豬肉吧？

龍華

臘月十六。一大早天色就陰沉著，濃霧籠罩。

龍華寺左近的淞滬警備司令部大門只開了一半，四扇木製門板上釘著防彈鐵皮，門樓上青天白日旗高掛，牆垛射擊孔中隱隱可見機關槍管。大門左側淞滬警備司令部的牌子下站著兩名崗哨，提著上了刺刀的步槍；右側國民革命軍三十二軍牌子下站著三名同樣提著步槍的哨兵。

正對著警備司令部大門的二層洋樓像往常一樣安靜，穆川進門時衝它暗自端詳了一番。院內雜草叢生，磚道濕滑，雜草從磚縫中向外鑽出來。

他走進軍法處辦公室，回身帶上門時，望了一眼淞滬警備司令部院牆外的報恩塔，習慣性地在心裏默唸了句阿彌陀佛，脫下大衣，叫來勤務兵，讓他拿到門外去拍打一下。

他喝了幾口熱茶，照例要到司令部院內溜達一圈，如同巡視自己的領地。看守所、法庭、警衛、汽車班、牢房、圍牆、鐵蒺藜網，他下意識地希望自己能從寒冷死寂的冬日光線中發現點什麼。在南京，在蘇州，他都喜歡這麼做。轉完一圈，他回到辦公室，再喝了幾口勤務兵煮好的紅茶。

“請游隊長過來。”他若有所思地說了一句。

話音剛落，就聽門外傳來一個沙啞的聲音：“穆處長，天嘯已到。”

游天嘯雖然是穆川的下屬，卻有另一個秘密身份，他是國民黨中央黨務調查科派駐上海的負責人。黨務調查科是一個神秘的機構，公開位址在南京丁家橋，一度設在國民黨中央組織部內，但那裏的辦公室只有不多的幾個機關人員，它真正的大本營另設在中央飯店附近，後來人越來越多，黨務調查科又搬進了瞻園，了解內情的人都稱其為“特工總部”。

這個機構專司政治案件，不僅調查共黨，也調查本黨異己分子。對於這個組織，穆川不像很多同僚那樣對之側目，說實話，他平時對游天嘯倒也頗假以辭色。

游天嘯身材不高，臉色發青，眼角經常布著血絲。他手裏抓著一個紙包，站到穆川桌前。因為穿著軍裝，他草草行了個禮，又把手中那本《特務工作之理論與實際》放到穆川的辦公桌上。

“穆處長，你要的書給你帶來了。”

穆川看了一眼游天嘯，吩咐勤務兵先出去。他拿起書，看了看封面，又隨手翻了兩頁，一邊把書放進抽屜，一邊笑著說：“這書我慕名已久，費了你不少功夫吧？”

“印得不多，有專人管著，申領手續花了一點時間。”

“嚴謹！”穆川伸手讓座，“也不必事事那麼緊張，我看門樓上那些機關槍完全可以撤了。”

游天嘯不知其意，兩人沉默片刻。

“你多久沒去南京了？抽空也該去看看。”

“南京，常在念中 ——” 游天嘯盯視著穆川的茶杯，“聽他們說穆處長常回南京？”

“哪裏 ——” 穆川正伸手端茶杯，停了一下，手指輕輕敲著杯沿，“你聽誰說的？”

“他們說處長每星期都要到南京開會。”

穆川笑著靠向椅背：“不過都說南京是做事，上海才是生活。”

“屬下要做的事情都在上海。”

穆川笑了起來，游天嘯卻有點不解，他明明說了一句很認真的話，卻被別人當成了笑話。

“游隊長昨天辛苦，不過 ——” 穆川點上一支煙，又遞了一支給游天嘯，“也是大功告成。”

“抓了六個共黨分子，其餘跑了。圖書館是租界裏的外國人辦的，他們集會的地點是書庫後面一個從來沒人去的房間，圖書館管理員中間可能有共黨分子，偵緝隊要繼續查。”

“那個跳樓的怎麼回事，聽說是巡捕房沒把事情辦好？”

“巡捕房洩露了消息。” 游天嘯點上煙，說話速度忽然放慢，“偵緝隊也不能在租界隨便抓人，我們不得不提前通報巡捕房政治處，讓他們協助抓捕。前一天下午，中央捕房姚探長安排了人手，為了保密，這些人晚上不許回家，偵緝隊還花錢請他們喝酒，喝完酒就到巡捕房休息待命。有人千方百計想往外打電話，說是要關照家裏，看起來夜裏會很不太平。姚探長發了脾氣，說等忙完了要好好查一查。為了確保抓捕順利，我跟姚探長商量，把他們全趕進了巡捕房小禮堂，可到了凌晨，人還是跑了。姚探長說他負責把人抓回來，去他家撲了空。誰也沒想到，他竟敢衝進菜場。”

“他是共產黨？”

“他開了槍，打傷兩個人。真是心狠手辣，連巡捕房同事都開槍。最後被逼在儲物間裏，跳了樓。”

“他想跳樓逃跑？”

“他跳窗的位置，樓下就是他們的開會地點。跳下去應該是為了給樓下的人報信。”

“哦，那是白死了。”房間裏安靜了一會兒。

“人抓到就好。”穆處長吐出一口濃煙，“我報告了警備司令部，給游隊長請功。”

“處長栽培。”

“不用謝我，司令部那幫人 —— 像游隊長這樣的人才，自有領獎的地方。”穆川大笑，又壓低聲調，“游隊長在共黨內部經營有方，情報品質很高，將來不斷為黨國立功，不用在意司令部那幫傢伙。”

游天嘯斟酌著不知該怎麼回答。

“聽說代號叫‘西施’——”穆川揮了揮手，像是要趕掉一隻蒼蠅，話題一轉，“盡快把人從租界引渡回來，盡快審訊。”

“是，處長，手續辦好了，今天巡捕房會派人把所有人犯押送白雲觀。從南市押解回龍華的這段路，情況比較複雜，偵緝隊人手不足，穆處長能不能跟司令部憲兵隊聯絡一下？”

“憲兵？軍用卡車一動，是不是太興師動眾了？這些人都還沒審過。龍華這些年也抓了不少假共黨，抓了放，放了抓。市面上的流氓，販毒的，仙人跳的，殺人越貨的，教書做翻譯的，審不出名堂，到最後都是一放了之。”穆川輕描淡寫地說。

“有人不惜送命，衝進抓捕現場給他們報信，光憑這一點就很有把握了。”

“所以，是有情報說共黨要在路上劫人？”穆川停了一下，像是忽然領悟了什麼，“這六個人都是共黨分子？游隊長是不是把自己人也一起抓來了？”

“沒有，沒有我的人。”游天嘯說得鄭重其事。

陶小姐

凌汶被嘈雜的聲音吵醒了，雖然她幾乎直到凌晨才睡著。先是一陣刺耳的軍號，穿過黎明時分的薄霧，然後就不停傳來咣噹咣噹的聲音，過了很久她才意識到，那是開關鐵門的撞擊聲。她在看守所裏，在龍華。

昨天上午，一輛黑色囚車把她從老閘捕房送到南市，下午她又上了另一輛囚車，天黑前才被押送到這裏，車上全是那天開會時被捕的人。囚車過了楓林橋，車上就有人小聲說，看來是去龍華。果然，車子開進了淞滬警備司令部，停在一幢小樓前，又有人小聲嘀咕，軍法處。押送的軍警一聽見說話聲就開始吼叫。

小樓裏，他們靠窗站了很久，窗外暮色四合，每個人都心情沉重。天黑以後，他們才一個個被押進牢房，直到現在她都沒有吃過什麼東西。

但她並沒有飢餓的感覺，就算食物放在面前她也吃不下去。她想的很多，但沒什麼頭緒，接下來會遭遇什麼，她心裏也沒數。不過有一點她很清楚，不管碰到什麼，她都決不能屈服。

“真是個美人坯子。”

陽光照進牢房，有人在說話。凌汶轉頭，看見一個三十歲左右的女人，坐在對面床上，手裏拿著一面小鏡子，對著臉照來照去。

“你們醒了？”女人站起身來到凌汶床頭，朝她伸著個俏臉，說個不停，“睡了一覺氣色好多了。昨天晚上你們進來，臉色都蠻嚇人的。我姓陶，叫我陶小姐好了。”

牢房裏原本氣味難聞，這個女人一靠近，倒帶來一陣香味。

“總算有人來了，我在這裏好幾個月了，厭氣得要死。要是進來三個就更好了，可以湊一桌麻將——”她咯咯笑了起來，“女人蹲監房不大有的，你們不會和我一樣，也是被冤枉的吧？”

陶小姐又往臉上塗了點脂粉：“每天塗塗抹抹，也不知道給誰看——你們一晚上沒吃什麼，餓了麼？我有麥乳精，外面都要託人才能買到呢，我給你們泡一杯吧？”

正說著，牢房門哐啷一聲打開了，獄卒訕笑著說：“陶小姐，出來吧！”

陶小姐抹抹旗袍，站起身，搖搖扭扭出了門，站在門口說了一句：“今天天氣倒蠻好，我要好好曬曬太陽。”

牢房裏安靜下來，只聽見門外獄卒對那女人說：“陶小姐，她們和你不一樣，她們是共產黨，你可不要亂搭訕。”

凌汶猛地坐起身，環視四周。牢房裏還有一個人，和自己一樣，也坐在床沿，床上只有幾條木板和一片草薦。陶小姐的床靠裏，鋪著厚厚的床褥，鴛鴦花樣的床單上捲著一條緞面被子。

她望著牢裏的另一個人，她們倆剛見面就一齊被捕了。她試探著看了看對方，遇到一雙溫和的眼睛，正勉力朝她微笑。這個年輕的姑娘留著齊耳短髮，像個老師，兩人一時間都不知道怎麼開口。

良久，凌汶問道："你還好麼？"

對方點點頭。磚地上有些青苔，螞蟻在陽光下爬行。她抬起頭看著凌汶，眼神熱切，顯得有點激動，好像有無數個問題要問，還沒來得及出聲——

"在這裏，說話要小心。"凌汶說。

"我認識你。我讀過你的小說《冬》。你叫凌汶。"

"那麼你呢？還有那個穿夾克的年輕人，在囚車上你們一直緊挨著。"

"我叫董慧文，他是陳千元。"她想還是第一次遇到這種狀況，本來她們可以在會上互相認識的。

那天上午，她和陳千元約定十點前趕到四馬路菜場，他們說好了，先在同春坊弄口碰頭。坊裏一條直弄堂走到底，便是明惠小學的校門，她在那裏教書。那天早上，她不得不先去學校。馬上就要放寒假了，她要跟畢業班的學生告別，把校長簽名蓋章的修業證書發給他們。

"你怕不怕？"見董慧文陷入了沉默，凌汶上前坐到她身旁，伸手替她理了理頭髮。

問題很直率，董慧文發現自己不知道如何回答。她怕嗎？她一點都不怕那些人，可是當她真的進了這個陰森的地方，心裏又不免有些發毛。她發現只有當自己心中充滿怒火時，才會情緒激昂，全無畏懼。她猶豫了一下，忽然睜大眼睛望著凌汶："那天在四馬路跳樓的，是什麼人？"

凌汶搖搖頭。從昨天到現在，她也一直在想這個跳樓的人，他這樣義無反顧地跳出窗外，就是為了通知他們敵人進來了嗎？她試圖去理解他，就好像她覺得，如果能真正了解這些人在生死抉擇前內心的種種想法，她就能更加懂得龍冬，她在寫《冬》的時候，是多麼幼稚啊。

董慧文想了一會兒，又抬起頭對凌汶說："我不怕。我早就想好了。"

窗外高牆的鐵絲網上，一隻灰鴿停在上面，牢房中沉默下來。凌汶看著面前這個姑娘，心裏有些為她擔心。凌汶坐過牢，她知道最艱難的時刻還沒有到來。抓他們的人，還想挖出他們的秘密。任務——雖然她也不清楚究竟是什麼，他們臨時被召集起來，一定有什麼重要任務。老易知道他們要去做什麼嗎？

牢門再次打開，獄卒站在門口。

"過堂了。"

凌汶看了看董慧文，站起身——

"你，出來。"獄卒指著董慧文喊道，並在牢房門口給她戴上了手銬。

董慧文被帶進審訊室，不是通常提審犯人的地方——那是在處長辦公室邊上。她被帶去的，是昨天下午去過的那幢洋樓，在裏面等著她的人，她隱約記得在逮捕現場見到過。那是游天嘯。

有人給她鬆了鬆手銬，血管裏的血液瞬間釋放進手指，指尖有點刺痛。

“打開吧。”那人說。

手銬拿掉了。董慧文努力壓制著心中的不安，慢慢鎮定下來，等待著。

“董小姐，知道為什麼請你來這裏麼？”

緊張的感覺再一次襲來。她盯視著對方，沒有回答。她想起從前陳千元對她說過的話，如果你害怕，你可以憤怒，怒火會驅趕恐懼。

“董小姐，你要喝點水麼？”那個人對一側的書記員努了努嘴，“我是軍法處，偵緝隊，游天嘯。”

董慧文看看放在桌上的水杯，沒有出聲。

“沒想到你這麼年輕——”他裝模作樣地看了看案件卷宗，“像你這樣的年輕小姐，應該穿得漂漂亮亮，去看看電影，逛逛馬路——”

“可我就是在逛馬路。”

“是麼？逛到菜場去了？另外那些人也跟你一樣，在逛菜場？”

董慧文抬起頭，看到她平生所見最可怕的笑，就像貼著咧開嘴的人皮面具，神情冰冷，眼角冒著紅光。

“危害民國緊急治罪法，”他停頓片刻，惋惜地說，“這樣的罪名，是要槍斃的！”

說到“槍斃”這兩個字時，游天嘯的聲調突然高亢刺耳。審訊室安靜下來。他點上一支香煙，朝著董慧文的方向吐了一串煙圈。

“去菜場樓上的圖書館是誰通知的？”

董慧文有點慌亂，她不知如何應付這樣的審訊。在她對革命的想像中，從來沒有出現過這樣的場面。她想像中的敵人，也不像面前這個人，這個自稱姓游的傢伙，說話聽著和氣，卻讓她感覺隨時可能露出殘暴的面目，但她告訴自己必須咬緊牙關。

“這樣吧，董小姐，我們來做個遊戲——”

游天嘯摁滅煙蒂，像變戲法那樣，從卷宗袋裏摸出一沓照片，碼齊，正面朝下放到桌上。他從裏面抽了一張，在手上晃了晃，腦袋向後仰，裝腔作勢地把照片送到董慧文的眼前：

“是他嗎？”

董慧文愣住了，她看到了照片上的自己。

游天嘯縮回手，看到照片上是董慧文，扔下照片，又換了一張。

“我不認識這個人。”

董慧文有點迷惑，她猜不出這些滑稽戲般的動作背後，到底有什麼陰險的計謀。游天嘯耐心十足，一張接著一張舉起照片——

“我不認識。”

“不認識。”

窗外有汽車的引擎聲，輪胎在磚地上摩擦。好像是陶小姐在說笑，笑得像灘簧戲中那些放肆的女人。笑聲從樓內持續到樓外，車門關上，引擎再次轉動。

審訊室內的滑稽戲仍在繼續，董慧文看到了凌汶。“這個我認識。”

手縮了回去，他仔細看照片。“是剛認識。”

游天嘯泄了氣，又換了一張照片。照片上陳千元抿嘴瞪眼，怒氣沖沖。董慧文心裏飄過一絲柔情，她把目光轉向桌上的杯子，覺得自己不能盯著那張照片看太久。

游天嘯慢慢收回照片，看了一眼，把照片放在水杯邊上。

“你可以喝點水。”他又舉起另一張照片。

滑稽戲終於結束了。董慧文心裏有幾分忐忑，她的神情有沒有暴露了什麼？她想喝點水，卻又一次看見那張照片。她立刻縮回手，想到不能照敵人說的做，他們讓你喝水，你就偏不喝。

“陳千元。”游天嘯盯視著水杯旁的照片，說出了照片中人的名字，卻沒有再往下說。

他翻開卷宗，找到一頁，看了看，向後靠到椅背上，手指在那頁紙上畫著圈：“陳千元。記者。”他看了看董慧文：“教師。二十三歲——”

游天嘯又看了看那張紙：“二十六歲。”

他從那沓照片中找到董慧文，也放到水杯邊上。現在，兩張照片上的人肩並肩站到了一起。

“確實很般配。看看電影，逛逛公園，逛逛百貨公司，還有圖書館。”他盯著董慧文，臉色越來越陰沉，“董小姐，龍華不是南京路。進了軍法處，想活著出去，你要好好動動腦筋。想死倒是很簡單，司令部後面的荒地裏不知有多少孤魂野鬼。我可以把你們兩個一起槍斃，也可以讓一個看著另一個被處死。”

“憑什麼？”董慧文在椅子上挺了挺身，抬起頭，心中升起一股怒火。她看了看坐在一旁的書記員，高聲叫道，“你有什麼證據？”

游天嘯朝書記員揮了揮手，書記員起身離開了審訊室。“你以為什麼都會記錄在紙上的麼？是黑是白我說了算。

淞滬警備司令部裏，有的是屈死鬼。我勸你好好想一想。董小姐，下次再找你，我們就要換一個地方了。”

“那又怎樣？”

“你有沒有在陳千元身上看到一對骰子？”

“骰子不是你拿出來的嗎？”董慧文反問道。

游天嘯失去了耐心，猛地站起身，抓起水杯朝地上扔去，水，還有粉碎的玻璃，濺落在董慧文腳邊。

“說！浩瀚躲在哪裏？”他朝著董慧文咆哮。

董慧文圓睜雙眼，從椅子上跳起來，大聲說：“什麼浩瀚？我沒聽說過！”

游天嘯衝了過去，揮拳砸在董慧文的臉上。

董慧文睜開眼睛，窗外一片刺眼的白光，她想，如果陳千元是上級派來的同志，她需要保護的依然是同一個人。

中午，陽光給陰暗的牢房帶來一絲暖意，院子裏傳來獄卒的叫罵。凌汶站在牢門內，看見董慧文被押送回來。高低不平的磚道上，她的腳步有點踉蹌。凌汶退後幾步，站到床邊。

董慧文側身站在門口，抬頭看了看天。獄卒打開門，解開她的手銬，將她推入牢內："這樣不是很好嗎，說清楚就不用吃苦頭了。"

這話是說給誰聽的呢？凌汶看著董慧文，只見她愣愣地靠著牢門，左邊眼角下有一塊瘀傷，身上沒有動過刑的痕跡。她不太相信獄卒的話，但在敵人的監獄裏，她不能出錯。

凌汶把董慧文扶到床邊，讓她坐下，掏出自己的手絹，浸了點水，敷在董慧文受傷的臉上。

"你說了什麼不該說的事情麼？"她問董慧文。

董慧文搖搖頭，眼神茫然地望著牆角。有好一陣，牢房裏悄無聲息。她是受到驚嚇了嗎？她是不是無意中洩露了什麼？一瞬間，凌汶幾乎有點懷疑自己的判斷。

"他說自己是偵緝隊的，姓游。"董慧文望著凌汶，一開口就停不下來，話越說越凌亂，"進了審訊室，我就想好了，如果他們動刑，我就朝牆上撞。"她大聲說道，好像是在向外面那些坐在看守室裏的軍警們示威。凌汶站起身來，走到牢門旁向外仔細觀察了一番，回身示意董慧文小聲說話。

這個姑娘剛剛不知道承受了怎樣的心理折磨。即使對一個經驗豐富的同志來說，刑訊也是一個巨大的考驗。凌汶想起龍冬告訴過她的一些故事，心中湧起憐惜之情，她自己第一次坐牢時，也十分害怕。

但凌汶仍然強迫自己仔細聽、仔細觀察。一開始，她沒聽懂為什麼會出現一沓照片，很快她就明白了那個姓游的傢伙的意圖。這個單純的姑娘，她不知道她心裏想的一切，都已表露在了臉上。她的人生才剛開始，就要面對這樣複雜危險的局面。凌汶想像不出董慧文到底是露出了怎樣的神情，才讓敵人看出了端倪。

但她十分確定，那個特務猜得沒錯 —— 他把我們的照片一起放在水杯旁。董慧文這樣說。

她問董慧文：“除了陳千元，那些照片上還有你認識的人麼？”

“那就只有你了。” 董慧文看著凌汶，頑皮的笑容剛一展露，又消失不見。

“你和陳千元是什麼時候認識的？”

“你也猜到了 ——”

董慧文愣了一會兒，又歎口氣，把目光移向牢門外陽光明媚的天空：“也不知道他關在哪裏。”

凌汶有些感動，她摟著董慧文的肩膀說：“我和我丈夫是在五卅運動中認識的，結婚的時候北伐軍剛剛從廣州誓師出發。可是沒多久，國民黨就開始屠殺我們的同志。”

“他人呢？”

“敵人包圍了聯絡點，他不得不撤離到廣州，幾年前他在那裏犧牲了。”

她突然轉過臉，嚴肅地問董慧文："你有沒有向敵人洩露黨的秘密？"

"沒有。你相信我嗎？"

"我相信你。"

"他們問起浩瀚同志。"

"浩瀚同志？"

在黨內，誰都知道使用這個工作化名的領導同志，他常常用這個名字在《嚮導》週報發表文章。

"他還問有沒有看到一對骰子。"董慧文困惑地說。"骰子？"

凌汶確實聽老易說起過骰子，他覺得很有意思。老方說上級派來的那位同志會拿出一對骰子，可沒有人拿出骰子，倒是那個特務拿了一對出來。所以他們知道了骰子的事情。老易還跟誰說起過骰子嗎？

老易會不會就是上級派來的同志呢？她既不能確定他是，也不能確定他不是。一個做秘密工作的人，可以有好幾條線路，在每一條工作線路上使用不同的化名。何況她是老易的下線。

"通知你開會的人，是不是老方？"

凌汶知道自己不該這麼問，按照紀律，在兩條平行線路上工作的同志不能相互打聽，哪怕他們同在一個屋簷下，是一家人。可是另一方面，如果不是敵人突然衝進會場，等開完會，她和董慧文多半就成了一個小組的同志。

無論如何，她沒猜錯。進入開會地點的十一名同志，大部分互相都不認識，原來並不在同一條工作線路上。

“我們應該設法通知組織，敵人在尋找浩瀚。”

凌汶正跟董慧文小聲說著話，陶小姐回來了。她一回來，牢房裏就喧鬧起來，嘰嘰喳喳都是她的聲音，請她倆吃她帶回來的瓜子花生，說她很快就要出去了。她還對凌汶說：“原來你是有名的作家，我也很喜歡看小說的呀。徐枕亞你認識吧？他跟我跳過舞的。”

玄武湖

勤務兵送來剛燒開的熱水，穆川從櫃子裏拿出那把橋鈕朱泥圓壺，坐到沙發上，往茶壺裏放了點岩茶。他用第一泡茶洗了洗杯子，再沖水泡茶。陽光下熱汽氤氳，他想了想，提起電話打給游天嘯。

“游隊長來啦，穆處長在裏面喝茶，您請進。”勤務兵在門口大聲說。

游天嘯敲了敲門，沒等穆川說話，便推門而入，手裏拿著一摞案件卷宗。

“穆處長，審訊記錄我給你拿來了。”

穆川揮手讓座，游天嘯把卷宗放在茶几上，坐到沙發上時，從褲袋裏掉出一對骰子，他連忙俯身拾起。

穆川看了他一眼，挑了一隻杯子，洗杯注水來回倒騰。“穆處長在喝什麼好茶？”

穆川做作地打了個哈欠：“昨晚被翁副官拉去喝酒，稍微喝多了一點。這會兒想喝兩口茶。”

“常來警備司令部那個老是戴著巴拿馬草帽的廣東人？”

“游隊長果然無所不知。”穆川給游天嘯倒了一杯茶，“你試試看這武夷山大紅袍，我覺得味道不錯。”

“好茶。”游天嘯喝了一口，雖然他更喜歡喝涼水。

穆川一反常態，竟然認真地看起了卷宗。他翻了一頁，忽然說：“我知道你們偵緝隊花樣多。不過有了錢，可以找個女人，成家立業——”

他指指游天嘯的褲袋：“這種事情，逢場作戲玩玩就算了。”

游天嘯欲言又止，最後只說了一句：“是，處長。”室內一時只有紙頁翻動時發出的聲音。

“還沒有開口。”他輕輕地說，好像在自言自語，說罷又給自己點上一支煙。

“也審了兩天了吧？”穆川並沒有抬頭，一邊說話一邊又翻了一頁。

“這些人職業五花八門，幹什麼的都有，亂七八糟聚在一起，光憑這一點就可以確定。”

“雖然共黨案件屬於緊急治罪，”穆川邊看邊說，“但訓政時期，軍法處也不能像從前那樣由著性子來，定讞總還要有證據。”

“這個凌汶，是個作家，又是富商遺孀，簡直是有閒階級。”穆川又往前翻了幾頁，“一個女教師，一個記者，一個銀行職員，一個古董書畫舖老闆，還有一個當過兵。果然是疑點重重，難怪你把他們一起抓進來。你那個情報線索，究竟是怎麼說的？”穆川語氣輕鬆地說道，“這個易君年，你是不是讓他吃了點苦頭？”

“是個做字畫買賣的，看他有點害怕，我們就稍微動了他兩下。”

“口供顛三倒四，肯定讓你們打得不輕。”穆川笑了起來。

“沒有打。給他通了電線。”

“用了那套德國貨？”南京方面去年給警備司令部送來一批德製裝備，其中有一套電刑機器。

“銀行職員林石，哪家銀行？”

“仁泰銀公司。逮捕時腿上中了子彈，司令部軍醫給他包紮了一下。半昏迷著，沒怎麼審他。”

“梁士超，還是行伍出身？”

“他自稱從前在十九路軍幹過，‘一·二八’滬戰負了重傷，退伍後一直在養傷。”

“哦——”穆川又仔細看了看這一頁的口供，“電詢過他們軍部？”

“官兵都在福建‘剿共’前線。司令部說花名冊上有這個名字，但他們一直在打仗，士兵都換好幾茬了。”

“你認為易君年是他們的組長，為什麼？”

游天嘯沒有告訴穆川，他從易君年身上搜出了一對骰子，但易君年堅持說這對骰子是他自己帶來的。游天嘯時不時覺得自己的腦子會分裂成兩半，每一份記錄他都要滴水不漏地做成內容不同的兩份，一份給軍法處，另一份交到特工總部。

“易君年和那個作家，”穆川向前翻了幾頁，“凌汶，倒是老相識？”

“周圍的鄰居說，易君年常去她家。問他們自己，兩個人都說是為了買賣字畫。淩汶夫家姓龍，家裏據說是兩廣富商，有一年為了生意上的什麼事情出門，被綁架撕票了。這些年，她靠著變賣古董字畫和做二房東收租過日子。”

“這樣的人，也會做共產黨？”穆川若有所思地說，“怎麼沒有陳千元的筆錄？”

“他還在審訊室。審了他大半夜——”

“也沒說出什麼？”

“董慧文，那個女教師，是他的弱點，我想通過這個來突破。”

“哦？是他的達令？”穆川饒有興致。他點上香煙，望著嫋嫋上升的煙霧，“你給我看的這些審訊筆錄，好像沒有照著提審順序編號？”

“我那兒就這麼一個書記員，一天審完了才有空整理歸檔，可能他弄亂了。”

穆川笑得像一隻老狐狸：“游隊長果然心機過人，你是擔心我看出你究竟在找什麼吧？”

“穆處長——”

穆川揮了揮手：“游隊長不用當真，你我都是為黨國效力。”

他盯著陳千元檔案頁上的照片，就好像能從照片上那雙怒火燃燒的眼睛裏看出些什麼來。游天嘯也在想著心事，煙灰掉落在處長室精心打蠟的地板上。

“翁副官昨晚請穆處長喝酒，”游天嘯一句一頓地說，好像在吃力地尋找詞句，“或者是蔡軍長有什麼話？”

“蔡軍長是南昌行營的紅人，帶兵離開上海這幾年，他戎事倥傯。當年駐軍上海的時候，蔡軍長交了不少朋友。”

游天嘯挺了挺身，挪坐到沙發外沿。他摁滅煙蒂，眼神低垂，繼續聽著。

隔了一會兒，穆川又接著說道：“翁副官說了很多，最重要的一句，他說如果這些人是共黨，你們照規矩來，秉公辦案。如果不是共黨，請你們網開一面。”

電話鈴響，穆川起身接聽：“找你的，游隊長。”隨即把聽筒擱在桌上。

“在審陳千元，我跟他們交代了到你這裏找我。”游天嘯解釋道。

他拿起電話聽了幾句，大聲說：“又昏過去了？那 —— 先把他送回牢房。”

“他交代了什麼沒有？”穆川靠在沙發背上，摩挲著沙發扶手。

“沒開口。”游天嘯站在茶几旁，“處長的意思我明白了。

我先回去看看。”

穆川點點頭，游天嘯正要離開，穆川又說：“那個陶 ——”

“陶小姐今天就放了。那天把她送過去，談了整整一個下午。說是宋先生親自出面講的條件，學乖了。”

“這些女人，關一關就服帖了。”穆川撣了撣褲子上的煙灰，忽然輕蔑地問，“她到底有沒有懷上？”

“關了這麼些天，據我看，沒有。”

“沒有就好，不然宋太太也不會放她過門。出去前你再關照她一下，讓她把嘴閉上。”

陶小姐喜氣洋洋出了牢房。她本以為直接就能從看守所後門出去，那天上午汽車就是這樣接了她去見宋先生的，可是獄卒卻把她送到了游天嘯那裏。每次看到這個人，陶小姐都會有寒毛凜凜的感覺。

窗外太陽很好，游天嘯卻坐在陰影裏。只聽他森然說道：“陶小姐，請坐。出去以後不會再鬧了吧？”

“游隊長，不會了。”

“那很好——”游天嘯盯著她看了半天，突然說，“她們有沒有讓你帶什麼東西出去？”

陶小姐沒有說話。

游天嘯站起身，走到她跟前，彎下腰，面對面幾乎貼上了那張俏臉，瞇著眼，繼續盯視著她。陶小姐覺得那對瞳孔縮成了一根冰針，刺進自己的心窩，全身的血都快要凝固了。游天嘯猛地直起身，轉到她背後，房間裏一點聲音也沒有，陶小姐幾乎能聽到自己的心跳。她只覺雙腿發軟，坐都坐不住，恨不得縮成一團，掉到地上。

游天嘯倏地伸手，抓起獄卒放在陶小姐腳邊的那隻藤編箱子，放到桌上，打開後兜底一翻，全倒在桌上，旗袍衣物口紅鏡子撒了一桌。他隨手翻了兩下，摺疊整齊的襯裙、絲襪、襪帶、短褲頓時亂作一團，那隻掉了油漆的桌子，頓時變得像百貨公司女裝部的櫃枱。

“你當住大旅館了 ——” 游天嘯厲聲說，“回頭給你脫光了搜身，要是查出來，你就別想出門了。”

陶小姐忽然咯咯笑了起來，眼神嬌媚地瞟了一眼游隊長，又伸手摸他灰呢軍服上的皮腰帶。偵緝隊雖然也發軍裝，卻向來沒什麼著裝要求，可游天嘯一進司令部，穿著還是嚴守軍容風紀。

陶小姐似乎花了好大力氣才欠起身，往桌上指了指，說：“還真有一封信。”

“拿出來。” 游天嘯背對著她。“夾在旗袍裏襯下面。”

“哪一件？”

“那件寶藍的，呢絨料子。”

游天嘯從那堆衣物裏找到那件旗袍，撕開裏襯。陶小姐覺得這件旗袍就像穿在自己身上一樣，心裏一慌。

信找到了。

方兄如晤，老易與妹等情形，料兄悉知。我等既已入院，決與之抗爭。內心甚為安寧，最壞情形也不過一死而已。天氣嚴寒，望兄等珍重。並請轉告父母大人，幸自攝衛。妹淩等。

游天嘯翻來覆去地端詳這片紙，又問陶小姐：“讓你把信送到哪裏？”

“讓我出去後，裝上信封，寄到徐家匯郵政支局，到局自取，一三七號信箱。” 陶小姐猶猶豫豫地說道。

游天嘯點點頭，沒有再說什麼。他伸手打開枱燈，把信紙翻過面對著燈光，然後放下信，從抽屜裏摸出一瓶藥水，滴了幾滴在紙上，很快顯出一行字：

所有同志決心已定。骰子事已暴露，有內奸。另，他們問浩瀚下落。

游天嘯一口氣喝下半杯涼開水，又一次點上香煙。陶小姐見他神色有變，半天不敢吱聲。隔了好久，游天嘯才抬起頭，神情古怪，好像剛剛注意到邊上還有陶小姐這麼個人。他抬了抬下巴，讓人把她帶出看守所後門，放了。

木製百葉窗向下翻著，房間裏光線暗淡。游天嘯連著抽了兩支香煙，忽然從口袋裏摸出骰子，捏在拳心虛晃了幾下，扔到桌上。他看了看點數，拿起電話，讓警備司令部的女接線員把電話轉接到南京瞻園。

“請接特工總部葉副主任。”游天嘯在電話裏鄭重其事，但跟其他人一樣，當著葉啟年的面則直呼葉主任。半小時後，南京的電話接通了。

“老師，”游天嘯站立著，對著電話恭敬地說，“我要當面向您彙報。”

游天嘯剛從南京下關車站出來，就在新造的橢圓大廳門外被人攔住。

“游隊長，”來人是馬秘書，他指著不遠處停著的一輛汽車說，“葉主任在那邊等您。”

這會兒還不到六點，晨霧籠罩長江南岸。昨天下午按葉啟年的安排，游天嘯到京滬鐵路局督導室取了車票，連夜坐藍鋼快車直奔南京。

他看見葉啟年親自坐在駕駛座上，剛想拉開副駕駛這一側的車門——

“你去後面坐。”

葉啟年是游天嘯的老師，當年在訓練班，只有葉老師是真正的特務工作內行。這位老師很難親近，那麼多年，在葉老師面前他向來都是遠遠站著，哪怕單獨會面，身體距離也從未接近到五米以內，汽車前後座就算是難得的靠近了。

可是一有什麼事情，他還是一個電話掛到葉啟年的辦公桌上。特工總部雖然是國民黨中央組織部的下屬單位，但內部實行的更像是某種家法。要是犯了什麼錯，處置十分嚴厲，連槍斃都有可能。在特工總部，游天嘯的頂頭上司不是葉啟年，但葉啟年從不反對游天嘯打電話直接向他彙報，他們從不按表面官序層級來指揮。

“老師，審了好幾天，問不出什麼。”

“連你這個老手也問不出什麼來？”

“巡捕房洩露了消息，不得不提前抓捕。學生處置不當。請求處分。”

“罰你也不能解決問題。”

汽車在下關碼頭繞了一個彎，在晨霧中向東開去，路上既沒有行人，也沒有車，汽車放慢了速度，葉啟年凝視著車窗外玄武湖畔的明城牆。

游天嘯望著昏暗前座上的背影，沒有出聲。

"你這回想跟我說什麼？"車過雞鳴寺，葉啟年忽然開口問道。

"我想把他們先放了。"

汽車在舊城牆邊停了一會兒，游天嘯注視著破裂牆磚上的青苔，慢慢地說出了他的想法。

說服這位老師並不容易。當年在訓練班，葉老師就極其善於識破學生的各種花樣。他不信任過於複雜的計劃，總是說，把事情想得太複雜，實際行動當中就會碰到太多意外。但"西施"是他的得意之筆，游天嘯特意強調先把他們都放了，這樣能讓"西施"發揮更大的作用。

"現在看來，易君年不太像是他們的中央特派員。"他這樣回答老師的問題。

"每個人都有可能。特務工作的本分就是懷疑一切。"葉啟年同樣空洞地說著些陳詞濫調，間或問一些反覆問了好幾遍的問題。游天嘯知道，葉老師正在仔細權衡。

"那個穆川，他也聽說了'西施'？"

"是。他常跑南京。"游天嘯想了想，又說，"他大概不太想當那個軍法處長了，嫌它造孽太多，影響官運。"

“什麼話！造孽？黨國實在太多這樣的幹部，簡直像個篩子，到處都在洩露秘密。”葉啟年十分憤怒。

“那封信你怎麼處理的？”

“燒了。”

“把它寄出去。”

游天嘯坐在那裏發愣，葉啟年又說：“重新寫一封。”

發現這位學生還沒有理解自己的意思，葉啟年又補充了一句：“他們是單線聯繫，信是寫給姓方的，這個人一定要把他抓回來。”

他好像想起了什麼：“我不抽煙，你可以抽呀。”

游天嘯搖搖頭。片刻，葉啟年說：“我同意你的計劃。你回去發一份電報到特工總部，等他們交來了，我會給你批覆。讓他們交保釋放，來交舖保的人，你要調查清楚。每一個出去的人都要嚴密監控，人手加倍。我會從杭州訓練班再給你派一些新學員。你們那個偵緝隊，成了警備司令部的托兒所，什麼人都有。”

“是，老師。”

“再出什麼差錯，連我也救不了你。”

“是，主任。”游天嘯聽出了葉啟年語氣的變化。

汽車又開回火車站，游天嘯下了車，準備坐下一班火車回上海。

葉啟年換回後座，馬秘書開車朝瞻園方向開去。

“你早上來接我時說了什麼？”一大早汽車駛過神策門舊城牆

時，葉啟年心頭忽然浮起一片陰翳，心神恍惚了好久。

馬秘書彙報說：“主任，前兩天總部派人到上海密捕浩瀚，被一個傢伙攪了局，我們還懷疑了好一陣，是不是總部派去的那些人裏有內奸。現在他們說，有人看了從上海發回總部的案件卷宗，發現那個沒有去開會的共黨分子方雲平，應該就是在普恩濟世路上開槍的人。方雲平靠近借火，我們的人記住了他的臉。”

“讓他們抓緊追捕方雲平。”葉啟年命令馬秘書，“‘西施’沒有了解到這個情況？”

“他可能不知道。”

“通報給他，讓他查一查。方雲平不去開會，跑到包子鋪去救人。他是得到內線情報了？”

“主任，我覺得不像。很可能是現場行動人員自己暴露了。方雲平多半是去跟浩瀚接頭，在現場發現了情況異常。”

“這也有可能。”

他們倆都知道，這些做久了特務的人，看上去確實會跟一般人有些不一樣。

葉啟年沉吟道：“方雲平又要去開會，又要去跟浩瀚接頭，這就有些耐人尋味了。”

“主任是說這個會議跟浩瀚有關？”

“各地分站這些天都在傳，共黨中央可能有大動作，有一個秘密計劃。”

身份

半夜裏，淞滬警備司令部上空不時有幾道亮光，像剪刀一樣交錯而過。去年日軍入侵上海發動淞滬戰爭後，司令部緊急配備了防空探照燈。看守所崗樓上也裝了一個，時不時朝監區牢房的高牆上掠過。強光透過窄窗，牢房內部瞬間照亮，又瞬間變暗。

梁士超在軍隊裏養成了習慣，到了陌生地方，總要四下觀察，先從各個方向了解環境。男牢並排分為三弄，第三弄的一側正對著圍牆，此刻十分安靜。走廊對面的牢房偶爾傳來鼾聲，間或有人夢中驚醒，發出幾聲叫喊。

他看著牢房中的幾位同志，心裏有些著急犯愁。那天早上，他跟著秦醫生一同離開診所，遠遠走在後面。秦醫生是個文雅沉穩的人，走路不疾不徐。從菜場撤退時，他還擔心秦醫生是否能脫身，結果反倒是自己沒能跑出來，也不知道他現在怎麼樣了。

一年多前，梁士超在反“圍剿”時負了傷，從蘇區來上海醫治，秦傳安就是為他治傷的醫生。傷癒後，組織上臨時安排他參加地方黨組織工作，所以就留在了診所幫忙。

白天審訊時，他對敵人謊稱自己從前在十九路軍當兵，跟隨翁旅長多年，"一·二八"在閘北阻擊日本人時受了重傷，因為在上海的醫院救治，沒跟部隊調防。那個游隊長將信將疑，出去轉了一圈，夾了支香煙回來，就讓獄卒把他押回牢房。這個游隊長就那麼容易相信他的說法？

兩天裏敵人輪番審訊，追問誰是召集人，逃跑的那幾個人都是誰，為什麼聚集在那個地方？可是今天下午，審訊換了花樣，那個游隊長把對骰子的興趣轉到了牌九上。是敵人掌握了什麼新的情況，在故意迷惑他們嗎？

大家都說是來打牌的，可是錢呢？雖然老方確實對大家交代過，每個人都多帶一點錢，他們也帶了，但是把他們身上所有的錢都掏出來，湊在一起也不過一百多塊大洋。就這麼點錢，為什麼要跑到圖書館的密室裏打牌？公共租界雖然裝模作樣抓賭，可誰都知道連巡捕自己也喜歡賭錢。梁士超清楚，他們不會相信這個說法。最讓人疑惑的是，組織這次會議、通知大家來開會的老方，竟然沒有在約定的時間出現。

林石傷得不輕，他被捕時右腿中彈，兩天來大部分時間都處在半昏迷狀態，這倒讓他暫時比較安全，因為在審訊室裏，他隨時都會不省人事，敵人把他拖出去，沒多久他就又被獄卒架回了牢房。

林石一邊回想那天從開會前到特務衝進來抓捕時的各種細節，一邊觀察著牢房裏的其他三個人。

陳千元第一次提審回來，身上到處都是傷。林石猜測，敵人可能見他比較年輕，也許參加地下工作時間不長，未必了解什麼重要秘密，索性拿他開刀，打了又打，以為把他拖回牢裏，可以嚇唬其他人。

雖然回到了牢房，但陳千元的情緒還是難以平靜，只要獄卒一走開，他就站到牢門邊朝外張望，顯然十分擔憂。林石想，他應該是在擔心那位年輕的女同志，那多半是他女朋友，他們兩人一起走進菜場上了樓。從白雲觀押解到龍華，一路上兩人一直緊挨著。

女牢靠近男牢一弄，在另一側的圍牆邊，那裏的小窗雖然對著男牢，但是與男牢三弄隔著三排房子。

“你這樣能看到什麼？”梁士超走到牢門邊，把陳千元扶回床邊坐下。

易君年可能受了電刑，回來時雖然一聲不吭，但手腕腳踝上明顯有灼傷。第一次審訊中，那個游隊長問過林石，易君年有沒有把口袋裏的骰子扔到桌上，林石說沒看見。那個游隊長又問，那麼後來易君年把骰子放進口袋，你看見了沒有？林石回答游隊長，他根本就沒看見第二對骰子，他在那房間就只看到過一次骰子，就是游隊長你自己從口袋裏摸出來的那對。

提審回來後，易君年就這麼靠牆坐在幾片草蓆上，林石一直在觀察這個人。敵人衝進來時，他看見易君年抓起桌上的骰子放進口袋，所以易君年肯定知道骰子的事情。究竟有幾個人知道？游隊長也知道骰子，林石當時就明白了，組織內部被滲透了。

最初只有老方知道骰子，但他卻沒有來開會。梁士超說過一句：所有這些情況，只有老方最了解。沒有人接他的話。易君年隔了很久才說，老方不可能有問題。易君年很少說話，這不奇怪，經驗豐富的同志，進了敵人的監獄通常比較沉默。

老方為什麼不來開會？這個問題林石想了很久，但他就像易君年一樣，不願意輕易懷疑任何一個同志。

林石把參加會議的人在腦子裏過了一遍。有一個人，易君年跟他打招呼，叫他老衛。特務衝進會場前，這個老衛十分焦躁，催大家趕緊開會。後來撤退時，又是他第一個衝出房間，成功逃脫。他好像有先見之明。

“你說，老方到底為什麼不來開會？”梁士超問陳千元。“他可能得到情報，特務知道了開會地點？”陳千元試圖解釋。

“那他難道不應該通知大家嗎？”梁士超自己倒有個想法，“你們說，老方會不會被捕了？”

牢房裏安靜了下來。

林石動了動，易君年起身過去看他，又查看了一下他的傷處：“你怎麼樣？感覺好些嗎？”

“身上發冷，傷口發炎了。”易君年一直都很關心他的傷情，可林石不想讓別人知道他受傷到什麼程度。

易君年摸了摸他的額頭：“你太虛弱了，多睡會兒。”然後脫下棉袍，蓋到林石身上，轉頭對那兩個人說：“牢房裏說話小心，隔牆有耳。”

林石確實覺得奇怪，軍法處那麼多牢房，關押的人一向龐雜，為什麼把他們關在一起，是想要製造環境讓他們私下議論嗎？

“老方是哪天通知你開會的？”梁士超又問陳千元。

“開會前一天下午。他急匆匆跑過來接頭，說完了馬上就要離開，說還有其他人要通知。他是一個一個通知的，我和董慧文，我們倆他很清楚，但他也是分開通知。到開會前一天晚上我們倆碰頭，才知道第二天要去同一個地方。”

“現在想想，老方為什麼要跟我說骰子的事情呢？”梁士超自言自語。

易君年見兩個人轉過頭來看他，便說：“我調到上海第一天就和老方接頭，這三年一直都跟他一起工作。就算你們都懷疑他，我也仍舊相信他。他那天沒到會場，一定有他的理由。情況十分複雜，我們要相信組織上早晚會查清真相。他來通知我開會，是直接到我那個書畫舖，我那裏他很熟悉。如果他真有什麼問題，我早就被捕了，用不著等到今天。

“不過你們說到骰子，我也覺得有些奇怪。按理說，他自己也要來開會，不需要把這個情況告訴大家，但那天他也對我說了，所以我覺得，他也許那時候就想到第二天會有意外情況，所以提前把與上級來人接頭的方式告訴大家，以免他來不及趕到會場。”

他轉念一想：“幸虧他沒有來，沒有按時開會。不然上級派來的同志一表明身份，把秘密任務一宣佈，如果像你們說的那樣，內部真有敵人的奸細，那就真的要壞大事了。”

“也不知道上級到底要給我們分派什麼任務。”

易君年再一次阻止他們繼續討論下去。在牢房裏，他們本不應該提及秘密工作。他改變話題，問陳千元是做什麼的。

“國際通訊社，給通訊社編譯電訊。”

“懂洋文，能做翻譯，了不起。”易君年稱讚道，“將來你一定可以為黨做重要工作。”

“我太年輕了。”

“年輕有什麼關係，很多年輕同志早已擔任重要領導工作。那麼，你呢？”易君年看向林石。

“我在銀行做事。”

“我當過兵。”梁士超跟了一句。

“衛達夫是房屋經租處跑街的，我開書畫舖。把我們湊到一起，這個任務不尋常。”

林石心想，這個易君年，一面讓大家不要討論秘密工作，一面自己又提起這個話題，他的好奇心很重，這一點讓林石也感到好奇。

“我估計上級派來的同志不是沒到會場，就是在從會場逃出去的人中間。”陳千元一邊想，一邊就把心裏的想法說了出來。

獄卒走到牢房門前，用警棍敲了敲牢門上的小窗：“不許說話！”

梁士超心裏，其實還有另外一個疑問。他自己也受過槍傷，不止一次。軍法處把司令部軍醫叫來給林石換藥，他也湊上去看了一下傷口。子彈側面貫穿小腿，從另一邊鑽了出去，撕裂了一大片肌肉。雖然創面很大，但處理還算及時，在巡捕房時就找了醫生。梁士超覺得，槍傷並不是很嚴重，摸他身上也不怎麼燙手。他為什麼要裝得傷很重呢？

還有這個書畫舖老闆，為什麼一直阻止他們討論老方的問題呢？這個老闆自己其實也很感興趣，這話題原本就是他先引起的，但他很快就閉嘴不說，過了一會兒，反而勸大家要小心，不要亂說話。做地下工作實在太傷腦筋了，革命工作的這個部分真不適合自己，梁士超覺得。

“被捕的兩位女同志，一位叫凌汶，是有名的女作家。她丈夫在廣州犧牲了。另一位女同志我不認識。”易君年轉過頭，看看陳千元。

“慧文在小學做老師。”

“廣州起義後，犧牲了太多同志。”梁士超忽然問易君年，“你也在廣州工作過？”

“你怎麼知道的？”

“那個姓游的提審時說，一網抓進來，其中三個都到過廣州，這裏面肯定有文章。”

“所以林石也在廣州工作過？我們居然都沒見過。”易君年微微一笑。

窗外探照燈的光束來回掠過，疲倦伴著傷痛陣陣襲來。陳千元努力回想著那天早上出門時，有沒有把攤在桌上的翻譯手稿藏好。如果能從龍華看守所活著出去，他希望自己能把書稿譯完。迷迷糊糊地，他回想著那些尚未校對的文字：

……奇跡在自然界和歷史上都是沒有的，但是歷史上任何一次急劇的轉變，包括任何一次革命在內，都會提供如此豐富的內容，都會使鬥爭形式的配合和鬥爭雙方力量的對比，出現如此料想不到的特殊情況，以致在一般人看來，許多事情都是奇跡……

老方

上午十點左右，申新旅社日班茶房老陸把客人送進二樓房間，白天，這一層的房間都由他管。他把兩隻皮箱放到架子上，關上窗，打開房間裏的熱水汀，站在那兒沒動。再過幾天就是除夕，客人不多，長住的客人也走了不少。要等過了年三十，才會有客人來包了房間打牌。

客人姓陳，陳先生往他口袋裏塞了五角錢。不是那種手面豪闊的客人，但也曉得規矩，懂經。如果不是要過年，他多半只拿出一張兩角五分。老陸笑嘻嘻地說："陳先生，我回頭給您送泡茶的熱水。走廊兩頭都有電話，往旅館外面打，旅館有接線小姐。"

"好，謝謝。"

"您還有什麼吩咐？"

客人搖搖頭。一路上樓，老陸搭訕了幾句，但是客人沉默寡言，不怎麼接話。他看上去十分疲勞，面龐清瘦，應該有幾天沒刮鬍子了，那身鑲毛皮領子的厚呢大衣雖然散發著一股長途旅行的氣味，但穿在他身上，樣子實在是好。

他只是說他從"新京"來，是個做古董生意的商人。自從去年偽滿洲國成立，上海的旅館裏也常常見到從那兒來的客人，這些來路不明的東北新貴還都很有錢，不知跑到上海來幹什麼。如果這位陳先生是個樂於聊天的客人，老陸說不定要跟他聊聊之前日軍侵佔山海關的事情。

客人忽然像回過神來：“哦對，老陸，我想理個髮，附近有沒有好點的地方？”

老陸對這個一直面無表情的客人有了些好感，旅社下榻的客人通常直呼茶房，沒人關心雜役姓甚名誰。

“旅館裏就有，這會兒應該上班了。外面麼，您出門向北，順著門口這條馬路下去一直走到三馬路，轉個彎就能看見一家。”老陸仔細指點道。

“謝謝。”

陳千里下樓在前廳桌子上拿了一份《申報》。他先在頭版上看了蔣介石親赴南昌坐鎮指揮“剿共”的消息，又向後翻到廣告版，似乎漫不經心地掃了一圈，全是些舖屋租賃、舊車收購、鬻字賣畫的小廣告。在旅社門前，他把報紙插進大衣口袋，按照茶房老陸的指點，向三馬路方向走去。

快過年了，街上飄著股醃魚臘肉的氣味。幾家呢絨綢緞舖外面，都打著抵制日貨的布幡。他放慢腳步，像街上其他行人那樣閒適地走著。

啪——左側弄堂裏一聲脆響，一個小男孩躥了出來，穿得像個圓球，新棉襖上已沾了不少泥灰。他左手攥著幾顆鞭炮，右手點著根火煤子，一頭撞過來，陳千里閃身扶住小孩。他看了看手錶，又見弄堂出口旁邊有個煙紙店，櫃枱上放著一台公用電話。他付了錢，撥打了一個號碼，等了好一會兒對方才拿起聽筒……

他看到茶房老陸說的那家理髮店，就在對面街角，但他沒有過去，而是在馬路中間的車站跳上了一輛有軌電車。

一個多月前，陳千里離開了伯力的訓練學校，他在那兒住了三年。三年下來，連不近人情的教官都有了些離愁別緒，那天把正在冬泳的陳千里從冰水中叫上岸，在教官宿舍裏喝了一夜酒。接著就是萬里征途，先是坐六百公里火車，一路穿越西伯利亞森林，到了符拉迪沃斯托克，沒想到在那裏耽擱了半個月。

冬天，外港海面上結了一層厚冰，只有少數運送蘇聯急需物資的貨輪可以用破冰船開道，進出港口。他費了好大功夫才找到一艘能搭乘旅客的貨輪。

從伯力啟程時，他得到的指示是潛入福建和兩廣地區，對國民黨軍閥高層做瓦解分化工作，為粉碎敵人對中央蘇區的下一次“圍剿”預先作好準備。原本他應該到香港下船，但是在青島，一位預料之外的客人上了船，到他的單間客艙拜訪。來人讓他臨時改變計劃，把目的地換成上海。

“中央交通局的‘老開’在上海被捕，特務包圍了開會地點。一同被捕的還有其他五位同志。加上‘老開’，那次會議應該有十二位同志參加，會後這十二位同志就將組成一個臨時行動小組，執行機密任務。”

來人告訴陳千里，他們將要執行的任務，與中央最近所作的重大決策有關，那是一項絕密計劃，即使在組織內部，也只有極少數同志了解。上級臨時把陳千里調過去，指示他幫助“老開”，繼續推進那項任務。具體情況等他到上海後，會有人向他傳達，向陳千里傳達任務內容的同志，很可能仍然是“老開”。

陳千里問：“被捕同志有可能營救出獄？”

“參加會議的人並沒有全部被捕，根據得到的消息，會議還沒有開始，特務就衝進了會場。被捕的人中，除了‘老開’，沒有人了解任務內容。到目前為止，也沒有人知道‘老開’究竟是其中的哪一位。‘老開’是經驗豐富的同志，組織上相信目前有關情報並沒有洩露。

“黨組織正在運用所有力量營救他們。目前看來，希望很大。等你到達上海，他們很可能已經出獄了，你要設法與‘老開’取得聯繫，他會向你傳達中央的絕密計劃，以及臨時行動小組負責的具體任務。”

陳千里望著舷窗外夜色中的港口：“上海小組在秘密會議現場被捕，說明地下黨組織很可能被滲透。我需要了解更多情況。”

客人端起茶杯，焐著手心：“組織上也有相同判斷。最近在上海，不斷有地下黨組織被敵人破獲。特務甚至衝進了黨中央絕密機關，有證據證實有人被捕叛變。

“這兩年，南京那個特工總部似乎找到了一點竅門，據說他們因為頻繁破壞我黨的地下組織，越來越受到蔣介石的信任，這兩年特務機構得到了很大擴充，眼下鬥爭形勢十分嚴峻。

“上級從內線得到情報，有一個代號叫‘西施’的特務，很可能潛伏在我們內部。情報來源並不了解他從什麼時候開始混進了黨組織。特工總部得意揚揚，吹噓他們的‘剿共’成果，才使這個消息漏了出來。上級情報部門作了分析，感覺這個‘西施’，有時候像一個長期潛伏的特務，有時候卻又像是個新近投敵的叛徒。”

陳千里剛剛就想過這個問題：嚴格地說，如果黨的地下組織遭到敵人滲透破壞，那麼這部分系統就應該凍結起來，暫時不能啟用。

“既然有內奸，為什麼不另外組建行動小組，重新佈置任務？”

“時間十分緊迫。上海臨時行動小組執行的任務，是中央絕密計劃的一部分，參加人員是考慮到執行任務可能遇到的情況，由組織上從各個不同行業的人員中緊急挑選的，一時間也很難重新組織這樣一支隊伍。況且‘老開’已經與他們見面。上級派你過去，就是希望你能夠對地下組織被滲透的範圍，作一個精確判斷，爭取盡快肅清內奸，同時幫助‘老開’完成任務。”

“召集行動小組之前，有多少人知道這件事情？”

“除了‘老開’，那個時候只有上海地下黨負責同志方雲平了解情況。參加小組的人只是收到會議通知。原本上級讓老方也加入行動小組，作為小組負責人，配合‘老開’完成任務。但是有消息說，他那天沒有去開會。”

“所有人都在開會的地方，為什麼特務只抓去了六個人？”

“菜場十分混亂，事發突然，部分同志混進人群逃了出來。”

“這些人裏面，上級認為有誰可以信任？”

“上級等著你的判斷。”

“那個老方似乎存在疑點？”

“如果老方有問題，敵人抓捕的時間會更早，範圍會更大。組織上目前還沒有這樣考慮。”

陳千里認為這樣的推斷並不十分嚴密。

按照這位訪客的指示，他來到上海。輪船在吳淞口停了一個晚上，上午退潮後領航員登船，租界的外國員警也隨同一起上船。巡捕盤問了他，把他登記成做古董生意的商人。下船後他讓黃包車夫把自己拉到申新旅社，安頓好之後，立即來接頭地點找老方。

陳千里在四川路橋前下了電車，過橋沿蘇州河堤轉向西去，繞著郵政大樓回到北四川路，他四下看了看，確定沒有尾隨的人，然後沿路朝北走去。這一帶是他曾經常來的地方，公益坊裏的水沫書店、辛墾書店不知道是否還開著，魯迅、馮雪峰也曾在此參加《前哨》雜誌的活動。公益坊廣東人聚集，西北面的辰虹園，是中山先生數次到過的地方，這會兒門前一組新人和親朋好友正在準備文明婚禮。

陳千里從人群中穿過，走進了馬路對面的弄堂，找到了那家剃頭舖。

一位客人臉上蒙著熱毛巾，躺在放倒椅背的理髮椅上。剃頭師傅二十多歲，手裏拿著剃刀，正準備給他修面。見又有客人進來，他伸著剃刀指指邊上另一張椅子，陳千里坐了下來。店舖裏忽然安靜下來，三個人誰也沒說話。過了一會兒，修面的客人從熱毛巾下開口說話：“這位先生不是本地人吧？”

“從青島坐船剛到上海。”

“快過年了，您是來看親戚？”

“做生意。”

“年關將近，這大冷天倒還有生意？”

“古董生意，不講時令。哪兒有好玩意，就得往哪兒趕。”

正說著，剃頭師傅過去關上了店門。修面客人一把拽下變涼的毛巾，朝陳千里轉過臉——

他說他是老方。

剃頭師傅拎著燒水壺，站到店門外，門旁有個爐子專門燒熱水。他關上了店門，現在店裏只有他們兩人。

老方躺回椅子，又把變涼的毛巾蓋回臉上，露出兩隻眼睛盯著對面牆上掛著的一面小鏡子。這鏡子想必是要等剃完頭後，才遞給客人的。陳千里順著老方的視線，也看了看鏡子。鏡子掛得很巧，略微側了側，正好對著店門旁那扇窗戶，透過窗戶，就能看見外面的動靜。

“這裏——你覺得不放心？”陳千里輕輕地問。

“這裏沒有問題。那是我兒子。”老方指了指門外。

少頃，他又補了一句：“敵人掌握了大部分地點，我住的地方也被他們包圍，我逃了出來。這裏從來沒有做過聯絡點，被捕的人也不知道這裏。”

“他好像有點不太樂意？”陳千里望著房門，門縫忽明忽暗。

“他想參加工作，想做大事。”

店門外，老方的兒子攔住了附近常來理髮的熟客：“太忙了，店裏兩個客人剛坐下，你過會兒來吧。”

“來這裏理髮的都是附近弄堂裏的居民。”老方小聲說了一句。

陳千里站起來走到門邊朝外觀察了一下，回身拿起旁邊凳子上疊著的一條白圍布，把它套在自己身上，坐了下去：“還是不能大意。那天開會你沒去？”

“我本來應該去的，但是遲到了。我趕到菜場附近時，看見巡捕房的警車，後來又遇見從會場逃出來的崔文泰。”

“你是召集人，怎麼遲到了？”

老方猶豫了一下：“開會前一天晚上，上級派人通知我，要我第二天早上六點，到蘭心戲院斜對面，普恩濟世路口一家包子舖，與一位同志接頭。包子舖早上開門後，就把門板橫在外面，吃早點的人可以拿它當桌子，那位同志到時候會坐在那裏。

“我一到那裏就感覺情況不對，馬路上閒人太多了，一大清早，街上那種打扮的人不應該有那麼多。我遠遠看見包子舖門外的桌子是空的，沒有人坐在那裏。

“我必須做點什麼，向那位同志發出警報。東邊馬路上有個人靠在梧桐樹幹上抽煙，就是剛剛說的那種看著形跡可疑的閒人。我靠近他，跟他借火，趁他不備，伸手拍了拍他的衣服，果然衣服底下有手槍，沒等他反應過來，我就給了他一拳，拔出那支槍朝天開了幾槍。

“普恩濟世路向東再有一小段就到頭了，前面是小浜灣，弄堂是通的，從裏面可以一直走到隔壁聖母院路。我就朝東跑，一邊跑一邊開槍，然後在小浜灣裏把槍扔了。他們沒有追上我。我等了很久才繞回去，弄了一頂帽子戴到頭上，到那家包子舖附近打聽，據說那幫便衣沒有抓到什麼人。”

“什麼人這麼重要，讓你冒這麼大風險？”

“你知道那位同志是誰？”

“你告訴我。” 陳千里注視著老方。老方轉過頭來：“那是浩瀚同志。”

陳千里當然知道，雖然這只是一個工作化名。

“上級原先指示，讓我與浩瀚同志接頭，安排好隱蔽住所，等待通知。前幾天中央絕密機關有人叛變，浩瀚同志不得不撤離，情況十分危急。我就問上級，既然那麼危險，為什麼不趕緊讓浩瀚同志轉移，反而要讓我與他接頭？我這裏也並不安全呀。上級就說，等明天開完會你就知道了，‘老開’ 會告訴你怎麼辦。”

“你是什麼時候通知大家開會的？”

“前一天下午開始，一個一個分別接頭，跑了整整一下午，到晚上才把十個人全部通知到，加上我，加上 ‘老開’，一共十二個人。具體人選也讓我決定，臨時召集，只說是有重要任務。抓了六個，逃出來五個。逃出來那五個我都認識，所以 ‘老開’ 一定被捕了。”

“地點是你安排的？”

“是的，那是個新地點，我們剛弄到手還沒有——”

門外間或有人路過，他們就停下交談，像兩個有些不耐煩的客人，一個掰著手指關節，發出啰啰的聲音，另一個不停地把兩條腿換著疊來疊去。

老方想了想，鄭重其事地說：“我願意接受組織調查。”他從棉襖裏掏出一封信，遞給陳千里。

方兄如晤，老易與妹等情形，料兄悉知。我等既已入院，決與之抗爭。內心甚為安寧，最壞情形也不過一死而已。天氣嚴寒，望兄等珍重。並請轉告父母大人，幸自攝衛。妹凌等。

陳千里翻過信紙，找到一段密寫，字很小，而且寫在正面那段文字背後，很難被發現。

所有同志決心已定。骰子事已暴露，有內奸。

“這是獄中同志送出來的？”

“是凌汶和董慧文兩位同志。”老方指點陳千里看信紙下角幾個很不起眼的墨點，“位置和數量，敵人偽造不出來。”

“骰子是什麼？”

“接頭的方式就是牌九和骰子。每個人都會帶上幾隻骨牌，人到齊了就湊成一副牌九。正式開會時，‘老開’會拿出一對骰子。我也不認識‘老開’，所以就用這個辦法。敵人還不知道‘老開’

的事情，但是他們知道骰子。”

“骰子有誰知道？”

“這件事情我大意了。我不應該把骰子告訴別人。我自己也會去，所以完全沒有必要跟大家說。我那時候只是覺得，只要會議一開，大家就都知道了。我仔細回想，有好幾個人知道骰子，我不知道老易會不會告訴凌汶。這是個接頭暗號，他們從各條線上臨時調進這個小組，我告訴他們開會時拿出骰子的人，就是上級派來佈置任務的同志。”

“也許他們會在獄中告訴別人？”陳千里幾乎讓人難以察覺地搖了搖頭，“這封信，取信安全嗎？”

“我們租下了徐家匯郵局一三七和一三八信箱，一三八正好在一三七下面，隔板有個機關，輕輕一拉，一三七的信就掉下來了。就算有人在旁邊監視，也不容易注意到打開一三八信箱的人。”

“還是太冒險了 ——”陳千里再一次仔細檢查那封信。

“我的交通員是崔文泰，實際上是他去取的信，今天早上剛交給我。”

“先說說那些參會的同志吧。”

“我負責地方黨組織工作，這些人我都很熟悉，都受過嚴格考驗。凌汶，是個女作家，參加過左聯，認識不少人。她丈夫犧牲了。我覺得她應該安心當個作家，我們黨也需要這樣的同志，但她說要繼續丈夫未竟的事業，甘願冒風險從事地下工作。

“梁士超，參加過南昌起義，反‘圍剿’時受了重傷，只能送到上海，秦傳安同志就是為他治傷的醫生。

“衛達夫，組織上特地派他到房屋經租處工作，很多秘密聯絡點都是從他手裏租下的，如果他出了問題，那地下組織早就暴露了。

“易君年同志，民國十八年七月，組織上把他調來上海。他在廣州就一直做情報工作，秘密鬥爭工作經驗豐富，有好多次他搶在敵人行動前報信，是個可靠的同志。

“田非，在菜場樓上那家圖書館工作，開會的地方就是他找的。我仔細想過，他會不會有問題，但我想不出有什麼跡象。”

老方似乎激動起來，不停掐著手指關節：“他們都是可靠的同志，雖然職業不同，有些同志缺乏經驗，但我沒法懷疑他們對黨的忠誠。”

“我們不是在懷疑，而是要考察他們。”陳千里糾正老方。

“我同意。他們願意為黨的事業犧牲一切。李漢的哥哥，凌汶的丈夫，都犧牲了。陳千元和董慧文是一對戀人，兩個人都充滿熱情 ——”老方忽然抬頭看了看陳千里，懷疑自己究竟有沒有看見他的眼睛閃了一閃。怎麼那麼巧？

“陳千元是你什麼人？”

“是我弟弟。”陳千里腦海裏閃過陳千元從前的樣子，“我們也三年沒見了。所有這些人，包括陳千元，我更想了解的是他們之前的經歷。歷史 ——”他望著鏡子中的老方，“人的面貌很難看清楚，那是用他們的歷史一層層畫出來的 ——”

“白區工作沒法為同志建立檔案。”老方覺得組織上派來的這位同志，目光銳利，考慮問題卻有點教條繁瑣，“這幾年，國民黨瘋狂發展特務組織，地下工作稍有不慎，就會被敵人發現，各系統不斷遭受損失，很多同志因為原先的工作條線被破壞，上下級關係失聯。他們懷著極大的革命熱情找到黨，然後被安排到其他條線工作。按照紀律，在新的工作系統裏，相互之間不應該提到過去。可是同志之間的忠誠和信任，才是大家開展工作的基礎。”

“易君年，他的情報來源可靠嗎？”

“老易來上海時，大革命失敗兩年了，地下組織處境艱難。組織上把他調來，就是為了重建情報網。這些年他一點一滴做工作，為黨組織提供了大量有價值的情報。”老方補充道，“有一次，因為來不及通知執行任務的同志，他親自出手懲處了叛徒，避免了一次重大損失。”

“具體說說。”陳千里第一次讓老方感覺到他對話題有點興趣。

“組織上做了調查，那個叛徒十分危險，老易處置果斷，做對了。後來特務大肆報復，老易的情報網，有一位同志也犧牲了。”

“是這樣——”陳千里一步步複盤著老方講述的線索，“營救現在做到哪一步了？”

“組織上通過十九路軍的關係，軍法處已經讓我們提交舖保檔，我正在安排，計劃讓秦傳安擔保梁士超，他開了家私人診所，在上海有很好的社會聲望。”

“他也是小組成員，去菜場參加了會議，讓他出面合適嗎？”

“按理說，確實不能由他出面，但他說小組裏其他人都不認識他，梁士超一直在他的診所裏幫忙，由他擔保名正言順。秦醫生是從德國醫院出來的，多年來一直在租界行醫，結識了不少達官貴人，只要不是被敵人當場抓住，或者證據確鑿，敵人也不能在租界裏隨便抓人。”

老方憂慮地說道：“另外幾位同志的舖保還沒有落實，我正在設法安排，但是這幾天特務到處找我，租界鐵門上貼著畫像，我白天不能到處跑。為了確保組織安全，我切斷了大部分工作關係，一直在等你。”

“一面交保釋放，一面又在抓你，敵人這是想做什麼？”

兩個人都陷入了沉默。

有人推門，是老方的兒子，他把頭伸進門裏說：“有兩個陌生人在橫弄堂晃來晃去。”說完又退了回去，門關上了。

陳千里警覺地站了起來，再一次走到門邊：“這些同志互相之間，以前有橫向工作關係嗎？”

老方也站起身來，一邊朝門外張望了一下，一邊下意識地拿起旁邊的剃刀，手指提著刀刃，刀柄在小桌上輕輕地敲：“凌汶和衛達夫是易君年的下線，是情報網的內勤。我特地挑了老易，他有謀略，也很勇敢——”老方看了看陳千里：“我覺得他和你，從某些角度看，還真有點像。我們花了很大力氣疏通營救，他們應該這幾天就會從龍華釋放，到時候你跟他接頭，你們倆也許合得來——”

“我們得趕緊離開這裏。”陳千里打斷了老方的話。

門口人影晃動，有人用手肘推開門，手攏在夾棉長袍的衣袖中，一步跨了進來，小方在來人背後喊："今天來不及做了，客人明天請早——"順手把來人往門裏頂了一步，也跨進屋內，背手合上門。

來人見勢不妙，放下攏著的手，撩起棉袍下襬，手就勢往裏面掏——

陳千里兩步跨到來人背後，按住他的手，順著一摸，對老方說了一聲："槍。"

"識相點，偵緝隊大隊人馬在後面，馬上就到，跟我們跑一趟吧——"來人話沒說完，陳千里順勢拿過老方手中的剃刀，割向特務的喉嚨。

陳千里抱著這個傢伙，慢慢把他放倒在地上。

"弄口來了好多人，"小方催促道，"你們先從後門出去。"老方俯身從特務腰裏摸出一支史密斯威森轉輪手槍，一面退出彈膛檢查子彈，一面鄭重地望著陳千里："你從後門走，先找老易。"他一步跨出門外，又回頭對著陳千里說："帶著我兒子！"

老方走到弄堂裏，回頭看了兒子一眼，抬手朝天開了一槍，便向弄堂深處跑去。陳千里站在門後，從視窗看見他剛跑到橫弄口，突然停住，回轉身，似乎想要往回跑，這時從弄口方向射來一陣亂槍，一顆子彈打在老方的肩膀上，他趔趄了幾步，躲進了橫弄堂。

可是後門也被堵住了。小方推開門，只探了下頭便退了回來。後門兩邊的弄口也有便衣特務。兩人上了樓，從一條昏暗的窄梯爬上曬台。小方跑到曬台護牆邊伸頭看看外面，指著護牆外對陳千里說："你下去，順著那道牆爬，翻過屋頂就是隔壁人家的曬台。"

弄堂裏又響了兩槍，接著是一陣亂槍聲，然後安靜下來。不知誰家養的一群鴿子從屋頂躥上半空，有人急急關上窗戶。

陳千里上了護牆頂，回頭叫："跟緊我。"

槍聲又響，小方朝他搖搖手："我回去找老頭。"他轉頭衝向樓梯口，一眨眼就消失不見了。

陳千里猶豫片刻，又向前挪去。護牆連到隔壁人家的山牆，離房頂半人多高，他搭手上了房頂，輕腳踩到瓦片上，爬了幾步翻過坡頂，果然下面是個曬台。

他伏下身，聽見隔壁曬台上一陣打鬥喧嚣，有人從樓梯滾落，又有人咒罵，緊接著是凌亂的腳步，似乎有很多雙皮鞋踩在樓梯木板上，再是一陣打鬥，有人突然開始叫罵，是剃頭師傅小方，聲音斷斷續續，還有些沉悶，像是從很遠的地方傳來，像是臉被按在水門汀地面上發出的聲音。

他蹲在牆邊想了想，覺得敵人也許知道剃頭舖裏有三個人。如果是那樣，他們很快就會搜查弄堂裏的每戶人家，他不能在這裏耽擱太久。陳千里在曬台上站起身，向四周眺望，這片石庫門房子連甍接棟。

接連翻越了兩處曬台，牆外已是馬路，陳千里脫下大衣，翻了一面，露出裏面的羊羔絨，穿上後便走樓梯下了曬台，悄悄穿過樓道。沒有人。他下了樓，穿過天井，推開一扇門，門後是一家沿街茶莊。店裏沒有客人，掌櫃訝異地望著他旁若無人地出了店門。

剃頭鋪那條弄堂口圍著很多人，幾個巡捕舉著警棍，嚇唬幾個靠近張望的年輕人。警棍打到棉襖上，灰絮飄揚起來。陳千里沒有馬上就離開，他靜靜地在人群後站了一會兒，聽見有人說：“年輕的一場糊塗，臉上都是血。老的那個當場被打死了。”

陳千里在路上不時想起老方剛剛說的話：“帶著我兒子！”

賽馬票

本場電影已過半，下一場的觀眾還沒到，大光明大戲院外只有三兩行人，在寒風中匆匆趕路。頭頂上方的電影海報被風吹脫了一半，飄在半空中嘩嘩作響，夕陽照在瑪琳・黛德麗有些扭曲變形的臉上，那頭著名的金髮也已飽經冬日風雨和塵土的摧殘，變得黯淡無光。陳千里到票房轉了一圈，又從另一扇門走了出來。他繼續向東走了一段，左轉進了派克路。

他仔細回想，應該沒有什麼異常。昨天，他在書畫舖門口的電線杆上貼了一張綠字條。字條是老方犧牲前給他的，書畫舖老闆只要打開店門，就會看到字條上寫的尋人啟事，然後按規定時間到卡爾登大戲院，與來人接頭。書畫舖開門營業了，夜裏二樓也開著燈。陳千里在附近觀察了很久，沒有站在街角無所事事只顧抽煙的人，也沒有手勢生疏的鞋匠。

這幾天，義大利山卡羅氏歌劇團在卡爾登上演《圖蘭朵》。戲院門旁，那幅表現主義風格的巨大招貼畫上有中意兩種文字：*在圖蘭朵的家鄉，劊子手永遠忙碌*。那是開場合唱中的一句歌詞，不知製作它的人專門挑出這句是什麼用意。

那家書畫舖的老闆，正是易君年。陳千里在他的書畫舖門口仔細觀察了他兩天，人群中一眼就找到了穿著灰緞夾袍的易君年。

陳千里跟著一小群人前行，慢慢靠近易君年。他側過身，望著馬路對面，那是正在建造的四行儲蓄會大樓，冬日夕陽照射在高聳入雲的腳手架上："一個賣古舊字畫的，也來看義大利歌劇？"

"它說的可是中國故事。您是——"易君年朝招貼畫努努嘴，畫上有一個尖下巴的中國女人，背景上隱隱約約是一些中式宮殿。

"姓陳。"陳千里回頭看著他。

易君年慢悠悠地從大衣口袋裏掏出煙盒，借遞煙打量了一下來人，當對方隨著人流走來時，幾乎不易察覺，但當他站到自己面前，卻像是一個從電影裏走出來的人物。陳千里擺擺手，易君年自己取出一支茄力克香煙點上："陳先生，不是本地人吧？"

"從新京來，受人之託，想找一些好東西。聽說最近北平的東西都跑到了上海，不知道易先生有沒有路子？"

陳千里這件從符拉迪沃斯托克舊貨店買來的大衣，羔皮裏子狐毛領，一望便知從極寒地方來。從下船那一刻起，他就話裏話外透露自己是個古董商人，與在大陸冒險的日本商人有一些神秘聯繫。

"連政府都打算把北平的文物運到南京去，何況民間。"易君年接著陳千里的話題說道。因為日軍在長城一線蠢蠢欲動，據說國民政府正準備從北平故宮文物中挑揀一批，送往南京。幾天來報紙上議論紛紛，都在說這件事情。

風從空曠的跑馬場方向吹來，把梧桐落葉吹得到處都是。易君年扔掉抽剩的半支香煙，搓了搓手。兩個人一前一後，好像只是不約而同，一起向跑馬場方向走去。

跑馬場周邊的護欄邊，行人稀疏，他們停了下來。馬賽大多在春秋兩季，屆時賽道圍欄旁簇擁著賭徒和小報記者，人人都爭著打聽和傳播各種真假消息。平常日子，騎師和馬夫也會不時牽著馬到賽道上轉幾圈，讓賽馬在眾人面前亮亮相，假裝精神抖擻或者萎靡不振，以此操縱賠率。不過這會兒，薄暮籠罩的跑馬場上，只有幾個外國小孩在爭搶一隻皮球。

“陳先生對什麼感興趣？我只懂點字畫。”

“那我就找對人了。”

皮球踢上半空，又落到砂石賽道上，驚起幾隻麻雀。陳千里輕輕地說：“我只擔心買到假貨。”

“買到假貨，那是常有的事，在上海，連金先生這樣的大藏家也不免上當。”

圍欄邊突然孤零零出現一匹賽馬，馬背上蓋著條紋毛毯，馬夫遠遠跟在後面，不時吆喝幾聲。一馬一人寂寞地在賽道上繞著圈。

“願聞其詳——”在冬日黃昏的蕭瑟寒風中聽一個略帶喜劇性的故事，陳千里對此似乎很有興致。

“金先生最愛明四家，做夢都想要一幅‘仇英’，字畫行裏是個人都知道這件事。”

易君年又點了一支香煙，盯著那群正翻過圍欄、準備回家的小男孩：“於是有一天，‘仇英’自己上門來找他了。來人說，手上有一幅‘仇英’的小畫。金先生喜之不盡，約定日子讓他拿來看，還特地約請了滬上一位書畫界的行家，於那日一起來鑒賞。

“到了那天，此人果然拿著一幅‘仇英’上門，請來的那位行家細細觀摩了好一陣，然後說，這幅畫是假的——”

易君年停下來，抽一口煙。

“既然是假的，以金先生的身份地位當然不收。金先生也不多話，客套了一番後，禮送出門。那位行家也婉辭夜宴，一同出門離去。

“金先生有點奇怪，多生了個心眼，讓下人跟著出去，正看見這位行家在門外街上攔著來人橫豎要買。下人回來報告金先生，金先生大怒，這快趕上明搶了。第二天金先生就讓人捎了一句話給那位行家，要麼賣給金先生，願意再加價一倍，要麼自己拿著那幅‘仇英’，從此就別想在上海灘混了。”

“那幅畫是假的。”陳千里說。

“正是如此。”易君年扔掉煙蒂，“那位行家自己畫的。”陳千里忽然笑了起來：“故事是好故事，可這故事像是從《笑林廣記》裏偷來的。”

他從大衣內取出一冊廣益書局版《笑林廣記》，遞給易君年。易君年接過去翻開，書中夾著半張跑馬廳大香檳票。

“這回大香檳賽，開出頭獎二十萬。”易君年一邊說，一邊往懷裏掏，“賭馬的人越來越多了，市面越是蕭條，跑馬場就越熱鬧。”他掏出半張馬票，上印“提國幣一元作慈善捐款”。他把那兩個半張合到一起，湊成完整的一張。

易君年不用再假裝冷淡，有點激動地去握陳千里的手。他剛經歷被捕和審訊，釋放後又聽說老方犧牲了，時刻都在擔心就此與組織失去聯繫。陳千里卻沒有握住那隻伸向他的手，只是朝對方笑了笑。

“我叫陳千里。”他說。

聽到這個名字，易君年愣了一下。

“陳千里同志，”他克制著情緒，但語氣仍然有些悲憤，“老方犧牲了。”

天色昏暗，路燈漸次亮了起來，陳千里注視著易君年：“哪來的消息？”

“我們在巡捕房裏面有內線情報。他們在老方兒子的剃頭舖裏找到了老方。老方兒子也被捕了，敵人嚴刑拷打，就想知道老方在那裏準備跟誰接頭。是你嗎？”

“老方在碼頭附近跟我接頭，他離開時沒有什麼問題。”陳千里並沒有什麼明確的判斷，但他決定有些事情要先觀察一段時間再說。

“按理說，你們剛出獄，不應該急著跟你聯繫。”陳千里說得很直率，“但我必須找到‘老開’。”

易君年又點上一支煙，臉上忽明忽暗。陳千里覺得自己看不清對方的表情。

易君年輕輕歎了一口氣，知道陳千里的話是對的，雖然他很想立刻就取得對方的信任，他想馬上重新開始工作。

“‘老開’，就是上級派來傳達任務的同志？”

“他現在在哪兒？”

“他還沒有表明自己的身份，敵人就衝進來了。我們陸續進房間，每個人都往桌上放了骨牌。十二個人如果到齊了，主持會議的人應該拿出一對骰子，證明他是上級派來傳達任務的同志。可就在那時，聽到了槍聲，接著有人跳樓，大家緊急疏散，但兩邊通道都堵住了，我們只能回到房間，混亂當中我看到那對骰子已經放到了桌上，說明他已經到了。我意識到我們馬上就會被捕，他是唯一知道會議秘密的人，不能讓敵人發現。情況太緊急了，我沒有多想，把骰子悄悄放進了自己的口袋。”

陳千里想了想，又問：“你覺得敵人知道‘老開’就在這些人中間嗎？”

“我估計敵人可能並不知道這個化名，從沒有人提起。老方通知大家時也沒有說過。”

“審訊過程你能回憶起來嗎？”

他們站在這裏的時間會不會太久了？陳千里轉了個身，背靠著圍欄。天差不多完全黑了，遠處路燈下偶爾出現一兩個行人，大馬路上新近安裝了霓虹燈，在黑夜裏勾勒出一兩幢大廈的輪廓。如果有人看到他們在這裏說了那麼久，會不會覺得奇怪？他在想。

“押解到龍華的第二天，上午很早就開始提審。我比較晚，我要到下午。有人聽見女牢也是上午就開始提審。後來我聽凌汶同志說，先提審了小董，就是董慧文——”

“在獄中你們有聯絡通道？”

“那倒沒有，女牢隔得太遠了。是出獄後，出獄之後我和凌汶見了面。”

他在躲閃什麼？陳千里心想，夜色中他隱約感覺對方窘迫地笑了一下，接著又說了下去：“她是上午出獄，知道那天我們都會被釋放，她叫了兩輛黃包車，讓一輛空車在警備司令部釋放犯人的門口等我，她自己坐一輛遠遠地看著。我們都聯繫上了，我們六個人，釋放時就約好要互相保持聯繫，誰先找到組織就通知大家。我和凌汶原本就一起工作，她是下線。我們這個小組專門做情報，她是內勤和交通，忠誠可靠，她丈夫前些年犧牲了。我信得過她。

“有時先來提一個，過會兒再提出去一個，偶爾也會兩三個人一起提審。先出去的不一定會先回來。審訊並不在同一個地方，每個人回到牢房以後都盡量回憶，好把需要警惕的事情告訴其他同志。我自己被提出去審了兩次，軍法處偵緝隊的隊長游天嘯，兩次提審他都來了，就來一會兒，時間不長，應該是在幾個審訊室跑來跑去。游天嘯一點也不相信我們事先想好的託詞，他很確定我們不是在賭錢。我們這些人互相都不認識，怎麼會聚在一起，他反覆盯著問，我想他猜到我們有一個特殊任務，推測應該會有一個傳達任務的人。第二次提審時，他提到了骰子，他問誰是把骰子拿出來的人。”

“你是說第二次提審時，他知道了骰子的事情？那麼——是有人在提審中向敵人洩露了這個秘密？”

易君年認真地想了想：“應該不是。游天嘯領著人衝進會場時，他自己拿出一對骰子放到桌上，裝出一副什麼都知道的樣子。”

“如果是那樣 ——” 陳千里似乎一邊努力思考，一邊斟詞酌句，“你懷疑組織內部被敵人滲透了？”

“我認為 ——” 易君年艱難地說出了他似乎考慮很久的想法，“組織內部很可能有內奸。”

陳千里搖了搖頭，好像決定暫時放下這個想法：“我要跟‘老開’同志取得聯繫。”

“上級也沒有告訴你到底是什麼任務？”

陳千里沒有回答，卻反過來問易君年：“你們約定了出獄以後，用什麼方式互相聯絡？”

易君年把大家的聯絡方式告訴了他。他發現這位同志的記性特別好，每個位址和聯絡方式他都只說了一遍，而對方沒有再問。

兩人分手時，陳千里又回轉身問易君年：“那個衛達夫，是不是專門負責安排安全住所的同志？”

“組織上安排他進房屋經租處工作，一旦需要設置秘密聯絡點，或者安全住所，他很快就能安排好，哪怕臨時通知他也沒有問題。他手裏也有一些十分可靠的舖保。”

易君年把《笑林廣記》捲了捲攥在手裏，遲疑了片刻才又說道：“但是菜場會議被敵人破壞以後，加上部分同志被捕入獄，他有些意志消沉。”

“那我就借這個機會觀察他一下。” 陳千里摘下帽子，撓了撓頭髮。易君年看了他一眼：“對，要過年了，我也該去理個髮。”

陳千里的背影很快消失在暗夜裏。易君年壓了壓帽子，收緊大衣，背著手朝跑馬廳路路口走去。穿過馬路時，他隨手把《笑林廣記》扔進了一輛路過的垃圾車，拉車的騾子垂著頭毫無知覺。

易君年在馬立斯大樓前停下腳步，又點上一支煙。寒風中行人緩步走著，彷彿並不著急回家。他直到抽完那支煙，在鞋底碾滅煙蒂，才順著暗紅色的磚牆轉進弄堂。

照片

馬立斯新村。弄堂很深，從兩側房子的底樓飄來陣陣油香，不知哪戶人家的小孩忽然一陣吵鬧，片刻之後就又陷入沉寂。

易君年抬頭看一戶人家。窗簾拉著，室內開著燈，映照著窗台上的花影。瓶花是安全信號。他轉到弄底，推開一扇虛掩著的門。這是後門，裏面是廚房，這會兒沒人，底樓幾家租戶燒好飯菜，都進了房間。

他逕直上了二樓，敲敲門，凌汶打開房門。

易君年脫下大衣，掛在門旁的柚木衣帽架上。桌上放著剛做好的飯菜，豆芽炒肉片、豬腳黃豆湯，還有燉蘿蔔。

“樓下人家有沒有問你最近去哪兒了？” 易君年問她。凌汶是二房東，前些年，龍冬租下了這幢弄堂房子，擇吉接了她住進來。他們倆是夫妻，比那些因為工作需要才住在一起假扮夫妻的同志，更容易適應環境。不像在其他系統工作的同志，國民黨暴露真面目前，龍冬就已經轉入地下為黨做情報工作。“四一二”大屠殺前夕，很多同志在國民革命高潮中過於輕敵了，龍冬所在的小組雖然相當隱蔽，但因為沒有與黨的公開活動完全隔離，在國民黨大肆“清共”時仍然遭到破壞。不過敵人沒有發現這幢房子。

“我說到親戚家住了幾天。”吃飯時凌汶告訴易君年，“我猜他們可能知道。樓下小寶說，有陌生人到房子裏來問過，巡捕房姚探長陪著。那天帶巡捕衝進菜場的，不就是這個姚探長嗎？”

有人讀了凌汶寫的那部小說《冬》，會以為她和龍冬很難分得開。誰也不會想到他說走就走，都沒見上一面。聯絡站暴露，特務悄無聲息地衝進房間，凌汶正在那裏取信，也被抓了進去。幸虧銷毀了密信。凌汶不在逮捕名單上，特務並不知道她也是小組成員，關了幾個月就把她放了。等她出獄後，龍冬卻不見了，與他有關的所有東西，幾乎全都消失。

“我怕你有一天突然不見了，就像水進了大海。”

“那你面對大海就能看見我。”

這是小說中那對戀人的一段對話（她把自己和龍冬的名字賦予了他們）。有一天早上，小說中的汶告訴冬，她做了一個可怕的夢。

過了一年多又傳來消息，龍冬犧牲了。凌汶找不到組織，而這幢房子當初由他們夫婦出面承租，並沒有暴露，根據上海的房屋租賃規則，房屋業主不得無故取消租賃權、收回房子。房租月月往上漲，她發現只要出租一部分房間，她就仍然可以住在這裏。等易君年找到她，讓她恢復工作後，她倒是提過想把房子退租，但易君年不同意，他說，這房子從沒有當聯絡站使用過，連自己的同志都很少知道。既然組織上不用另外花錢，你何不就住著呢？說不定以後可以派用場。其實她心裏也不想離開，因為龍冬。

“巡捕房來說了些什麼？”易君年詢問道。

“要有什麼要緊話，他們會跟我說的，我這兒鄰居關係好。”

“那是因為你不漲租金。”

“當然不能漲，我們不能當剝削階級。”

“你這個二房東，要是跟別的二房東不一樣，就會讓人懷疑。”

“那也不能漲價。”

易君年點點頭，笑罵了一句：“小寶這隻小流氓，對鄰居倒客氣。”他說的是樓下的租戶吳四寶，從前在跑馬廳做過馬夫，被跑馬廳董事會一個洋大人看中，挑他當司機。小寶抓住這個機會，在跑馬廳一帶混得風生水起，外面馬路上都叫他“馬立斯小寶”。

“他們都這樣，說是兔子不吃窩邊草。”

“我下午見了上級來人。”易君年一邊往飯碗裏盛湯，一邊說。

“這不是有點冒險嗎？”他們剛被釋放，按照地下工作的一般原則，黨組織在與這些人重新接頭前，應該有一個靜默期。

“也許是因為任務很緊急，所以當初才會臨時召集開會。關鍵是，上級派來傳達任務的同志也沒有現身。”易君年拿調羹在湯裏攪了兩下，又放下碗，“老方也犧牲了。”

凌汶感到十分悲傷。除此之外，她也隱隱自責。在看守所她最後拿定主意，寫了那封密信。被捕後再次啟用秘密信箱，這麼做很不妥當。信一交到陶小姐手上，她就開始後悔。她一直在懷疑是不是自己犯了大錯，她覺得老方犧牲跟那封信有關。

“做秘密工作，事前要考慮周全，現在就不要多想了。”易君年漫不經心地說著，心思像在別的什麼事情上，他經常這樣，凌汶見多了不以為怪。他們都是能在腦子裏把事情琢磨清楚的人，她就做不到。她要是認真思考一件事情，就總想拿支筆寫下來。人和人不一樣，同樣是動腦筋，老易看起來就像心不在焉，所以她有時候覺得，易君年如果不想回答一個問題，就會顯得漫不經心。

因為易君年，她才能重新聯繫上黨組織。像龍冬一樣，易君年也掌握了一個秘密情報網。老方常常說，老易把天線安進了敵人的心臟，我們有一個易君年，安全保衛工作就省了一半心。市黨部、員警署、巡捕房，老易都能搞到情報。常常是半夜，老易跑到她這裏，交給她一支香煙或者一顆蠟丸，告訴她有人面臨危險，要求她連夜送出情報。這種時候她總是為自己和小組同志所做的工作而自豪。

“這是什麼？”

易君年吃完飯，坐在沙發上抽煙。他拿起茶盤邊的小紙片，盯著看了一會兒。凌汶手上拿著抹布，湊過來看。

“隨便亂塗的。”

她習慣隨手在紙上塗抹，成形的想法會記在小筆記本上，零零碎碎的想法寫在小紙條上。一張文稿紙裁成一小沓，放在口袋裏。紙條上寫著“內奸”“骰子”，還亂七八糟地畫了一些誰也認不出是什麼的圖案。

“你這個習慣一定要改掉，”易君年說，“很危險。”他點燃一根火柴，在煙灰缸裏燒掉了字條。

“我覺得肯定有內奸，能不能從敵人內部找到線索？”易君年深深吸了一口煙，慢慢地說：“我會查。如果我的懷疑沒錯，這個內奸應該十分隱秘，即使在敵人那邊也不會有幾個人知道。”

“你有懷疑對象嗎？”

“不要輕易去懷疑一個同志。”易君年看了看她，嚴厲地說，“隨隨便便把同志打成內奸，我們有過慘痛的教訓。”

“如果不把他查出來，組織會遭到更大的破壞。”

這句話說中了易君年的心事。從今天接頭的情況來看，上級一定也在懷疑。

“你覺得敵人這次為什麼會釋放我們？”他一邊想，一邊漫無目的地隨口問凌汶。他沒有找到老方，但他找過衛達夫。那天逃跑後衛達夫混進菜場人群，正好碰到熟人，連忙上去搭話，以此為掩護，離開了菜場大樓。出去以後衛達夫似乎找過老方。

“你不相信衛達夫說的話？”

“或許吧，或許——”易君年沉吟著說，“你覺得那天在菜場，發生了那麼多事情，有人開槍，有人跳樓，有人逃跑，說是賭錢，桌上卻沒有錢，特務會相信我們的話嗎？組織上雖然能找到關係，託人營救，可如果特務們相信手裏抓著的真是共產黨，他們能放了我們？”

“假意釋放我們，監視跟蹤？”

“你不是懷疑我們內部被敵人滲透了嗎？”易君年望著她。

“如果你不相信衛達夫的話 ——”凌汶忽然想到，“你是不是認為他出賣了老方？”

起風了，夜晚房間裏有點冷。易君年坐在客廳沙發上，凌汶到隔壁取了暖水瓶，給他泡了一杯茶。易君年接過茶杯時，凌汶看到他手腕上被灼傷後的疤痕，伸手輕輕摸了一下。她心裏有個問題一直都沒找到機會問他 ——

“你跟我提起過，老方說，上級派來的人會拿出一對骰子。”

易君年注視著茶几上的照片，那個小小的相框，原先放在梳妝枱上。

“特務好像知道這件事。”凌汶慢慢地說，好像在整理頭腦中的想法，“那個游隊長審訊小董的時候，專門問過骰子的事情，而且他衝進來時就拿出了一對骰子。他們沒有問你嗎？”

“你想知道什麼？”易君年嚴肅地看著她。

“特務進來時，我看見你手裏拿著骰子，放進了自己的口袋。我一下子有點糊塗了，原來上級派來傳達任務的同志就是你。後來進了看守所，我就一直在擔心你。”

“這就是最大的問題。他們知道骰子，說明他們了解黨組織的秘密安排，但最後卻把我們放了。”

易君年陷入了沉思。凌汶知道此刻她不能去打擾他，老易有豐富的情報工作經驗，擅長發現蛛絲馬跡，從片言隻語中捕捉到線頭，一步步分析，找到真相。

每當這種時候，她望著他，恍惚中會覺得他有點像龍冬。雖然仔細一想，又覺得他們倆並不是一種人。龍冬豁達，越是情勢緊急，他越是鬆弛灑脫。易君年呢，她記得自己以前對他說過，只要碰到緊急情況，他就會煩躁不安，別人要是說一句話，打個岔，他甚至會發脾氣。就是那一回，她頭一次在他面前提到龍冬，結果差點不歡而散，要不是當時有事需要交代，他可能會拂袖而去。

傍晚時她拿著照片，坐在沙發上想了很久。那年夏天，龍冬帶回一隻萊卡小型照相機，他們倆一起跑到虹口公園，他裝上膠捲，給她拍了幾張照片，龍冬說，膠捲頭上有一些這樣的照片，是很好的掩護。他還跑去跟一個戴著軟呢鴨舌帽的猶太人商量，讓他給他們倆拍一張。那個猶太人正站在草地上又彈又唱，拿著一隻古怪的三弦，琴身不是圓的，而是做成了三角形。猶太人給他們拍了照，又專門為他們倆重新彈唱了一遍。後來龍冬告訴她，那種琴叫 ba-la-lai-ka，他一個音一個音地教她說這個詞，又說那首曲子叫 tum-ba-la-lai-ka，就是彈奏這種琴的意思。那是一首意第緒語猶太民歌，在空曠的公園草地上，聽起來特別憂鬱動人，她至今都能哼出那聲“咚巴啦咚巴啦啦”。

這些事情，都是老易不會去做的。她就是這樣，不時拿兩個人做比較。有時候越比較越覺得兩人很像，有時卻越比較越覺得不像。他們倆在工作時，簡直太像了。凌汶常常會覺得，如果他們倆在同一條線上工作，一定會配合默契。他們思考問題的方式都跟別人不一樣，會跳過一些事情，直接抓到結論。他們走著走著，會突然好像想起什麼事情，猛地回頭，如果有特務在背後跟蹤他們，就會被發現。他們和她在某個地方接頭，分手時都會突然離開，就好像一句話沒說完，人就像夢一樣消失了。他們倆連說話的方式都很像，從交代秘密任務到日常閒話，一點都不需要過渡轉折，連突然壓低聲音都顯得特別自然。甚至，有好幾次，凌汶發現易君年在安排接頭方式、編造掩護藉口時，居然能跟好多年前的龍冬想到一起。

“審訊時他們問了我，所以他們用了電刑。他們一用，我倒放心了，說明他們沒有別的辦法了，黔驢技窮。有人把骰子放在桌上，這說明上級派來的同志就在我們中間。”

易君年又一次看見茶几上的照片，他在想，要是龍冬碰到這樣的情況，他會不會也是這樣當機立斷？“外面情況一亂，我立刻決定把骰子拿過來。這位同志是誰沒人知道，我也不知道，這樣最好。骰子我拿著，萬一敵人了解這個情況，我可以說我就是那個帶著骰子的人。

“我相信自己能頂住敵人的審訊。再說，我也確實不知道到底是什麼任務。這樣，黨組織最重要的秘密就安全了。在看守所，我沒有把實情告訴他們，因為既不知道‘老開’是不是在我們這些被捕的人當中，也不知道我們中間有沒有安插的特務。我把各種情況都考慮了一遍，兩個人都在獄中，兩個人都逃了，或者一個在裏面一個在外面。無論如何，我只能選擇假裝自己就是上級派來的同志。”

“‘老開’？”

“上級派來的同志，”易君年猶豫了一下，“——他的代號是‘老開’。”

“可是，敵人提審的時候只問過浩瀚。”凌汶脫口而出。“這樣看來敵人知道得不少。”易君年反覆斟酌著，“游天嘯看上去很狡猾，其實愚蠢自大，自以為抓住了什麼線索。我想，敵人到最後把我們放了，最大的可能是他們相信‘老開’同志從抓捕現場逃脫了，而潛伏在黨組織內部的特務卻被抓進去了。”

易君年再次陷入沉思。每個人都有可能，他想。他搖了搖頭，對凌汶說：“這樣想下去，不會有什麼進展。老方召集的這些同志，我們大都不了解。一個人的秘密，深埋在他的歷史中間，黨組織反覆遭到破壞，繼續戰鬥的同志，幾乎沒有從頭就在一起工作的。

“白區工作，尤其是秘密的地下工作，為了安全起見，組織部門從不保存個人歷史檔案。如果有可能，我想應該建議上級，把這次每一個參會同志的過往歷史都清查一遍。”

凌汶看到他伸手拿起茶几上的照片，突然覺得心裏有些彆扭，在這之前，老易從來沒有碰過這張合影，每次他都裝作沒有看見。她有時候會覺得，這就是她和老易的問題所在，他們倆中間永遠隔著一個龍冬。

“你以前說過，龍冬同志撤離上海，也是因為黨組織遭到嚴重破壞，很多同志被捕，有不少犧牲了。為什麼組織上沒有讓你一起撤離呢？”

“我們這裏並沒有被破壞，敵人從來不知道這個地方。我的工作是內交通，接觸的人少，和龍冬結婚以後，就主要做內勤。”

“是因為出了叛徒？”

“組織系統被完全破壞了，很難查清。”

夜深了，凌汶望著茶几上龍冬的照片，想著鬥爭是如此殘酷，甚至使不少人變得面目全非。

診所

同福里三成坊三零一弄，弄口過街樓朝馬路那面牆，角上釘著一塊牌子，上面大字寫著“西醫診所秦傳安”，底下不像租界裏有些私人診所，列出兒科婦科內外科這些，讓人覺得這位醫生什麼都能接診，有點靠不住。這塊牌子下面的小字簡簡單單，只說門診時間是下午一時至七時，出診面約。

過街樓上，秦傳安正在發愁。這兩天他已經開始懷疑診所被監視了，馬路對面弄堂口忽然來了個賣香煙的人，以前從來沒見過；出診時總感覺背後有人盯梢，他不那麼確定，那張陌生面孔是不是在附近看見了好幾次。

僅僅是因為他出面交了舖保嗎？這倒是預先做過打算，編造了過得去的理由。本來舖保就是一個形式，親戚之間，朋友之間，幫個忙而已。擔保梁士超更是名正言順，他本就在診所幫忙。

老方並沒有想到營救會那麼順利，沒幾天就有消息了。前幾天他打了個電話到診所，告訴秦傳安他的處境很危險，敵人正在到處抓他，然後就完全沒有了音訊。

這說明敵人確實知道得不少。秦傳安不知道營救工作如何進行下去，只能等著。可是沒想到，人真的放出來了。診所收到了釋放通知書，可他仍舊找不到老方。

秦傳安是位外科醫生，此前在附近的德國醫院做了好幾年住院醫師，隨後自己出來開了診所，公開的理由是這家德國醫院規定住院醫生必須單身，實際上當然另有原因。原先老方跟他說好，他只出面擔保梁士超，其他人另作安排，可是老方自己卻出了問題。

令人詫異的是，警備司令部軍法處居然問他，因為同案其餘幾個人遲遲沒有送交舖保文件，不知秦醫生願不願意為所有同案人員擔保？因為馬上就要過年了，看守所方面希望能讓這些人早些回家。這真是一件奇事，國民黨龍華看守所什麼時候變得這麼有人情味了？擔保梁士超他名正言順，擔保其他同志，這不是擺明了告訴敵人，這些人都是一夥的嗎？可他救人心切，假意為難了一番，等對方再一次試圖說服，他就答應了下來，簽了擔保書。

沒想到事情那麼順利，釋放那天秦傳安還特別高興。崔文泰開著車，和他一起把梁士超和受傷的林石接回了診所，其他幾位同志也都順利出獄。可一回到診所，他就高興不起來了。梁士超悄悄告訴他，有內奸。這麼秘密的會議，特務怎麼知道的？而且知道得那麼詳細，那個姓游的傢伙甚至拿出了一對骰子。

“如果敵人知道得那麼多，為什麼會釋放這些同志呢？”秦傳安問出這句話後，馬上就想到了，如果組織內部被敵人滲透，有內奸，釋放就可能意味著更大的陰謀。但他不知道該怎麼辦，老方不見了，跟上級的聯繫斷了。

讓他擔心的還不止是診所外面來了一些陌生面孔。

今天早上他到病房，林石說他要打個電話去銀行，林石的公開身份是仁泰銀公司的職員，從被捕到出獄那麼多天，他應該跟工作的銀行聯繫一下。秦傳安不以為意，想把梁士超叫來扶林石去門診間，可林石說他自己能行。

這些天診所很空閒，要過年了，除了林石沒有住院的病人，因為不在門診時間，那會兒連護士都沒上班。秦傳安趁機和梁士超說了一會兒話。

梁士超聽說林石自己跑去打電話，只冷冷地說了一句："現在他倒能走路了。"

電話打了很久。回到病房後，林石交給秦傳安一封信，請他幫忙寄出去。收信人是中匯信託銀行吳襄理。這麼來回折騰了一陣，林石又有些發燒，躺下後很快就睡著了。

秦傳安拿著信去了門診間。門診間就在過街樓上，朝著馬路和弄堂裏的兩邊都開著窗，十分明亮。他站在朝馬路的窗邊朝外看了看，那個賣香煙的開始上班了，身上掛著香煙箱子，也不叫賣，靠在街對面一根電線杆上，自己倒抽起了香煙。

他正考慮著如何不引人注目地把信放進馬路對面的郵筒，梁士超進來了。

"秦醫生，先不忙把信送出去。你最好打開看一看。"

"為什麼？"

"為什麼——"梁士超猶豫了一會兒，"你記不記得那天我對你說，我懷疑組織內部有奸細。"

“你懷疑林石同志？”秦傳安有些擔心，診所外面說不定已被敵人監視，如果診所內也有特務，那這裏就跟看守所沒什麼區別了。

“我一直都在懷疑他。他裝病。在牢裏我看過他的傷，並沒有那麼嚴重，為什麼整天昏迷，睡覺還哼哼唧唧，毫無革命意志。一進診所倒來精神了，又打電話又寫信。”

秦傳安是醫生，他可不相信這樣的懷疑：“對槍傷，每個人身體的反應都不一樣。”

“特務還很照顧他，專門找了警備司令部的軍醫來給他看傷換藥，提審他的時候也沒有動刑，提審了好幾次，每次時間都不長。提他出去的獄卒，對他也很客氣。”

“就這些？”

“這些還不夠嗎？鬥爭形勢這麼複雜，任何跡象都要警惕。”

但秦傳安不同意打開信封，他覺得自己無權這樣去懷疑一個同志。梁士超一向信賴秦傳安，但被捕以後發生的事，秦醫生並不清楚，梁士超思來想去，始終沒法驅散心頭的疑惑，於是要求召開臨時黨支部會議。

在這個臨時黨支部裏，除了被捕的同志，還有秦傳安、崔文泰和田非，後面那兩位原本與秦傳安也不在同一條線上工作，互相並不認識，可是那天他和田非一起逃出菜場，正好看見崔文泰上了自己的車。三個人都有點蒙，不知道究竟發生了什麼，他們要先找一個地方定定神，想一想下一步該怎麼辦，秦傳安便讓崔文泰把車開到了診所，他認為那裏應該比較安全，特務可能一時想不到把一位外科醫生和共產黨聯繫到一起。

老方失蹤後，他們三個保持著聯繫。獄中的同志被釋放的前一天晚上，崔文泰自告奮勇，要開車去把同志們接回來。這些天，他們如同斷了線的風箏，只能把診所當成了聯絡點，聚在一起彼此激勵。田非建議成立一個臨時黨支部，團結在一起才有戰鬥力。這是大家都同意的，如果跟組織上失去聯繫，那麼自己組織起來，也可以繼續工作。

可這會兒，秦傳安卻不同意召開支部會議。他認為診所周圍的街上，有太多奇怪的跡象，不正常。

梁士超有些生氣，換一個人他早就發火了，但他不能對秦醫生那樣，秦醫生是個縝密的人，況且救過他的命。他按捺住自己的情緒，扭頭出了門。

一個小時後，他回來了，不是一個人，身後跟著崔文泰和田非。三個人進了門診間，先開口的是田非，他嚴肅地對秦傳安說："你必須把信交出來，臨時黨支部決定打開這封信。"

秦傳安看了看窗外，臨近中午，太陽照著對面沿街的房子，窗下掛著不少醃魚鹹肉和風雞。明天就是大年夜，家家戶戶都在忙年。街上人來人往，手上提著紮成串的年貨。

既然是大家的意見，他決定服從。從抽屜裏取出信，田非一把拿過去想要撕開，被崔文泰攔住了。門診間暖爐上燒著一壺水，等水燒開，蒸汽不斷從壺嘴往外冒。梁士超把信的封口對準壺嘴，不一會兒，封口上的膠水就融化了。他揭開封口，抽出信紙，把信交給了秦傳安。

吳襄理作民閣下大鑒：

原約本月十日與閣下會面，因事無法前往。前又於電話中獲知保管箱續期事宜當以書信寄達。以下：

逕啟者，玆為二七九號保管箱延用至三月十一日，其所需各項資費於到期前合併結清。希即查收批准為荷，此請。

秦傳安看了信沒作聲。田非把信拿過去看完，隨即輕喊一聲："果然。"

"果然？"梁士超連忙問。

"本月十日，不就是菜場開會，我們被敵人抓捕的日子嗎？"

"這說明了什麼？"梁士超又問。

"秘密會議，上級佈置緊急任務，這麼重要的事情，他還有閒心約了人見面。他肯定有問題。"敵人衝進圖書館實施抓捕以後，田非雖然脫了身，但是遇事越來越焦躁。

"這說明不了什麼問題。"秦傳安示意大家不要著急，"林石同志的公開身份本來就是銀行職員，那是他的日常工作。"

他故意用了"同志"這個稱呼，想要提醒大家注意。

"他現在剛剛被釋放，受傷住院，銀行的日常工作需要那麼緊急地打電話寫信嗎？你們看，他都被捕了，身上還能帶著印鑒。"田非覺得自己很敏銳，他指了指信尾加蓋的私人印鑒。

"那現在怎麼辦呢？"崔文泰說了一句。

這下幾個人都沒了主意，內部調查必須得到組織上批准，這是紀律。

“上級聯繫不上，我們自己查清楚。” 田非有點激動。“怎麼查？” 梁士超看了看秦傳安。

“應該先把他控制起來，不能把他一個人放在病房裏。” 田非話沒說完，就帶頭跑向病房。

三個人進了病房，崔文泰把門關上，梁士超站到靠窗的位置，田非俯身看著林石問道：“保管箱裏有什麼？”

林石眨著眼睛，好像還沒完全醒，有些迷糊。“那個吳襄理是什麼人？” 田非壓低了嗓音。林石想了想：“中匯信託銀行的吳襄理？”

“你們本來這個月十號要見面，你是打算開完會去見他？” 田非連珠炮式地發問，但這些問題之間並沒有什麼邏輯。

梁士超插進來說：“你覺得敵人為什麼會發現我們的秘密會議？”

“你覺得敵人是怎麼發現的呢？” 林石笑著反問。

“這是臨時黨支部對你的正式詢問，請你嚴肅點——” 崔文泰倚著房門遠遠地說了一句。

這話說得一點都不嚴肅，梁士超心想，他朝崔文泰擺了下手：“我們在敵人看守所裏就討論過這個問題，結論是組織內部很可能有敵人的奸細。”

“還不能說有結論。” 林石語氣平靜，“工作疏忽，或者其他管道洩露，這些可能性都存在。需要在上級領導下，通過組織作嚴格審查。”

“上級聯絡不上，就算現在能聯絡上，我們也不能貿然接頭，必須先清除內奸。”

“這兩位同志，”林石指了指田非和崔文泰，“他們不應該出現在這裏，沒有被捕的同志，現在這樣跑來跟我們見面，不太合適。”

田非惱了，上前一把掀開林石身上的被子：“你坐起來，好好回答問題。”

“保管箱的主人是一位銀行客戶，”林石坐起身，靠在床頭，“我在銀行上班。”

“你不要騙我們了。你在仁泰銀公司上班，保管箱在中匯信託銀行。不是什麼銀行客戶，保管箱是你自己租用的。”崔文泰在遠處笑得有點得意。

“我看，不把那個箱子打開，看看裏面究竟是什麼，你是不會說實話了。”田非越說聲音越大。

崔文泰對另外兩位使了下眼色。三個人出了房間，田非回頭對林石說：“你不許動。”

回到門診間後，田非問：“怎麼辦？”

眾人都沒了主意。秦傳安剛想開口就被梁士超打斷：“查都查了，那就一查到底吧。”

“不能動手吧？”田非有點猶豫。

“絕對不行。”秦傳安態度堅決。

見大家一時都愣在那裏，崔文泰便說：“先把他綁起來，萬一他真的是特務，說不定會逃跑。”

梁士超想了想："綁起來也好，看看他會不會害怕。"三個人又衝回病房。

秦傳安在樓道裏聽了一會兒，沒什麼動靜。心想，林石倒沒有反抗。他又回到門診間，找出一張舒伯特的唱片，想聽會兒音樂，但是剛打開唱機，又關上了。他望著窗外，心裏越來越不安。

他忽然望見街對面黃包車上下來一個女人，織錦緞夾袍，紫色毛呢大衣，提著冠生園點心盒子，打扮得像是過年走親戚的富家太太。她站在街沿，轉頭看了看兩邊，正準備過馬路時，又抬頭向診所方向望了一眼，秦傳安這才認出是凌汶。難道梁士超也通知了她？他有些奇怪。這可真是亂了套，沒法聯繫上級，同志們就自說自話，把他這裏當成聯絡站了。問題是，這會兒診所很可能在特務們的監視下。

護士還沒上班，他自己下樓開了門。

"秦醫生，"凌汶站在門口笑著說，"我來看看林先生——"

"這裏沒有外人，"凌汶進門後，秦傳安告訴她，"門診時間沒到，護士們還沒上班。"

凌汶上樓時對秦傳安說，老易讓她來通知大家，他跟上級聯繫上了。

"這下好了，"秦傳安由衷地高興，"我正沒辦法呢。"

"怎麼了？"

進了門診間，秦傳安就把剛才發生的事情告訴了凌汶。

"這怎麼行，"凌汶當即就說，"我先去看看。"

一進病房，就看見三個人圍著房間當中的一把椅子，椅子上坐著林石，手臂和椅背綁在一起。

凌汶劈頭就是一句：“放開他。”

“不能放，他是內奸。”這幾個人當中，只有梁士超認識她，他補充了一下，“——很可能。”

“內部調查要聽從上級指示。”

“上級聯繫不上。”

“聯繫上了。”

聽到這句話，房間裏所有的人都看著她，田非抓著林石的手也鬆開了。

“上級派人跟老易聯絡，”凌汶有點興奮地告訴大家，“接頭很順利。”

“上級有沒有說讓我們恢復工作？”田非急切地問道。

“就你們這樣無組織無紀律，隨意聚集，隨便調查同志，亂來。田非同志，菜場樓上的會議地點是組織上讓你設法安排的，難道大家就可以因此懷疑你嗎？”凌汶瞪了他一眼。

田非不免有點委屈，心想自己可是按老方的指示安排的會議地點。

林石溫和地看了眼田非，轉而望著凌汶問道：“老易怎麼說？”

“老易認為我們應該盡快開會商量一下，在組織上開始內部調查前，每個人都要作好準備，把被捕前後的情況仔細回憶清楚，到時候如實向上級彙報。”

“請老易跟上級說，我想回蘇區工作。”梁士超說得很認真。

“他原來就是紅軍指揮員，來上海治病一時回不去。”秦傳安向凌汶解釋。

“老方說他向組織上彙報了我的情況，突然又叫我到菜場開會，有臨時任務。現在這麼一來，我又回不去了。”

“上級安排你參加這次任務，一定有用意。”秦傳安又轉向大家，“大家仔細想想自己的身份，組織上挑選我們這些人，一定有考慮。再鬧下去，診所的護士都要起疑心了。”

梁士超不作聲，他半條命送在了上海，是秦醫生救了他。“對了，你安心休整下，可以在這裏住幾天。”林石笑著看向梁士超。

梁士超一直看林石不順眼，在看守所裏整天躺著，顯然是對敵人有點害怕。就算現在暫停對林石的調查，梁士超還是有些疑慮：“我休整得太久了，現在這樣的情況，我怎麼能夠安心？”

租客

邋遢冬至清爽年，從上星期開始，天天暖陽高照，到了今日，天空更是一碧如洗。雖然西北風刮個不停，但也算是臘月裏難得的好天氣。衛達夫走了一下午，身上穿著棉袍倒覺得有點熱。

每年冬天他都在琢磨著想買一件大衣，這樣他就能穿著那套洋裝跑街了。這才像樣。他引著顧客去看的都是好房子，水門汀洋房，穿個大棉袍，他覺得連說服客人的信心都打了個對折。每年冬天，從他手裏成交的房子就比春秋天少很多。有一件大衣，進了房間一脫，西裝革履，跟客人說說話，中氣足。

下午四點左右，太陽偏西，風倒小了，樹梢紋絲不動。靜安寺門前的香客少了，都等著年初一上頭香，可是周圍小攤小販卻多了不少。往年一到歲末，就沒人出來賃房子了，這時節衛達夫每每在路上閒逛。今年卻有點不一樣，到舖子裏約他看房子的人一直都沒斷過。

走到靜安寺，衛達夫停下腳步朝大門合掌拜了拜。祈求什麼呢？祝同志們都平安吧。他想，如果身後有盯梢的特務，也許會放鬆警惕吧？不過，如果是自己的同志呢，碰巧路過，日後大約又要批評他封建迷信。他暗自好笑，朝不遠處的田穀邨走去。

愚園路地豐路交叉路口，客人正等著他。

“王先生王太太？”衛達夫走近幾步，朝兩位拱拱手。王太太嗔怪道：“我們等了半天，老遠看到你慢悠悠晃過來。”

衛達夫臉上做了個苦笑：“王太太不要動氣，跑了一下午，跑街這碗飯，吃起來也不容易。”

“你自己要吃的，又沒人請你吃。”王太太似笑非笑。王先生搖搖手上的《申報》：“辛苦衛先生，抓緊領我們看房子吧。”

王太太又跟一句：“再等下去天也要黑了。”衛達夫領著兩位客人朝弄內走去。

“廣告上講新式玻璃門面街面房，倒領我們跑到弄堂裏去了，”王太太嘴巴一刻不停，“還說距靜安寺一箭之遙，拉弓的人力氣有那麼大嗎？”

三個人轉入左側橫弄，進門上到二樓。衛達夫打開房門，一步跨到窗前，推開高窗，轉身對客人說：“並排弄堂房子，雖然不如有東西廂房那樣寬敞，不過前樓這間，本身就寬過一丈，朝南陽光好，兩邊是隔壁人家的山牆，冬暖夏涼，住住還是很舒服的。”

“面朝弄堂，靠得這麼近，房間裏有點什麼事情，對面人家全看到了。”太太挑剔著，丈夫沒作聲。

“越是好地段，越是寸土寸金。鄉下房子隔得倒是遠。”衛達夫有點不耐煩，“上海人家都是裝窗簾的，拉起來隨便做啥。”

他看了看窗外，弄堂其實算是很空闊了，他自己住的地方那才叫逼仄。他還想說幾句，身後腳步聲響起，兩位客人已逕自上了三樓。

他縮回已到嘴邊的話，回過身，嚇了一跳。房間裏忽然站著個陌生人。

房門關上了。

“請問你找誰？”衛達夫有些不安。“我也來看房子。”

“你是哪位？我們約過嗎？”

來人上前一步，衛達夫卻向窗口退了兩步。“我姓陳，陳千里。”來人站到窗前明亮處。“不知經租處哪位給了陳先生這個地址？”

“我就是來找衛先生的。”

“陳先生從哪來？”

“那個地方 ——” 陳千里攤了攤手，像是要讓衛達夫放鬆一些，“很遠。”

他在窗前圓桌旁坐下，伸手摸摸桌上的灰塵：“家具不錯。”

“你要真想租房子，我可以幫你另外找。這間房子已經有人要了。”

“好啊，你說說。”

衛達夫拉出圓凳，在來人對面坐下，點上一支香煙，順手推開半扇虛掩的窗戶，把煙灰點到窗外。

“不知陳先生 —— 是來上海做生意嗎？此地有沒有親戚？租房子需要舖保。”

“這好辦。” 陳千里觀察了他一下午。陳千里昨天去了一趟肇嘉浜，在河邊的煤場見到了李漢。逃離菜場樓上秘密集會地點時，李漢緊緊跟在衛達夫身後。可是等李漢跑到那條樓道盡頭，樓梯卻被特務堵上了。易君年和李漢都提到了衛達夫。當時所有人都震驚了，他卻似乎早就意識到敵人就在門外。

衛達夫又朝窗外點點煙灰："那就好。陳先生手頭寬裕的話，田穀邨這樣的新式里弄倒是不錯。門廳馬賽克鋪地，房間蠟地鋼窗，水池抽水馬桶都是時新的英國貨，靜安寺近在咫尺，生意人燒香磕頭也方便。"

陳千里看上去饒有興致："有沒有公寓樓房？"

"倒也是，陳先生如果沒帶家眷，住公寓樓比較安靜，進出也方便。弄堂裏人多眼雜。"

正說著，那對年輕夫婦從樓上下來，推開房門朝裏面看了一眼。

衛達夫起身問道："兩位看下來怎麼樣？"

"看不中。再——會！"那女的拉長聲音扔下一句話，挽著那男的，搖搖擺擺下樓走了。

衛達夫追到門口卻又停住，回到圓桌旁坐下。

"陳先生如果想找個公寓樓，我們東陸經租處手裏有好幾個。"他朝窗外揮了揮手，"從這裏轉到海格路，過去善鍾路走到趙主教路就有幾幢，四層水門汀房子。不過租金有點辣手。"

"貴處倒是什麼房子都能找到。"

"房子都在那裏，難找的是客人。有時候客人約來聊了半天，"衛達夫說罷把指間的煙蒂彈出窗外，"最後才發現並不是真想要房子。”

陳千里起身關上窗戶：“是易先生讓我找你的。”

看到陳千里關窗，衛達夫也走到門邊，輕輕關上門：“哪個易先生？”

“易君年先生，他說你為我預備了一套房子。”

“哪裏的房子？”衛達夫猶豫了一下。

“馬斯南路。”

衛達夫想了一會兒，說：“馬斯南路兩頭都是丁字路口，不知道你說的是哪頭？”

衛達夫很少使用這個接頭暗號，按照規定，只有上線同志來找他才會使用這個暗號，可是這兩年，他的上線就只有老方和易君年，他都快忘了這個暗號了。

房間漸漸暗了下來，有人在收回晾曬的衣物，窗外傳來藤拍子打擊棉被的聲音。

衛達夫冒出一句：“要不要把燈開開？”

陳千里微笑了起來：“當然，沒什麼要在暗中說的。”

衛達夫起身，拉了下圓桌上方的燈繩，玻璃罩下的燈泡亮了，光線暈黃，房間裏有點冷。

“我見過老易，他沒有說起有人要來接頭。”他抬起頭看著陳千里，“不過，你是上級派來的同志吧？他倒是說起跟上級同志取得了聯繫。”

“你覺得老易怎麼樣？”陳千里突然問他。

“什麼——怎麼樣，”衛達夫有點摸不著頭腦，“老易參加革命很早，是個老布爾什維克，鬥爭經驗豐富——”

“你覺得他被捕前後有什麼不一樣嗎？”

“我轉入地下工作後，老易一直是上線，他是領導，總是他來找我，沒有特殊情況，我不能去找他。他特別擅長幹這個，遇事冷靜——”

“比你冷靜？”陳千里笑著問。

“我不能比。”衛達夫摸出煙盒，“我沒有看出有什麼不一樣的地方，他就是看起來有些著急。他原先都是給經租處的跑街金德林發一封信，小金去年就不在這裏做了，收發室老傅會把跑街的信都插在自己桌邊的牆上，牆上釘著一排布袋子。老易會在信封兩頭角上畫三個連在一起的圓圈，插在那裏很顯眼。信裏只說些不相干的話，但是會有一個時間和一個地址，到了時間我就去那裏等他。”

衛達夫接著說：“可是這一回，他直接跑到經租處來了，把我嚇了一跳，跟你剛剛進來時一樣。我連忙把他拉到外面街上，他說他跟上級接上頭了，我們要抓緊時間清查內部漏洞，所以，必須開一個會。開會，我問他，這個時候把人召集起來開會，會不會引起特務注意？他就批評我了，說我鬥爭意志薄弱。

“後來還責怪那天開會時我說的話，我也沒說什麼呀，外面突然亂起來了，我就說趕緊開會趕緊散會。但是老易就說我動搖了，我怎麼就動搖了呢！當然我也不怪他，他剛剛從看守所出來，心情肯定不好，所以我說他有點著急。我婉轉地對他說，其實現在最要緊的不是恢復工作，而是要保持隱蔽，過上一陣，等敵人不再注意我們了，再慢慢開始恢復工作。要是換到從前，他自己就會對我說這個話。”

“那天在四馬路菜場，巡捕房圍住了菜場，你是怎麼跑出去的？”

“我應該是第一個衝出房間的，後面跟著一個大個子，我不認識他，不是一條線上的。我進了樓梯間，跑到三樓就知道不好，從二樓到三樓的樓梯上有很多腳步聲，我趕緊推開三樓邊上那道門，躲進了走廊的廁所裏。我想想那地方也躲不了多久，又趕緊出來朝另一個方向跑，沒想到大樓背後也有電梯，是送貨的。到樓下出了電梯，正好看見常帶人來經租處租房的李太太，我就勢幫她提著菜籃子一起混進人堆，就跑出來了。”

“回了家，沒什麼異常情況？”

“我可沒敢馬上回家，先去了經租處照常上班。其實在經租處我也不敢久坐，拿了單子，說一聲出去跑街，就出來了，在馬路上逛了一整天。那天真是冷呀，風吹得人牙都疼了。到了晚上，我戰戰兢兢回到家，在弄堂口站了半天，到半夜才敢進門。那幾天，就上班下班，到了第三天，我一個人跑到菜場，沒敢進去。賣菜小販說是那天抓了不少人，都是共產黨。”

“你後來有沒有找過老方？”

“我找過。按照規定，如果發生重大情況，可以向他發出要求見面的信號。但是他沒有回答我，等了一個禮拜都沒有回音，我想他可能也被捕了。我不知道可以做什麼，也許我應該撤離，但我能夠接頭請示的上級領導，就是老方和老易，他們倆全都不見了。

“我把家裏清理了一遍，防備特務衝進門。有一份前年的蘇區報紙，不知什麼時候到了我那裏，不捨得扔掉。《紅色中華》，上面有第三次反‘圍剿’取得勝利的消息。其他就沒什麼了。

“前些時候老方讓我多準備一點舖保單子，他特別跟我說，讓我先不要告訴老易。我想那可能是另一條線上的工作，組織上可能需要臨時租一批房子。如果是短時間租用，就可以使用這種假單子。

“我常常經手這些單子，有些店舖的主人不太在意，你說丟失了，他可以再蓋一次印。有些人做這種生意，租一個舖面，掛個經租處的牌子，專門給人作保。我自己上班的經租處也可以擔保，蓋印要找經理，不過總有機會多蓋幾份空白單子。

“老方一說我就辦了，可是這些單子放在家裏，就會惹麻煩。萬一被特務搜到，我就說不清楚了，也許會給組織造成損失。想了又想，我就把這些單子都燒掉了。我在這裏上班，如果沒什麼事情，馬上再找幾份也不難。說實話，燒掉挺可惜的，這種單子都可以賣錢。一份殷實店舖的舖保文書，可以賣十幾塊洋鈿了。”

“老方讓你不要跟人說，你跟我第一次見面就都說了。”陳千里把桌角上的火柴盒推給衛達夫，讓他點上那支在手裏夾了好久的香煙，“你後來真沒告訴過老易？”

“老易說你是上級派來的，你是老易的上級，對我就是上級的上級，我告訴你肯定沒有問題了。不過，當然不能說給老易聽，規矩我懂的，你不要看我話多，我嘴緊著呢。”

“這幾天你有沒有見過老易？”

“今天見過。老易剛通知我明天晚上到一個診所開會。從會場逃出來的，被捕釋放的，都要去。老易說，現在看來，大家是要在一起開個會，我們要自己把自己組織起來，不然隊伍要亂了。”

“怎麼回事？”

“老易說有些同志正在互相懷疑。他罵了一句，說鬧得太不像話了，他沒仔細說，我也不好打聽，他是上級。”

陳千里想了想：“你給我找一個房子吧，房子要大，進出要隱蔽，最好在租界和華界交界的地方。”

“倒是有一個，房東是個寧波人，娶了新太太去廣東那邊做生意，估計是不回來了。就算回來了他們也肯定不願意回那裏住。我原來打算將來有機會自己頂下來的，所以一直沒有帶人去看過。”

“找時間去看看。”陳千里忽然笑了起來，“這個你可不要告訴老易，雖說是他讓我找你租房子的。”

遠方來信

大年三十，上午。陳千里從澄衷中學邊上拐入薛家浜路。小商販沿牆擺了一路地攤，陳千里像個無事閒人，不時停下來望望看看。下海廟大門對面，茂海路口電線杆下一陣鑼響，有人牽出一隻猴子，在地上翻滾跳圈，不一會兒就圍起了一堆人。他混入人群左突右擠，很快從人群另一邊轉了出來，把身後的尾巴甩脫了。

他進了一家估衣鋪，出來時換了一頂灰呢禮帽。早上他特意戴了醒目的棕紅色帽子和圍巾。“先給他們一個顯著的特徵，注意力就會集中在它上面。”受訓時，教官這樣說過。他在提籃橋監獄大門一側穿過馬路，走入一條用碎花崗石鋪成的小馬路。

馬路北側一排紅磚樓房，屋頂上朝陽開著老虎窗，街邊濃煙滾滾，裹著頭巾的外國老婦拿著一把蒲扇，蹲在煤球爐旁。一個老頭推門出來，手裏抓著用舊報紙包著的酒瓶，橙色小圓帽上有一大塊可疑的污漬。他鬼頭鬼腦地出門，很可能是想趁機逃出去，卻被老婦一眼看見，頓時叫嚷起來。

陳千里看了看門牌號，正要上台階，老婦忽然停止咒罵，警愓地看著他。

“我找陳千元。” 陳千里告訴她。

“亭子間。” 老婦突然冒出一句上海話。

陳千元沒想到敲門進來的是自己的哥哥，更沒想到哥哥就是老易口中那位上級派來接頭的同志。這個他曾經朝夕相處的兄長，瘦削的身形變得健碩，眼角隱隱有了皺紋，一眼看去，彷彿換了一個人。

陳千里望著弟弟問道：“爸爸媽媽都好嗎？”

陳千元眼眶濕潤：“他們都還好。你離開以後，組織上把他們轉移到老家鄉下去了。”

“這附近住了不少僑民？”

“這些年，不少外國人來上海以後，聚居在這一帶。”

“嗯，這多少是個掩護。”

“不過現在的上海也沒有絕對安全的地方了。”

陳千里沉默良久，才長長地舒了口氣：“涅克拉索夫，這些年你還讀嗎？”

陳千元愣了一下，直起身，背誦了一句：“‘他們說暴風雨即將來臨，我不禁露出微笑’。”

這是他們倆自己的接頭暗號，有一陣他們喜歡用這句詩來證實青春和熱情。每次陳千里從俄文補習班回家，深夜敲門，兩個人隔著門就對這句暗號。千元住進澄衷中學宿舍後，每個週末回家，他們也都要對一次。每個人說半句，無論誰先說。不，陳千里在心裏對自己說，不是兩個人的暗號，是三個人的，還有葉桃。

他們說暴風雨即將來臨，我不禁露出微笑。他當然記得這首詩，他曾用毛筆工工整整把它寫在朵雲軒的信箋上，送給葉桃。信箋上印著一枝桃花。

“你去哪兒了？”是千元在說話。

訓練學校原是一處舊日貴族的莊園，站在莊園邊緣的鐵絲網向外眺望，就是一望無際的西伯利亞森林。陳千里在那裏住了三年。

一到冬天，每天的訓練科目完成後，他就靠涅克拉索夫的詩歌度過漫漫長夜。坐在火爐旁，朗讀、背誦，或者默想，直到頭腦中充滿聲音，直到葉桃和弟弟的身影從記憶中浮現。

陳千里有點恍惚，心中柔軟，這種感覺很久沒有出現過了。他克制著，慢慢地考慮著別的事情。他望向四周，房間收拾得很乾淨，不像他記憶中的千元 —— 他記得千元的房間總是亂糟糟的，可現在衣服在衣架上掛得整整齊齊，還有一條紅色圍巾，是他的嗎？

“那天你從南京回來，告訴我葉桃姐犧牲了。你說你是回來看看我，跟我說幾句話，馬上就要離開，他們會來抓你。”

因為陳千里知道他們會說是他殺了葉桃，會讓巡捕房來抓他，他們知道他和弟弟在上海住在哪裏。葉桃在她生命的最後一刻，讓他立即去找到黨組織，是黨組織讓他回到上海找一個人，並帶一句話給他。那個人對陳千里說，組織上決定，你立刻動身去蘇聯。後來他知道那個人是誰了，那是少山同志。

他把能找到的所有錢都交給了弟弟，說他要離開一段時間，出遠門，有人會來抓他，弟弟最好把家也搬了，到別處租一個房間。

“我去了蘇聯。”他說。

“你走後的第二天，巡捕房就來人了。他們說你在南京殺了人，是共黨要犯，把你的東西全抄走了。我想把那本詩集要回來，你記得嗎？那裏面夾著葉桃姐的畫像。用鉛筆畫的速寫，畫的時候我們三個都在。那個畫畫的人說他只用一根線就可以把人畫出來，還能畫得很像，果然很像。畫被他們拿走了。跟她有關的東西全都消失了，就好像從來就沒有存在過那樣一個人。”

“當然存在過。”陳千里微笑著說。

“可我直到現在也不明白那是怎麼回事，她為什麼會死？那時你告訴我說，是因為她父親。你說你總有一天會找他算帳。”

可這會兒陳千里並不想說這件事，他不想回憶，也許還沒有到可以回憶的時候。

“老方呢？你見到老方了嗎？是他讓你來找我的？”

“老方犧牲了。”陳千里平靜地說，“他兒子也被特務抓去了。”

陳千元正想把桌上的書放回書架。書失手掉了下來，打翻了茶杯，陳千里伸手接住書，把它放回到書架上。

“接頭時老易把這個消息告訴了我。他通過內線了解到這個情況。”陳千里也沒有告訴弟弟，他當時就在現場。

“黨組織內部一定有敵人的奸細。”陳千元說出了自己的推斷。

“秘密召集的臨時行動小組，通常人員比較複雜。”陳千里望著弟弟。

“那這個人就在我們中間？”陳千里剛想說話——

有人用鑰匙打開了房門，是董慧文。她沒見過這位客人，客人也從未見過她。但是她認出了他是誰，他是千元的哥哥。她能記住見過的面孔，她在照片上無數次見過他。

“這是慧文。”

陳千里朝她微笑。陳千元告訴她，哥哥就是上級派來與易君年接頭的同志。他們握了手。她的臉要比葉桃更圓一些，個子也沒有那麼高。她在一所小學裏教書，陳千里想起老方介紹過的情況。

董慧文把繡花布袋放到桌上，從裏面拿出紗布、藥棉和藥膏，給陳千元重新清洗傷口，敷藥，然後用紗布包紮，靜靜地聽他們倆說話。

“他們想知道誰和誰認識，那個游天嘯，好像知道這些同志都是臨時召集起來的。後來他們問我，老易是不是上級派來傳達任務的人。我想，壞了，內部肯定出了問題。好在會議還沒開始特務就進來了。幸虧有人跳樓報信。你知不知道那位犧牲的同志是誰？”

陳千里搖了搖頭。有情報說，那天墜樓的人是個租界華捕。根據各種消息，老方判斷那是自己人。被敵人追捕前，老方曾向上級報告過這個情況，詢問這個人是誰，是哪個系統的同志，但他並沒有得到上級的回音。也許他接受命令長期潛伏，了解他的人極少。也許他在長期潛伏中與上級失去了聯繫，小組的同志犧牲了，工作線路斷了。這樣的情況常常會發生。

問題出在內部，陳千元又一次重複，像是自言自語，似乎仍處於這個判斷帶給他的震撼之中。陳千里望著弟弟，老方把參加會議的人員名單告訴他時，他就有點意外。他對弟弟的記憶中斷在那個夏天，還未曾想到他也會長大，更不會想到千元像他一樣，不得不在殘酷鬥爭的高壓下迅速成熟。直到這會兒兩個人面對面，他才意識到自己離開上海那年，差不多就是千元此刻的年齡。千元就像那時候的他一樣，看到了危險，面對著危險，卻無法真正理解危險。那時他的想法是多麼簡單。

"——我們向組織上傳遞過消息，在看守所。"是董慧文在說話，弟弟的女朋友。千元真是跟他一模一樣，同樣的年齡、同樣年齡的女朋友、同樣在嚴寒中變得越發熱忱。他靜靜地聽著，忽然覺得有點不對勁。

"——凌大姐說，必須向上級彙報。"

"浩瀚？"

"對呀，那個姓游的突然發脾氣，問我知不知道浩瀚在哪裏。我當然清楚浩瀚是誰。敵人在追捕浩瀚同志，這個消息必須報告給組織。"

"你是說，你們寫給老方的密信中也提到了浩瀚？"

"信是凌大姐寫的。時間特別緊，陶小姐馬上就要被釋放，獄卒就在門外，讓她趕緊整理東西，她的東西可真不少。

"凌大姐決定馬上著手寫信。我們商量好了，一定要抓住這個機會把消息傳遞出去。凌大姐懂這些事，我們早就準備好了可以用來密寫的米漿水。獄卒在門外催，我就假裝幫著陶小姐整理衣物，盡量拖延時間。

“我沒機會看信，不過淩大姐說，骰子和人名，她都寫在信中。”

信被敵人換掉了。陳千里立刻明白了。“那是什麼時候的事？”

“提審後的第二天。我被提審前，陶小姐就被獄卒叫出去了，審訊過程中聽到窗外有女人的笑聲，我覺得那是陶小姐的聲音。她坐上了汽車，出去了。那天晚上，她一進牢房就告訴我們她很快就能出去了。

“我覺得淩大姐從這時就開始動腦筋了，她非常果斷。從這以後，她就一直跟陶小姐說話，我看她在設法跟陶小姐拉近關係，就幫著她一起。陶小姐雖然不像個正經人，倒是很講義氣，她答應出去之後幫我們遞信。只要寄到一個信箱裏就好，淩大姐對她說。那樣就更容易了，陶小姐是這樣說的。”

“軍法處為什麼要抓她？”

“好像是得罪了什麼人。她說是個開銀行的，別看只是個銀行老闆，背後撐腰的嚇死人。她一開始不肯說下去，淩大姐就激她，最後她說那個銀行老闆的哥哥，是南京的一個大官，連財政部都是他們家開的。她說，那個銀行老闆看上了她，她跟他好了，但是她後來想嫁給他，她只是想做小呀，她說，可他堅決不肯。

“她後來就要脅對方，說她懷孕了，說她要到報紙上揭露這個事情，所以人家就把她抓進了看守所。他們只是想讓我清醒清醒，她就是這樣說的。很快她就被放出去了。”

董慧文看了看桌邊牆上貼的年曆：“我想起她當時開心地說，

星期六放她出去，肯定是算好的，因為那個銀行老闆通常都是星期天到她那裏。所以——就是臘月十九那天。”

臘月十八那天傍晚，上級派人假扮成訪客，在青島船上找到他，讓他轉道上海接受新任務，來客告訴他，有消息說被捕的同志即將釋放。

那封信被敵人換掉了，陳千里想，他們很可能在郵局自取信箱周圍佈置了人手，想抓捕來取信的同志，卻沒能得手。他們把密信內容改了，說明他們不想讓老方知道信上提到了浩瀚。

老方會跟其他同志說骰子的事情，是因為那是接頭暗號，只要會議開始，所有參加會議的人都會認識“老開”。但特務為什麼會向這些同志追問有關浩瀚同志的消息呢？去四馬路菜場與到普恩濟世路抓捕浩瀚的是不是同一批特務？他們認出了在普恩濟世路開槍向浩瀚示警的人是老方？有關浩瀚同志的情況十分重要，他必須盡快見到“老開”。

那家剃頭舖的地址到底有多少人知道？崔文泰知道嗎？他是交通員，老方很信任他，他們常常見面，秘密會在不經意間透露。可如果他出了問題，老方也許早就被捕了。

“你們是哪天從看守所出來的？”

“上星期三。”陳千元回答道。

“不對，釋放的那天是禮拜二，臘月二十二。”董慧文認真地回憶道，“我和凌大姐早上就出來了，你是下午，後來崔文泰還開車給你送來了傷藥，梁士超告訴他，你受了刑，傷很重。”

老方犧牲後，敵人釋放了他們。陳千里頭腦中有一條時間線，他想著發生的事情，在所有表面現象之下，隱含著敵人的想法。他把這些情況放進那條時間線中，揣摩著對手的意圖。

“這幾天你們經常聯繫？”

“我們決定成立臨時黨支部，沒有找到上級前，我們自己先組織起來。”陳千元告訴哥哥。

“這是誰的建議？”

“田非說他早就和崔文泰商量好了，”陳千元說，“釋放那天他們一說，我們都很贊成。”

“臨時黨支部裏都有誰？”

“我、慧文、凌汶凌大姐、老易、田非，”陳千元數著手指頭，“崔文泰、秦醫生，還有林石和梁士超。”

“還有兩個呢？”

“誰？”

“那天去菜場的還有兩個人，他們沒有參加臨時黨支部？”

“一位同志聯繫不上，另一位同志，老易說他有些動搖，抽空要找他聊聊。”陳千元想起來，“昨天晚上凌大姐通知我們，今天要開臨時黨支部會議。現在上級把你派來了，你要不要去一次，跟大家說說下一步應該做什麼？”

“什麼時候？”

“晚上，七點鐘。”

陳千里想起衛達夫說的情況：“聽說同志們有些著急，診所出了點事情？”

“他們把林石控制起來了。”陳千元轉頭對董慧文說，“你來說，凌大姐通知慧文開會，順便把診所發生的事都告訴了她。老易說，這會是一定要開了。”

“在哪裏開會？”

“就在診所，那裏很安全。”董慧文說，“凌大姐說，過街樓上面是門診間，一整排窗戶，視野特別好，馬路上有什麼動靜都能看見。前樓後樓很隱蔽，都有後門，房頂上有天台，撤退線路多。”

“你們去過嗎？”

“我陪千元去過，秦醫生給他看了傷，開了藥方。”

陳千里追問道：“凌大姐有沒有說，把林石抓起來審問的都有誰？”

“凌大姐說圖書館的田非最衝動。凌大姐那天上午正好去診所——”

“她去診所幹什麼？”

“不知道，她沒說，可能想看望受傷的同志吧。她看到秦醫生愁眉苦臉，她就是這麼說的，愁眉苦臉。聽說了那個情況，凌大姐就說，讓她來。凌大姐就是那樣的人，什麼事情都是讓她來。她過去制止他們，不能那樣做，不能隨便懷疑一個同志。姓田的——”

“田非。”陳千里提醒她。

“對，田非。凌大姐說他最衝動，堅決不同意把林石放開——”

“放開？”

"他們把林石綁在椅子上。"

焦慮和懷疑是一回事，涉及銀行保管箱又是另一回事。陳千里意識到，在頭腦中那條時間線上，敵人跑得比他快。他必須在很短的時間內想出辦法。他猜想敵人早已監視了診所，說不定診所周圍埋伏著大量特務。

他隱約感覺到自己身後也有人盯梢。敵人並沒有釋放這些同志，他們只是從有形的監獄轉移到無形的監獄中。這座無形的監獄比龍華看守所更危險，外面的敵人很難看清，內部的敵人更加難以分辨。

董慧文下樓煮湯圓，陳千里拿起桌上的一沓手稿。"我在練習翻譯。"陳千元說。

手稿第一頁上用鋼筆寫著標題：第一封信　第一次革命的第一階段。

"《遠方來信》？"

這是陳千里最早閱讀的俄文作品。俄文補習班。一本紙頁發黃的油印期刊。他把它帶給了他的老師葉啟年。

那時候，他每天都要跑到新閘路，葉啟年住在那裏。一幢弄堂房子，樓下是雜誌社，晚上世界語學習小組的活動也在那裏。

那時候，葉老師仍是個學者，信奉無政府主義。那時候，他崇拜葉老師，葉老師是明星般的人物，滔滔不絕，激情洋溢。他的家裏永遠高朋滿座，而他，一直很喜歡陳千里。那時候，葉桃偶爾會下樓來，在一旁安靜地聽著。

他把《遠方來信》帶到葉老師那裏，興奮地讓他看，沒想到卻成了他和老師分歧的開端。不要看那些俄文書，毫無用處，未來的世界只有一種語言。這樣的分歧逐漸變得越來越多。

後來，甚至連他去樓上葉桃的廂房也成了問題。葉老師先是板著面孔，悄悄地對他說，你們倆都不是當年的小孩子了，你不要老往她那兒跑。後來是責怪葉桃，再到後來就向他宣佈，永遠不許他再進新閘路這幢房子的門。可是沒過幾天，葉桃就來看他了。

他和葉老師漸行漸遠。那時候他總是分不清，他總以為葉老師的變化是出於某種偏執的情感，是一個父親在拒絕他接近自己的女兒。

旋轉門

這些年，雖然國民政府頒佈了普用新曆和廢除舊曆的辦法，禁止舊曆年慶祝活動，春節不准放假、不准拜年、不准放煙花爆竹，但民眾都不加理會，到了舊曆新年，該怎麼過年還怎麼過年。報紙上把今天叫作廢曆除夕，除了換個叫法，仍舊刊登各種賀歲廣告，酒家年夜飯、百貨公司新春大酬賓、跑馬總會春節慈善賽馬。租界地面上更是爆竹聲不斷，工部局向來禁止在街上燃放爆竹，巡捕們卻照例睜一隻眼閉一隻眼。

不過仁記路十分安靜。傍晚，暮色籠罩著壁立兩側的洋行紅磚大樓，一輛別克轎車駛入這條狹窄馬路，車門上用油漆噴著“雲祿車行”的字樣。游天嘯讓司機把車停在華懋飯店的後門——他把那輛掛著司令部軍牌的汽車停在楓林橋，步行出了華界，到雲祿車行另外租了一輛。

今天早上，游天嘯往南京打了電話，葉啟年不在總部。他有緊急情況要向葉主任彙報，只好隔了幾個小時再打，又說不在。到了下午，他正打算再打電話時，卻接到了葉啟年的電話。

葉啟年竟然到了外灘，住進了華懋飯店。

進了玻璃轉門，步入飯店大廳，腳踩著羊毛地毯，游天嘯頓時有些自慚形穢。他穿過一條走廊，巨大的古銅色雕花吊燈高懸頭頂，燈光照射著牆柱上金色的花紋，他覺得自己好像進了一個迷宮。走廊通向八角形內庭，拱頂玻璃的色彩變幻不定，游天嘯目迷五色，他仰著頭，發現向左一步，玻璃成了乳白色，向右一步則變成靛藍，往前幾步，同樣一片玻璃卻又閃耀著橙色光芒。

他轉入另一條走廊，卻是通向飯店朝向外灘的大門。不知為何一堆人擁擠在這裏，一群記者拿著小本子、照相機和閃光燈圍在大門旁，更多的人則站在飯店門外。一陣安靜，游天嘯不知有什麼事件即將發生，他擠進人群，靠在一根廊柱邊張望了一眼。

人群中站著一個洋人，不停打著噴嚏。這洋人穿一件古怪的褐色厚毛衣，上面繁星點點，他等了一會兒，見沒人前來招呼他，嗤笑了一下，朝身邊的外國女人說了幾句，轉身走了。游天嘯聽不懂外國話，更不知道這洋人是“在世最偉大劇作家”。他見這些記者蜂擁在此，心裏頗有些不以為然。

游天嘯跑到前台，問了路，前台又往葉啟年的房間打了電話。樓道裏傳來樂隊演奏的聲音。這首曲子游天嘯很熟悉，“肚皮上有一隻蟹”——他偶爾也跳跳茶舞。他當然不知道真正的曲名叫*I belong to your heart*。

電梯停在了七樓。游天嘯進了門，門廳裏坐著馬秘書，他見過。小廳有個月洞門，通向會客廳。葉啟年站在窗前，窗戶正對著外灘。

馬秘書報告了一聲“游隊長到了”，說完便退出了房間。“老師！”游天嘯立正。

葉啟年仍然看著窗外：“外灘還是那樣。”

“老師要不要出去走走？”

“是非之地，沒什麼好多看的。”游天嘯不知其意。

“年三十晚上，上海也這麼冷清嗎？”葉啟年坐到沙發上，讓游天嘯也坐下。

“民眾響應政府號召，現在熱鬧的是新曆年。”

葉啟年笑了起來：“你在軍法處倒是跟穆川學了不少官腔。怎麼樣，跟他相處得還不錯？”

“穆處長是做官，學生是做事。”游天嘯有點悻悻然。

“事要做，官也要做。總部把你們派到各個單位，就是要讓你們做官，讓你們在各單位各部門都生根發芽。特工總部就像一張大網，你們要把網織得越來越大，越來越密。”

游天嘯挺了挺上身：“是，老師。”

在長沙發角上，他只坐了半個屁股。葉啟年往沙發背上一靠：“房間裏沒有外人，你放鬆點，也可以抽煙。你怎麼過來的？”

“警備司令部的車牌，進入租界要向巡捕房申報。我把車停在楓林橋關卡邊上，另外租了車過來。”

“很好。應該租車過來，華懋飯店是一定要坐車來的。”葉啟年的語氣帶著一絲嘲諷，“民國都二十二年了，這裏還要他們說了算，所以我這回到上海，一定要住到華懋飯店，住到沙遜的家裏，住到帝國主義分子的家裏。”

“老師很久沒來上海了吧？”葉啟年沒說話。

“要不，我給老師訂一桌年夜飯？這兩年時興廣幫酒樓。”

“不想出門了。來吧，”葉啟年揮了揮手，“說說吧，你找我要彙報什麼情況？”

“我原本是想去南京面見老師，”游天嘯打開公事包，拿出照片，“新來一名共黨分子，跟他們接頭了。”

照片上的人在電車站牌旁，一隻手拿著份摺疊著的報紙，另一隻手插在大衣口袋裏，他的身後，站著巨大的香煙女郎和雪花膏女郎。他是臘月二十一，噢，也就是一月十六日到的上海，坐船。游天嘯一邊在頭腦中整理著概要，一邊向葉啟年報告。

是他？葉啟年心裏一驚。他當然認識這個人，就算他刻意使用了一些改變外貌的技巧，葉啟年也一下就能認出來。就算他現在不那麼年輕了，他也能認出來。就算他能七十二變，葉啟年恨恨地想，就算他化成灰，被風吹成煙霧，他也能認出他來。有時午夜醒來，他想起舊事，在某些瞬間發現自己竟然想不起葉桃的樣子了，可這個人卻總是清晰地出現在他面前。仇恨比什麼都長久。陳千里，“西施”在電話裏並沒有告訴他這個名字。

“坐船來的？從哪裏上船？”

“他對旅館的人說是青島，做古董生意，背景似乎很神秘。我請巡捕房政治處發電報到香港時，船已離開香港。不過這艘貨輪的出發地是符拉迪沃斯托克。”

游天嘯告訴他，陳千里好像並不知道背後一直有人監視。他們有些人，行動總是鬼頭鬼腦，不時看看商店櫥窗，在馬路上來來回回，或者前門上車後門下車。越是這樣，越是容易跟蹤。可是這個陳千里，看起來渾然不覺，大大方方。在飯店大廳跟茶房門童問個路，說兩句笑話；在馬路上到處看看，任何街頭鬧劇都不肯放過，就像一個閒人，就像一個突然發現自己算錯時間，過年時候跑到上海，卻發現別人都無心跟他做生意，只能靠閒逛來消磨時間的古董商人。

但他總是突然消失。幾個人跟蹤半天，牢牢佔據著三個要點，一個走在他前頭，一個跟在後面，另一個在馬路對面。原以為萬無一失，可他一下子就不見了。不知道他去了哪裏，也不知道他見了誰，直到晚上，他又回到飯店，隨意地從前台拿了當日報紙，讓茶房給他送熱水，就算深夜他也要喝一杯熱茶。有一回，偵緝隊派去跟蹤他的人因為擔心又把他跟丟了，心裏繃得太緊，自己反而顯得鬼鬼祟祟，把街上的巡捕招來了，一頓盤查，等巡捕放了他們，人又不見了。幸虧有"西施"——

游天嘯真的點了一支香煙："幸虧我們現在有'西施'。老師讓'西施'直接跟我們聯絡，這樣我們就知道他是上級派來的人，已經和那些人見過面了。與那些人接頭時，他幾乎從不事先約定。他有自說自話闖進別人家裏的習慣，或者是工作的地方。"

他一貫如此，葉啟年心想，自說自話闖進別人家裏，甚至是別人家女兒的閨房裏。他再一次仔細看那照片，照片上的人已與當年來他新聞路家中的年輕人相去甚遠了。平心而論，他喜歡過那個年輕人。那麼聰明，什麼都一學就會。待人熱情而又透著沉靜，讓他想起自己年輕時的樣子。

"如果一個人在二十歲時不參加革命 ——"他想起情報科昨天

送來的一份演講提要，忽然意識到剛才他把自己心裏想的話說了出來。

“老師在說什麼？”

“樓下大廳那些記者，你看到了嗎？今天早上，那個外國作家乘坐的郵輪停在吳淞口，他們拿小火輪把他請過來，讓他到華懋飯店休息半天，做個演講。再過一會兒他就要回到郵輪上去了，繼續環遊世界。

“前兩天他在香港的大學裏演講，說的話讓那邊的英國政治員警很緊張。把話傳到了上海，又傳到了我這裏。他在那裏煽動學生鬧革命，說什麼一個人在二十歲不參加革命，到五十歲就會變成老傻瓜。當然他是篡改了這句名言。”

葉啟年不管游天嘯是不是能夠聽懂他說的話，自顧自往下說：“我年輕時自然也讀了些書，據我所知，那句話是個法官說的，他向別人解釋說，年輕時自己要是不革命，那是沒良心，可到老了還鬧著要革命，那就是個傻瓜了。”

游天嘯不懂葉啟年為什麼要跟他說這些，只好安靜地等老師把話說完。他不知道，此刻葉啟年的心中百感交集。葉啟年覺得眼前照片上這個沉靜的人，才是當年那個背叛他的年輕人的真正形象。他完全沒有預料到陳千里會變成這樣的人。他猜想也許這就是葉桃背棄父親，站到他那一邊的原因。這個逐漸成熟的形象，他當時完全看不到，而葉桃大概一瞬間就發現了。如果葉桃活到今天，很可能與照片上這個人一樣，讓他隱隱感到不安。

“可是到目前為止，還不清楚他的來意。”游天嘯覺得葉老師有點走神，“我們一開始以為他要來重啟被迫中斷的任務，為了讓他更快開始行動，我們讓監視小組暫時回家，讓他去找人接頭見面。但他見了人，什麼都沒說。沒有召集開會，沒有佈置任務，也不打算撤離這些人。”

葉啟年明白，陳千里猜到了自己的計劃，也許他們確信內部已被滲透，正在清查內奸，對此他早有準備。

“陳千里去過診所嗎？”

“目前還沒有。”

“所以他很清楚，診所完全被我們控制了。但他知道我們想弄清究竟是什麼任務，誰是被派來指揮行動的人，這是他的底牌，在沒有弄清楚這些秘密之前，我不會動他們。

“到目前為止，我們仍然保持著先手。他們被關在一個無形的牢房裏，我們的人在周圍看著他們。只要一聲令下，幾分鐘內就能全部捉拿歸案。”

“租界巡捕房也同意配合行動，再也不會發生上次那樣的事情。巡捕房急於挽回面子，上一次，通風報信的內奸讓他們丟了臉面，所以今天下午在中央捕房，他們的總監答應我，在這個案件中，如果事態緊急，我們可以先行將人犯抓捕歸案，不必等候巡捕集結完畢、抵達現場。”游天嘯解釋道。

儘管早年對陳千里的那一絲欣賞早已蕩然無存，葉啟年卻仍然不無讚許地想，這個學生，想靠著一根危險的鋼絲繩帶領這些人走出困境，不得不說他確實是膽大妄為。但是他心裏到底裝著什麼樣的計劃呢？

現在，這根鋼絲繩上又有一陣橫風吹過，把這些人聚集到診所中真是神來之筆。游天嘯那天在電話裏告訴他只有一份診所舖保單時，葉啟年的心裏就有了一個模糊的計劃，把他們聚集在診所裏，他們自己就會把秘密暴露出來。“西施”只要起到一個槓桿的作用，這裏那裏撬兩下，他們中間就會出現裂縫。

“這個林石很可能就是他們的上級特派員。”游天嘯仍然在彙報，儘管大部分內容葉啟年早已從“西施”本人那裏了解到了。

“不知道保管箱裏到底放著什麼。我跟穆處長商量，能不能直接找銀行方面，讓他們打開保管箱。穆處長好像對這家銀行的底細十分清楚，說它雖然看起來規模不大，實際上背景通天，淞滬警備司令部的公文，他們根本不會當回事。銀行開在租界，他們完全可以置之不理。穆處長好像不願意管這個事情。”

“中匯信託，我也管不了，總部也不敢得罪財政部。南京早就有很多人在背後議論我們搞特務政治了。就算鬧到委員長那裏，打開保管箱卻沒抓到共黨的證據，委員長也保不了我們。”

葉啟年沒有告訴游天嘯，他在總部通過立夫先生打了招呼，一到上海，馬上就與銀行方面商量，要求協查。銀行說他們不能打開客戶的保管箱，而且這也需要兩把鑰匙才能打開，一把在銀行手裏，另一把客戶自己拿著。葉啟年有點失望，銀行方面卻又悄悄對他說，根據他們了解，那個保管箱裏放著金條，並沒有中共地下組織的什麼秘密文件。如果沒有證據證明這些金條的所有者是共產黨，有危害國民政府的用途，他們不能同意沒收這些金條。而且保管箱裏有金條這件事，他們也只能是私下說說，絕不會公開承認他們知道客戶放在保管箱中的到底是什麼。

“老師，要不然把他們全部抓起來吧？抓住了特派員，我就不信他們還能熬過軍法處的審訊。”

葉啟年盯著他看了半天，搖搖頭：“你這樣不動腦筋，怎麼能贏得了人家？”

就算在當年，他也沒有完全贏了陳千里。他老是覺得自己當年的釣魚計劃可能早就被陳千里識破了，即便沒有葉桃通風報信，陳千里也會逃脫。雖然他不願意讓自己這麼想，如果真是這樣，他的女兒葉桃，可就死得太不值了，而他埋在心裏那麼多年的怨恨，也似乎就此完全落空了。

“你回去，讓診所周圍的監視小組格外小心，絕不能露出痕跡。”他對著游天嘯叮囑道，“我們耐心等著，他們會動起來的。只要那個林石不離開診所，其他人進出診所一律不要跟蹤，這兩天可以讓他們輕鬆一點。”

從南昌行營傳來情報說，軍警在查抄共黨地下窩點時，發現了一份《紅色中華》，那是共黨在瑞金印刷出版的機關報，報紙上有一篇文章提到，今後這份報紙要從中共蘇區臨時政府機關報改為中共中央機關報。

報紙上還有一篇署名博古的文章，作者談了自己對蘇區革命形勢的看法，從語氣上看，此人已到達瑞金。特工總部沒幾個人知道，這個博古正是中共臨時中央的負責人秦邦憲的化名。這個消息讓葉啟年意識到，原先一直在上海的中共臨時中央，可能正在撤往瑞金。

別人也許會忽略這些情報之間的聯繫，但葉啟年可以說是國民黨內最懂中共的人，他是中共情報專家。他立即聯想到最近聽到的一些說法，特工總部駐各地分站傳來的情報裏，時不時會有一些片言隻語，提到一幅畫，也許並不是一幅畫，只是用了那個名字。

有人猜想那是中共的一個秘密行動計劃。沒人知道這究竟是一個什麼計劃，有一些資金在轉移，有幾個臨時行動小組匆匆忙忙成立，不少已被掌握線索的中共地下組織秘密機關突然之間關門了，人去樓空。葉啟年開始懷疑，那份報紙、那些情報系統內的零星消息、菜場樓上的秘密集會，以及陳千里突然來上海，在這些事情背後，可能有一條神秘的線索，會將它們串在一起。

他頭腦中的計劃漸漸成形，銀行保管箱裏的金條就是現成的誘餌，他要再次施展釣魚技巧，這一次他不僅要釣到特派員，釣到他們的秘密計劃，還要釣到那條早就該下鍋的漏網之魚。他一定要抓住陳千里，把這筆欠了多年的舊帳清算了。

他關照游天嘯，行動必須完全保密，調集精幹人手，所有參與行動的人員都集中在南市，不准出門，不准回家，不准對外聯繫打電話。白雲觀偵緝隊要劃出一塊地方給專案小組，要嚴密封鎖那個地方。如果有人因為疏忽大意，洩露了消息，總部一定按共黨同案犯處理，絕不姑息。

“明白！”游天嘯站起身，併攏腳跟朝葉啟年行禮，然後拿起茶几上的照片。

“放在那兒吧。”葉啟年淡淡地說了一句。

這一次，游天嘯記住了大廳走廊的方向，他出了門，雲祿車行的別克汽車仍在仁記路上等著他，汽車很快消失在夜幕中。

游天嘯在仁記路上車時，葉啟年也離開了華懋飯店，他已換了一件灰色棉袍，戴了圍巾皮帽手籠，從面向外灘的大門出來，向黃浦江邊走去。今夜連黃浦江也很安靜，岸邊的棧橋空空蕩蕩，平日江中如鯽魚般的木船拖船全都不見了，江面上突突不歇的輪機聲也全都消失，這會兒船上人家大概都準備吃年夜飯了。

岸邊停著幾排汽車，黑暗中有人從車窗探出身來，叫了他一聲：“葉主任。”

葉啟年並沒有停下腳步，繼續向江邊走去，那人趕緊下車，小跑幾步跟了上來，這個人是崔文泰。

葉啟年頭也不回地說：“你來早了。”

馬路旁幾個水手喝得半醉，一邊踉蹌，一邊嘴裏嘟囔著：“不早啦不早啦！”

崔文泰吃不準自己該不該再上前一步，他不知道葉啟年喜不喜歡有人並肩而行。他一邊躲閃行人，一邊耳聽吩咐，忽左忽右跟在後面。

“你平時開車也這麼左右亂竄？”葉啟年停下腳步，轉身打量了一下崔文泰，又說了一句，“你這一身不冷嗎？”

“不冷不冷，車裏坐著不冷。”

“把車開過來。”葉啟年吩咐道。

上了崔文泰的道奇汽車，葉啟年又說：“去董家渡。”崔文泰回身看了看後座的葉啟年。

“有個瘸子，在那邊開了家湯麵攤，很好吃，這麼些年不知道在不在了。”

崔文泰邊發動引擎邊說：“瘸子湯麵，我知道那個地方。”

除夕

晚上七點不到，同福里弄口已經被燃放的鞭炮炸得煙霧騰騰。

陳千元和董慧文提著一盒五仁年糕拐進了弄堂。家家戶戶都在準備年夜飯，診所裏面也放了圓桌。秦傳安從馬路斜對面的小德興館叫了菜，在整桌酒席的菜單上摘掉了幾樣大菜，但想到同志們剛在看守所吃了苦頭，又往回添了油爆蝦和糟鉢斗。

圓桌放在樓下的客堂間，秦傳安把平時進出的前門關上，虛掩著面對弄堂的後門。這會兒，人陸陸續續到齊了。易君年和凌汶坐著黃包車還帶來了一罈紹酒。到了七點，外面爆竹聲雷鳴一般，弄堂裏的人家都開吃了，秦傳安看看只剩下崔文泰未到，猜想他多半是正在開車送客脫不開身，不知道什麼時候能來，便叫大家上桌。

易君年端著酒杯，有些感慨，壓低著聲音說："我們有些人，一個月前還不認識，現在卻成了難友，你說得對 —— 是戰友。跟組織上失去了聯繫，又忽然接上了頭，這段時間，真可以說是驚心動魄。來吧，同志們，大家幹一杯，希望組織上盡快完成內部調查，我們可以早日恢復工作。"

除了身上有槍傷的林石，大家都舉起了酒杯。

梁士超依然固執地說：“我現在只想回蘇區，回到隊伍裏打仗去。真刀真槍，爽爽快快。”

田非問易君年：“上級到底跟你怎麼說的？”

“耐心等待。”

“有什麼好等的，內奸我們早就查到了。”田非瞪著林石。“大過年的，你少添亂。”易君年也瞪了他一眼。他曾是田非的老上級，後來田非調到另一個系統工作，通常他們就算在路上遇見，也會裝作不認識。

凌汶給林石和田非兩個人各夾了一塊爆魚，對著田非說：“關於這件事，那天在這兒大家都已經說過了。”

田非看到林石什麼話都不說，甚至朝他笑了笑，感覺就像在說你那麼幼稚，我不跟你計較，頓時把夾起的爆魚往碗裏一扔：“我看這些人裏面，只有林石最像特務。平時也不說話，瞞著同志偷偷打電話，還有什麼銀行保管箱。革命同志都光明磊落，我看你就不像好人。”

“住嘴！”易君年也有點上火，他把喝幹的酒杯往桌上一放，“就憑你們這樣疑神疑鬼胡亂猜疑就能查到內奸？我看不出你說的這些情況有什麼問題，有人喜歡說話，有人不喜歡。”

“確實。”衛達夫邊吃邊點頭。

“再說，菜場開會的這些人，你全看清楚了？”

“還有一個人，既沒有被捕，後來也沒有與我們聯絡。”凌汶插了一句。

“問題也可能出在其他地方，每個人都必須接受組織審查，包括老方——”

“老方失蹤那麼多天了，”秦傳安示意大家安靜下來，“他不會出什麼事情了吧？”

“老方同志犧牲了。”易君年低聲說道。

房間裏的空氣凝固了。好幾個人多年來與老方單線聯繫，早就習慣了老方給他們帶來上級的指示，習慣了他溫和堅忍的態度。這些天，雖然他們一直聽不到上級的聲音，但直到聽到老方犧牲的消息，他們似乎才真正從心底產生了一種與組織失去聯繫的孤獨感。

“你從哪裏得來的消息？”衛達夫急切地問道。易君年沉默了一會兒：“組織上有內線。”

“這消息可靠嗎？”衛達夫先前剛盛了一碗醃篤鮮，可這會兒他連最喜歡的鹹肉也嚥不下去了，他不願意相信老方犧牲的消息，“最近發生的事情真是匪夷所思。還有那位特派員，做事也有點神神秘秘，就像石頭裏蹦出來一樣，突然出現在你面前。”

“這位同志也確實——”易君年想了想，“參加革命以來，從沒像最近這樣感到形勢嚴峻。秘密會議地點被敵人發現，釋放以後不見了老方，接著特派員突然來了，他似乎知道所有的聯絡方式、接頭暗號，一個一個找我們見面，卻不說上級有什麼指示。我們不能隨便懷疑一個同志，但也不能麻痹大意。”

一陣涼風，崔文泰推門進來。他攔住正要起身的秦傳安：“我把後門關了。吃年夜飯要關著門。”

他似乎沒有察覺到氣氛沉重，一坐下就看見桌上那盆糟缽斗，伸手端了過來，一邊說“我最喜歡吃豬下水了”，一邊拿湯勺舀了一大勺到面前的小碗，往嘴裏塞了一大口：“真餓了，送了個客人到董家渡，等了半天，又冷又餓，吃了一大碗湯麵也頂不住。怎麼了 ——”

他見大家不作聲，便問。

“老方犧牲了。”田非眼圈紅了。

崔文泰的表情有點僵，調羹叮噹一聲掉進碗裏，筷子卻還抓在手上。他想在臉上擠出一點悲傷的表情。

“出了什麼事？”他的嗓音有點乾澀。沒有人回答他。

“出了什麼事？”他又問了一次，嗓音變得嘶啞。

田非忍了半天，終於還是掉下了眼淚，哽咽著對崔文泰說：“你是他的交通員，你和老方最親近了。”

“是呀 ——”崔文泰也想哭兩聲，但他嘴裏咕噥著有點哭不出來。

易君年注視著他：“你最近見過老方嗎？”

崔文泰沒有回答，卻轉頭望著田非：“到底出了什麼事？”

田非搖搖頭，看著易君年。

很難說崔文泰心中沒有一絲悔恨，尤其在他不得不表演一番之後。老方不僅是個上級領導，更如同一個兄長。他沒想到老方會被槍殺。他還以為等事情結束後，自己也許可以勸勸他，讓他也從“泥坑”裏跳出來。那些天他一直在想對老方說什麼可以讓他回心轉意。說說革命已經沒有前途？他猜想可能沒什麼用。老方對他說過，地下工作就像黑暗中的一道光，為了向那道光亮奔過去，他敢往深淵裏跳。

“老方的兒子也被抓了，而且受傷很重。”易君年語氣沉重。

林石悄悄給自己倒了點酒，一口就喝幹了。

易君年也端起了酒杯，說了一句：“為了 —— 老方！”一桌人都端起酒杯，幹了杯中的酒。

“你是從什麼時候開始跟著老方的？”田非問崔文泰。崔文泰吃了一大口放涼的豬下水：“北伐軍來的那年吧。

我加入了工人糾察隊，後來就一直跟著老方幹。先是搞工運，接著轉入地下，給老方做交通員。”

北伐軍逼近上海那年，崔文泰背了一身賭債，這個事情老方並不知道。討債的從家裏追到他上班的公共汽車公司，那時他在那裏當司機。正在走投無路時，北伐軍幾乎算是給了他一條生路。突然之間整個上海都開始騷動不安。

二月，公共汽車工會宣佈罷工，他想都沒想就加入了工人糾察隊。身後站著一兩百個糾察隊員，那些討債的也沒法靠近。

因為不敢回家，他每天都在停車場值班，有一身天大的賭債，他簡直天不怕地不怕，洋人大班、巡捕、幫會大亨，誰來都不行，一輛車都不放出停車場。沒過多久糾察隊裏的人就把他看成領頭的，他天天帶著幾個兄弟進進出出，再也不擔心追債的上門了。

到了三月份，又興起了房客減租運動，他又連忙加入房客聯合會，這就解決了他面臨的另一個大難題。這幾下一來，他品出了革命的滋味，越發積極地投入到北伐軍進入上海前夕的大革命高潮中去了。就是那時候，他被老方注意到了。

“我跟著老方沒多久，”田非猛喝了幾口酒，臉紅耳熱，對崔文泰說，“你給我們說說老方吧。”

“老方救過我。民國十六年四月，二十六軍包圍了汽車公司，要工人糾察隊交出武器就地解散。先是朝天開了兩槍，跟著就是機關槍，牆上全是槍洞，然後就往裏衝。我們打了一陣，頂不住，只有幾支盒子炮，幾十杆老式步槍。後來他們講好只繳械不抓人，我們就放下了槍。但他們是騙我們的，等我們放下槍，他們就把我們幾個糾察隊的頭頭抓了起來，關在門房邊的棚子裏，說是要就地槍決。老方領著人，趁著那些當兵的衝到裏面搜抄，殺進來把我們救了出去。”

崔文泰說著說著掉下了眼淚。在軍警按照名單滿城搜捕工人糾察隊頭目時，老方讓崔文泰藏在自己家裏。“他給我講了很多資本家和反動軍閥壓迫人民的道理，他說黑暗的時候，我們更要團結在一起。從那時候起，我真正走上了革命道路。”

是這樣嗎？崔文泰在心裏偷偷問自己。他從來都不是一個會反省審視自己的人，平生頭一回，他驚奇地覺得身體裏有兩個不同的小人，在彼此不停地諷刺挖苦對方。

“——我轉入地下給老方做交通員。他對我說將來有機會，可以把我送去學習，可是現在必須自己訓練自己，盡快學會做個老練的地下工作者。他和我一起到馬路上，指給我看，利用什麼地形觀察身後有沒有特務盯梢，怎麼甩掉尾巴，怎麼用手邊的東西迅速改變自己的樣子。他找來一本巡捕房的教材，教我格鬥術。

“我們倆開著車到奉賢十五保四團，靠海有一大片蘆葦蕩，在那兒學打槍。老方打槍準，幾十步外樹上的一隻麻雀，他抬手一槍就掉下來了。

“民國二十年發大水，到處都傳霍亂，我老婆和孩子都染上了，沒幾天就都死了。那段時間，老方甚至不顧地下工作的紀律，讓我住到他家，跟他兒子睡一個房間，那時他兒子在一個理髮店學手藝。”

崔文泰越說越來勁，似乎藉此能掩飾些什麼。

實際上，他早就不想幹了。二十六軍機關槍掃射的時候，他就嚇著了。如果沒有老方，他不可能撐了這麼些年。他上了軍警的名單，參加罷工，是工人糾察隊的小頭頭，他不可能找到工作。老方讓他轉入地下，組織上通過關係，安排他到租車行當司機。這份差，工錢可不少。這麼一來，他又沒法說不幹了。連鋪保都是組織上給他安排的，他能說跑就跑嗎？可是地下工作越來越危險，他覺得是老方拿情誼拘著他 —— 他想，這麼看來，自己其實也算個有情有義的人。

說來說去，都怪小五子，當然，被窩也是他自己鑽的。他能怎麼辦？老婆都死了。這個女人不得了。如果換一個女人，可能他也會想辦法離開老方，過一陣悄悄地離開。可這個女人讓他徹底昏了頭。

那天他給一個地下黨組織秘密機關送信，出來以後，發現背後有人盯梢。不知怎麼回事，他一下子就決定了。他一直在回憶那一刻，是因為前一天晚上嗎？那天晚上他暈暈乎乎，關燈摸黑，掀開被子端詳了小五子好久，她躺在那裏像一根糯米條頭糕。

也許因為他天生就是個喜歡操控方向盤的人，坐在駕駛座上，一車人都由他說了算，他願意往哪兒開就往哪兒開，他願意開多快就開多快。他看著街上的看板花花綠綠，想到隨時可能遭遇危險，半輩子都沒真正過上一天好日子，一不做二不休 —— 他突然關閉引擎，打開車門，站到盯梢的小特務面前，對他說：“我有重要情報，我可以向你們投誠，但必須見你們最大的官。”

他被人從一個地方送到另一個地方，最後見到了葉啟年。葉啟年對他說：“我們打算馬上把你送回去，時間很緊，你到我們這裏快兩天了，再拖下去你就回不去了。今後，你的代號叫‘西施’。”

易君年忽然問他：“老方犧牲前，你見過他嗎？”

崔文泰愣了半天，說話突然被人打斷，有點回不過神，又好像他對老方的回憶正進入某一個情感洋溢的時刻，不理解別人為什麼沒有被他的話打動。

“只見過一次。我去秘密信箱取了信，交給他。”

“什麼信？”田非迫不及待地問道。

董慧文看了一眼凌汶，欲言又止。

“不知道。”崔文泰低著頭，“老方只是讓我負責傳遞信件。”

他出賣過一些情報，出賣過一些同志，每次都能拿到一筆錢。這是葉啟年事先答應他的。他並不為那些出賣行為不安，反倒是有點志得意滿。如今他又自己開車了，不用事事都聽別人指揮，哪怕是老方。直到他出賣了老方，沒錯，他誠實地對自己說。

崔文泰知道老方的兒子在哪裏學手藝，只要到那裏跟師父打聽一下，就能知道徒弟的店舖開在哪裏。你早就知道老方躲在哪裏，你從信箱拿到信，把信交給他，就知道他接下來會去哪兒。葉主任把你交給了游隊長，游隊長讓你把老方交給他，但那一次你不忍心，把老方放跑了，沒有及時通知游隊長。你沒想到游隊長知道你去取信，知道你跟老方見面，他發了火，說你腳踩兩條船，兩面三刀，如果不在三小時內交出老方，他會馬上把你抓到龍華，按照共黨分子處理。

馬路上燈火通明，弄堂裏家家戶戶也把所有燈都打開。只有同福里弄口過街樓下面，黑洞洞一段。有兩個人躲在黑暗中，人家都在亮堂堂的地方，上供祭祖吃年夜飯，他們卻縮在暗地裏，寒風不停往衣服裏鑽。這兩個人，一個靠在牆角抽煙，一個從口袋裏摸出一把瓜子嗑著，嗑了一地瓜子殼，越發覺得餓了。

暗語

林石躺在床上。剛才在客堂間，他喝了一大口酒，然後對大家說有些不舒服，便回樓上病房休息了。出獄後秦傳安替他重新處理了傷口，子彈沒有傷及腿骨，休息了一段時間，能夠慢慢行走。他並沒有完全說謊，雖然腿傷沒有旁人以為得那麼嚴重，但這會兒他身上又有點發冷。

他隱約覺得崔文泰有問題，有些直覺很難說清楚。彆扭的表情、一兩個過分誇張的手勢、說話時使用的詞句。他有些懊惱，真不應該暴露銀行的事情。五根金條。這些經費來之不易，也許是其他戰線上的同志用生命換來的。他這樣冒失，怎麼對得起那些人。萬一出了問題，中央交給他的重要任務就難以順利實施。

最難的並不是在敵人面前咬緊牙關，他早就想好了，他可以為行動計劃付出自己的一切。但現在的情況是，他必須對自己的同志和戰友也保持沉默，不管他們對自己表現出熱情或者懷疑，他都不能將秘密告訴任何人，也不能隨便和人商量。

易君年在特務衝進會場時，為了保護他，把骰子放進了自己的口袋，這一切他都看在眼裏，卻既不能說什麼，也不能做什麼。他知道易君年同志的用意，但他只能保持沉默，只能暫時讓自己的同志頂在前面。

在看守所裏，易君年用那樣的眼神看著他。他覺得對方幾乎要猜到他就是特派員，但他不能有絲毫表露。他哼哼唧唧，裝得傷很重，裝得意志軟弱，裝得對眼前的局面毫無思想準備。

他甚至對易君年編造了一些過往經歷，先是把自己說成是一個參加過廣州起義的老革命（這倒是事實），卻又在一些細節上故意說得牛頭不對馬嘴，讓易君年作出錯誤的判斷，認為自己是在說大話。這樣一來，易君年就漸漸放鬆了對他的探察。

有些秘密使命，注定要孤獨地完成；而那必要的忠誠，也注定要用懷疑來掩護。

這些天來，他看出易君年和凌汶兩位同志關係密切，革命同志常常在工作中產生情誼，這不足為奇。他知道凌汶以為她的丈夫龍冬已經犧牲了。可是據他了解，龍冬很可能還活著。凌汶聽說廣州起義失敗後，國民黨軍隊在廣州城內大肆搜捕，只要不是廣東口音，當場就有可能被槍殺，他們甚至衝進了蘇聯領事館。當時，龍冬正在領事館內與蘇聯同志商議撤退工作，被國民黨抓去後，與蘇聯同志一起被殺害了。

但林石知道，至少在廣州起義後的一年裏，龍冬同志仍在為黨工作，在敵人的殘酷鎮壓中，他組建了一個精幹的地下工作小組。龍冬才智過人，甚至能從國民黨廣州市公安局裏獲得秘密情報。只用了短短幾個月時間，他就能說一口流利的廣東話，簡直就是個天生的地下工作者。而林石自己，終究因為學不會廣東話，被調離了廣州。

他還不能把這個消息告訴凌汶，他也不能告訴大家他就是“老開”。他堅持著不讓自己睡著，之前陳千元悄悄地跟他說，陳千里要來見他。

馬路邊忽然圍了一群人，鞭炮聲劈啪響起，間或還有幾只高升躥到半空炸開，震耳欲聾。沿街二樓的人家紛紛打開窗戶，點燃竹竿上掛的鞭炮。弄堂裏吃完年夜飯的人像得到什麼號令一般，大人孩子都開門出來了。

一個人影擠在人群後面，從過街樓下進了弄堂。

陳千里找到診所後門，輕輕敲了兩下。門後，陳千元正等著他。

“我想找一幅宋畫。”

“那可不好找。”

“受人之託，找不到也得找。”

“那您說說看是哪一幅？”

“《千里江山圖》。”

“你打開窗朝外面看。”

“說的是，這些人就是江山。”

青島船上的訪客告訴陳千里，接頭時說出這段暗語，就能取得“老開”的完全信任。這條暗語是少山同志親自設計的，到目前為止，知道的人不會超過五個。

“你見到少山同志了？”林石興奮地握著陳千里那有力溫暖的雙手。

“少山同志在瑞金。他可能不知道你現在的情況。中央交通局的一位同志得知上海行動小組出了問題，趕到青島，在船上找到我，讓我到上海配合你的工作。

“在青島，那位同志告訴我，上海的情況十分危急，從表現出來的跡象看，地下黨組織已被嚴重滲透。他說，傳達任務的會議還沒有召開，敵人就提前得到了消息。”

“從租界巡捕房和偵緝隊聯手抓捕來看，形勢確實是非常嚴峻。”

“但是，‘千里江山圖計劃’早已啟動，這是一項無法撤銷的任務，上海臨時行動小組是計劃中關鍵的一環，所以組織上臨時決定，把我調來上海，要求我迅速肅清內奸，保證計劃順利實施。”

“銀行保管箱裏有五根金條，是組織上交給上海小組的任務經費。現在保管箱暴露了，必須盡快轉移。”林石馬上提醒道。

“你也要馬上轉移，”陳千里說，“敵人現在可能知道了你的身份。一旦我們查清內奸，他們可能會抓人。你是這裏唯一了解‘千里江山圖計劃’的人，身負重任，必須馬上轉移。還有一件事我要告訴你，老方同志犧牲了。”

“聽說了。”林石想到剛才易君年的話。

“當時老方正在與我接頭，在他兒子的剃頭舖裏。為了掩護我，他拿起特務的手槍衝了出去。他兒子也被捕了。與易君年同志接頭時，他對我說是從內線情報那裏得知老方犧牲了。”

“你讓我先轉移，那其他同志呢？”林石點點頭，又問陳千里。

“只要你不在敵人手上，其他同志暫時仍然是安全的，特務不會輕易去動他們，他們更想了解我們背後的計劃。”

“那也要預先有一個撤退方案，以防敵人想不出別的辦法，實施大逮捕。”

陳千里看了林石一眼，他知道，林石覺得自己說得太輕率了。他仔細審視自己的內心，真的太輕率了嗎？他有沒有忽視了大家的安全？在完成任務和同志們的生命之間，他有沒有對前者過於專注，而對後者明顯疏忽了？

他知道，此刻的情勢，逼著他不得不去走一條鋼絲，竭盡他所有的能力，去保持一種危險的平衡。同志們不得不在敵人的注視下完成任務，每個人都要裝得像對身後的特務渾然不覺，同時保持高度敏銳，看準時機，在敵人神經鬆懈的瞬間，迅速採取行動。同時也要時刻警惕敵人狗急跳牆。他自己是擅長這些事情的，訓練時的行動心理測試，他一向成績優異。可是樓下的同志們，他們未必能像他那樣冷靜。他是不是因為自己有能力做到，就以為別人也能做到？“千元是——”

陳千里輕聲說：“我弟弟。”

林石望著陳千里，有些看不清坐在他床邊的究竟是個怎樣的人。冷靜，條理清晰，甚至連親弟弟身處險境也不動聲色。他不知道上級派來的是怎樣的一位戰友。處理這樣的危局，必須要有大智慧。只是聰明過人的人，會不會容易不自覺地就把別人當成行動步驟中的一環。在這樣的時刻，不僅需要頭腦，也需要一顆熱忱的心。

可現在沒有時間再遲疑，他對陳千里說：

“首先，我要把‘千里江山圖’的整個計劃向你說明。中央早在八七會議就確定了土地革命和武裝反抗國民黨反動派的總方針，而我們這次的任務，簡要地說，就是安全地把中央有關領導從上海撤離，轉移到瑞金，轉移到更廣闊的天地裏去。

“從去年起，黨中央在上海就越來越艱難，我們在發展，敵人也沒閒著。國民黨專門用來對付我們的黨務調查科，之前又進行了擴充。它的頭目雖然也只是個簡任官，權勢卻遠遠超過那些簡任廳長、局長。他們內部自稱‘特工總部’，除了編制內的特務，還向其他機關派出人員，在那些單位內部奪權，令那些機關為特務所用。根據中央所獲的情報，特工總部現在很可能已經擁有數量龐大的特務，明目張膽地大搞特務統治。

“他們逐漸形成了一套有效的反共情報網，利用潛伏特務，地下黨內部的投機分子、叛徒，不斷對黨組織進行滲透，使上海黨組織遭到嚴重的破壞。

“這是一次大轉移。除了領導人，其他人員、機關、文件、電台、經費，都要做好相應的安排。有些轉入地方，堅持地下鬥爭，有些也要跟隨轉移。為了順利實施，地下黨組織在各地召集了多個行動小組，我們這個臨時小組負責其中的一部分工作。

“原先，隨著贛南閩西蘇區土地革命形勢的發展，中央曾使用極大的人力物力，打通從上海到南方的四條秘密交通線。這些交通線是蘇維埃的紅色血脈，大量人員物資通過它們進出蘇區，所以，一直以來敵人千方百計地加以滲透破壞。老的交通線長期使用，難免暴露。為了保證撤離成功，同時也為了在今後更加艱苦殘酷的鬥爭環境下，讓紅色血脈保持暢通無阻，中央決定重建絕密交通線。

"我們負責打通從上海到汕頭這一段。從上海到瑞金，三千多公里，少山同志說，好呀，那我們就把這次行動稱為'千里江山圖計劃'。他說，這不僅是千里交通線，更是千里江山，我們撤離上海，就是要把革命的火種撒遍全中國。少山同志說，交通線上的一個網站，比得上蘇區一個縣，一定要把交通線搞好。

"按理說上海小組已經暴露，不適合執行這項任務。在敵人的密切監視下，很難確保新建交通線的安全。只是中央和上海地下黨組織目前十分困難，在短時間內很難重新召集精幹人員。"

"上級向你佈置任務，有沒有提到浩瀚同志？"

"浩瀚同志？"林石不解。

陳千里把老方去普恩濟世路與浩瀚同志接頭的事情告訴了他。

"怪不得老方沒來開會。"

陳千元把哥哥送進林石的病房，回到客堂間時，田非正在與衛達夫爭論。衛達夫認為，組織上早就說過地下工作要用公開身份作掩護，要求在公開的社會職業上，每一位同志都務必幹得十分出色，既能更好地掩護，也能藉此發動群眾。所以，林石就算剛從看守所出來，就算身負槍傷，他也有理由因為銀行業務而打一個電話。田非不想跟衛達夫多講道理，他只是固執地重複說，他認為林石肯定有問題。

陳千元坐回桌邊，告訴大家林石躺下了。秦傳安起身往廚房走去：“讓他休息一會兒，等會兒我過去看看他。”

對面仍然端著酒杯的崔文泰接了一句：“現在就去病房，我也過去看看。讓他一個人躺著，可不大讓人放心。”

易君年正和凌汶悄聲說話，轉頭就攔住他：“你這會兒去做什麼？讓他好好休息。”

崔文泰不知為什麼，心裏對易君年總有些害怕，尤其當他盯著你看時，眼神一點都看不出深淺。

秦傳安到廚房轉了一圈，出來時捧著個盤子，盤子上壓著個半球形的鋼精鍋蓋。陳千元來了興致：“又是什麼好吃的？”

秦傳安笑著沒說話，把盤子放到桌上，搓搓手，掀開蓋子，原來是一客糯米豆沙八寶飯，上面還堆著些棗子蜜餞瓜子仁。董慧文叫了起來：“啊呀是八寶飯。”話音未落，衛達夫的筷子早已戳了進去，挖出一大塊豆沙。

崔文泰對甜食不感興趣，他忽然想起一件事：“上級的那位特派員，怎麼今天也不來？他是不是聽說特務知道這個地方，心裏有點慌了？”

易君年在邊上冷冷地說：“怎麼突然想起他來了，你是不是有點擔心他來呀？”

“我就是心重，什麼事情都擔心。”崔文泰的笑聲有點乾，連忙喝了口酒。

梁士超也不喜歡吃甜的，轉頭對易君年說："你在廣東過年，有沒有吃過炸粿肉蘿蔔糕？"

凌汶聽到了，對著易君年問道："你在廣東待過？我怎麼沒聽你說起。"

易君年笑笑："調離以後，就不該向人說起從前的工作了。"

"那你怎麼還跟他們說。"

"那不是在看守所裏打發時間嘛！"

"老易在廣東工作好多年了，"梁士超告訴凌汶，"省港大罷工時他就在那裏。我們在看守所時說起一些犧牲的同志，有好幾個當年都是老易的戰友。"

凌汶拿筷子挑了一粒葡萄乾，放在嘴裏嚼了半天，心事重重的樣子。

正說話間，樓梯上傳來腳步聲，林石在陳千里的攙扶下回到客堂間，大家不約而同地站了起來，氣氛忽然有點嚴肅。董慧文上前攙扶林石，田非喝了酒微微有點上臉，他把身後的椅子讓了出來，林石拍了拍他的肩膀，微笑著說，不用動。他一邊挨著田非坐下，一邊對大家說："別都站著，我可得趕緊坐下。"易君年見狀也笑著招呼大家都坐下。崔文泰連忙去廚房找了乾淨的杯子，秦傳安將酒杯斟滿遞給陳千里。

"陳千里同志，你跟大家講幾句吧。"林石望著陳千里。

"來，千元，我們兄弟倆一起給同志們拜個年！"陳千里讓弟弟起身站到自己身邊。

"我早就猜到了。"衛達夫笑著仰脖喝了一杯。大家端起酒杯，起身互相敬酒拜年。

待大家都放下酒杯，林石介紹道：“陳千里同志，上級派他來領導我們這個小組。”

陳千里端詳著每一位同志，緩緩說道：“上級原先把我調來，是配合老方同志工作，老易得到消息，老方犧牲了。”

他看了看易君年繼續說道：“林石同志是中央特派員，代號‘老開’，他代表中央向我們上海小組傳達任務。按計劃，他傳達任務後要立刻離開上海，可是他受傷了，暫時無法長途跋涉。在能夠安全離開之前，他與我們一起工作。明天上午，由林石、凌汶、崔文泰三位同志去銀行。”

凌汶和崔文泰有點疑惑地望了一眼易君年，易君年把臉轉向林石。

“銀行保管箱裏有組織上用於這次行動的一筆經費，五根金條。”林石在一旁補充道，“在進一步行動之前，要先把金條取出來。”

“目前最大的問題是，敵人很可能正在監視我們。”陳千里在這裏停頓了一下，“我和林石同志判斷，敵人把被捕的同志從看守所放出來，並不是因為他們覺得自己抓錯了人，就算真的抓錯人了，他們也不會那麼輕易就釋放。我們認為，敵人把大家放出來，是因為他們知道地下黨組織即將有重要行動，他們無法通過審訊了解內情，所以假意釋放大家，想讓我們麻痹大意，在行動中暴露。我和林石同志都懷疑，就在此刻，在這個房子外面，就有特務在盯著。”

秦傳安點點頭。

“我們最重要、最需要確保安全的，一個是保管箱裏的金條，另一個就是林石同志。但我們又必須取出金條，金條也必須由林石同志親自去取。所以，為了確保萬無一失，剛剛我和林石同志商量，想了一個人和金條分開走的計劃。明天上午十點三十分，由崔文泰同志開車，把林石和淩汶同志送到銀行。銀行大門在街角上，他們下車後，”陳千里轉向崔文泰，“你把汽車停在街角對面的馬路上等著。林石和淩汶同志出來後，把裝金條的皮箱放到車上，人不要上車，由崔文泰同志把金條送到老閘橋接頭地點，下一程從船上轉移。林石和淩汶同志不要馬上離開，到銀行對面阜成里弄口的那家咖啡館坐一會兒，五分鐘後撤離。”

陳千里轉向易君年：“易君年同志，你要在十點半之前到達那家咖啡館，準備好交通工具，負責接應他們安全撤退。”

易君年點點頭：“好！”

“那其他人呢？”梁士超急切地問。“其他同志回自己的住所待命。”

說完這些，陳千里心裏頭一次隱隱有些不安，這個決定到底對不對？明天特務們發現林石和保管箱裏的金條都消失了，一定會展開瘋狂的搜捕。他這樣安排到底有幾分把握？

銀行

大年初一早上，天津路中匯信託銀行開著大門。按照政府推行新曆的規定，銀行在廢曆新年第一天照樣上班，不過客人就不太可能這時候來了，人們正忙著到處拜年。

上午十點不到，黃包車停在銀行門口，陳千里從車上下來。新年第一筆生意，他遞給車夫五角小洋，轉身從車座上提下一隻小皮箱。今天他穿了件灰色暗花緞面皮袍，貂爪仁裏子，外面罩一件黑色寧綢馬褂，頭戴一頂貂皮小帽。

這身行頭他是從估衣鋪租來的。估衣鋪老闆不以為怪，近年頗有些人找到他這裏，要租一套衣服扮成大富人家。

這位客人要是論氣度，不穿這一套也足夠。而且他是真識貨，這件翻翻那件瞧瞧，都看不上，逼著他拿出兩件真正名貴的貨色，還挑了兩件裏面成色比較舊的這一件，這就對了。

貂爪仁可不是普通貂皮，是貂爪上指甲下面那一小截皮子，輕、軟、暖，做這一件怕是得賠上幾百頭貂。不說那些貂，就是把那些小片皮子縫成一件袍子，還看不出針腳痕跡，現在也找不到能攬下這活兒的師傅了。

陳千里站在路邊，把皮箱放下，從皮袍裏摸出一包香煙。他平時不抽煙，這會兒卻抽了兩口，然後把半截香煙扔了，轉頭跨上台階。

就在陳千里走進銀行後不到十分鐘，葉啟年從華懋飯店出門，他讓馬秘書先把車開過去，新年第一天，他打算走一走。沿著仁記路往前，十來分鐘就可以走到天津路。一路上他都在想著陳千里，不知今天能不能見到他？那是他不共戴天的仇人。他當然不會一槍結果了陳千里，而是要慢慢折磨他，問問他為什麼當年要如此背信棄義。他甚至不無嘲諷地想，如果陳千里像崔文泰那樣，跑到他面前來一句，我想見你們大老闆，難道還真領著他去見立夫先生嗎？他希望陳千里繼續那樣冥頑不靈，好讓他有機會痛痛快快地報仇。

太陽很好，有一瞬間他心裏忽然生出一點空虛。特工總部、黨國、中共秘密計劃，這些詞語日日夜夜縈繞在他頭腦中，但就在片刻之間，它們都失去了意義，連咬牙切齒的仇恨也變得好像十分遙遠。如果當年陳千里不是那麼一意孤行，被什麼《共產主義 ABC》、什麼《遠方來信》弄昏了頭，假以時日，說不定他也不會在葉桃的事情上那麼不肯讓步。如果那樣的話，今日大年初一，家人團聚，他們之間也許可以喝上一杯。想到這裏他差點掉下眼淚。

天津路是銀行街，左近全是銀行錢莊，就算是大年初一，汽車黃包車也排滿了半條街。馬秘書早已把車子停進了阜成里，自己也不在車上。葉啟年往前走幾步，看見裕記錢莊，便轉身進去。特工總部出了裕記一半本金，錢莊老闆也是自己人。總部往各行各業都派了人，如今早已形成了一個秘密通信網，黨國任何一個角落，發生了任何事情，他們都能先一步知道。

昨天半夜，“西施”打來電話。他一得到情報，就在華懋飯店的床上想好了方案。這會兒裕記就成了臨時行動指揮所 —— 阜成里在中匯信託銀行斜對面，錢莊後樓的視窗正是最佳觀察點。馬秘書和游天嘯都已經到了。

游天嘯這回帶來的人都很精幹，不到十分鐘就完成了行動佈置，他對葉啟年解釋。

“慢一點不要緊，要是從你這兒洩露了消息，我只能把你交給內部調查室執行家法了。”

“絕對不會，老師。”

錢莊裏全都是偵緝隊的下屬，這些人不知道這次行動真正的指揮單位是特工總部。在這種情況下，他要避免稱呼葉主任。

“銀行裏有什麼情況？”

“人都散到各個點上了。目前銀行沒有動靜。”

“沒有我的命令不許抓人。”

“是，老師。”

葉啟年上了二樓，裕記錢莊的老闆知道總部葉主任要來現場指揮，早早在二樓擺放了案几茶具。葉啟年靠窗坐下，朝中匯信託銀行大樓方向望瞭望。

銀行大樓在交叉路口，一共五層。地下還有一層，保管庫就在那裏，庫房四壁用鋼板澆鑄而成，庫門所用的鋼板，更是厚達四十釐米。

大樓建造時，特意沿街角設計成斜面，銀行大門也朝這個方向開，葉啟年心想，當時多半是請教了哪位風水大師。

游天嘯上樓告訴葉啟年："他們來了。"

"幾個人？"

"一輛車，三個人。有林石 —— 就是'老開'，凌汶，還有我們的'西施'也在車上。"

沒有等到陳千里，葉啟年心中隱隱有些失望。

昨晚除夕夜，崔文泰一夜沒睡好，簡直像人家守歲一樣。陳千里說，第二天參加銀行行動的同志，晚上不能回家，都睡在診所病房裏。這麼一來，他就沒辦法面見葉主任了。誰都沒有想到這個情況，他沒有，游隊長沒有，葉主任也沒有。

診所外面倒是有兩個鬼頭鬼腦的傢伙，多半是偵緝隊的便衣，可是他也不敢隨隨便便就把重要情報交給他們吧？就算他們確實是游隊長的人，游隊長沒有交代過他們的事情，料想他們也不會輕易相信他崔文泰吧！就算他們相信他是自己人，萬一有個閃失，說不定回頭喝兩口酒，就把事情忘了。

再說，就算他們真辦妥了，這功勞又算誰的？他崔文泰做這個事情，還真不是為了黨國。退一萬步說，就算他不計酬勞，願意把情報交給他們，眼下也要辦得到呀。診所裏那麼多人，都在懷疑內部有特務，他半夜跑出去再跑回來，讓人看見可就麻煩大了。

他熬到半夜，看看別人都睡熟了，終於下定決心，悄悄跑到門診室，往華懋飯店打了個電話。

他身上只有一件睡覺穿的單布褂子，司機穿的呢大衣掛在門後的鈎子上，他也不敢套上，擔心動靜太大。可就是這樣，他捧著電話，一邊發抖，一邊直冒冷汗，只一會兒背上就濕了一片。

他沒敢等華懋飯店的接線小姐叫醒葉主任，只讓她傳兩句話。第一句，"老開"是林石。第二句，明早十點半去銀行開保管箱。

打完電話出來，又把他嚇一跳。診所原是弄堂房子，後樓那幾間廂房當作病房，從門診室到病房有一條短短的樓道，樓道一邊是樓梯，另一邊就是病房。樓道裏沒開燈，他正躡手躡腳打算溜進房間，一頭撞上在樓梯口抽煙的易君年。

易君年什麼話都沒說，冷冷地看著他，也沒讓他解釋解釋為什麼半夜不睡覺，跑到外面來了。當然，他可以說他去上了廁所。

到早上他才發現，好幾個人都離開了。飯桌上只有林石、凌汶、秦醫生和他自己，就連住在診所的梁士超都不見了人影。

崔文泰回到房間越想越不安，萬一葉主任沒有收到消息，把林石和金條放跑了，這個責任他可承擔不起。他都賣身投靠了，還賣了個半吊子，這筆生意做得就划不來了。葉主任一生氣，說不定說他真共黨假投誠，倒把他給辦了。

他跑到門診室，對秦傳安說，他要給車行打個電話，昨晚他沒把車開回車行，早上再不去點卯，車行管事要著急罵人了。

秦傳安正忙著開藥方。他知道自己很可能馬上就會撤離，有很多長期在他這裏治療、開藥的病人，他要預先給他們準備藥方。其中有幾位，他還打算向他們推薦其他診所的醫生。這些病人他都有住址，只要把開好的藥方裝進信封，萬一緊急撤退，他把這沓信往郵筒裏一塞就行。他拿著筆朝電話指指，繼續低著頭寫藥方。

電話撥通了，崔文泰報了房間號碼，抬頭看看秦傳安，見他正全神貫注於自己的工作。房間鈴聲響了兩下，有人拿起話筒，是葉啟年。崔文泰原以為自己可以編幾句暗語，把意思告訴葉主任，卻沒想到臨時沒詞了，舉著電話停在嘴邊。

崔文泰用眼角掃了一眼秦傳安，見他依然俯身在桌前，似乎並沒有留意他。

“老闆，今天上午客人約了用車，直接去做生意了。做好這一單再回來。”

半晌，對方在電話裏說：“知道了。”

崔文泰猶疑不定，拿著電話愣在那邊，對方等了一會兒，有點不耐煩：“知道了，你昨晚打過電話。”

對方掛了電話。

放下電話，崔文泰心裏並沒有踏實，反而越來越亂了。

林石趁崔文泰離開，對凌汶說：“我見過龍冬同志，在廣州。”

還有半個小時就要出發，這通常是最心神不定的時刻，尤其是陳千里說，這一次，他們將在敵人的嚴密監視下完成任務。她正在努力克制，打算起身收拾下碗筷，沒想到林石說了這麼一句話，她一時沒反應過來。

弄堂裏傳來一陣鞭炮聲，上海人家年初一早上打開門，要放一串開門鞭。

“我聽老易說，你丈夫，龍冬同志在廣州犧牲了，那是什麼時候的事？”

“廣州起義後，他在蘇聯領事館被捕，被敵人殺害了。”林石點點頭：“如果這樣，他很可能還活著。”

說出這句話後，林石自己心裏倒產生了一種奇怪的感覺。他們倆，一個是龍冬的妻子，一個曾把龍冬視作生死之交，如今卻坐在飯桌邊，用一種近乎平淡的口吻議論著龍冬的生死。他很可能還活著，好像犧牲或者活著，都是一種可以接受的事實，值得討論的只是這兩種事實，哪一種可能性更大。可是大革命失敗後，這種情況實在太常見了。

一旦地下黨組織被敵人破壞，單線聯絡的組織關係就被切斷了，一個上線被捕、被殺害，與他聯繫的下線也就同時消失了，沒有任何文件可以證明他們的身份和下落。一個地方組織被破壞，有些同志犧牲，有些同志失蹤，剩下的人如果還有機會聯繫黨組織，就調換到另一個地方繼續工作，可他們也往往必須改換姓名身份。

在最複雜的情況下，常常會發生犧牲的同志最後被發現還活著，以為活著的同志，實際上早就犧牲了。

經常會有各種各樣的傳說，有些是出於戰友之情，總是覺得犧牲的人還活著，有些則來自敵人的愚蠢和陰謀，他們為了邀功，或者為了設計圈套，就散佈一些真假不明的消息。

“廣州起義失敗後的第二年，差不多是五月份，組織上把我調到廣州，讓我配合龍冬同志的工作。在廣州那一年，龍冬同志和我談得很多，他給我看過你們倆的照片。你的絨線帽蓋住了耳朵，肩上有大圍巾，穿百褶裙，手插在裙子口袋裏。那時候他還活著，活得好好的 ——” 林石仍然覺得這麼平淡地說話，自己聽著都有點奇怪。

“在廣州要不是他，我可能被敵人抓了十幾回了。我真是學不會當地人說話。太危險了，後來也因為這個，上級不得不把我調離了。”

林石記得八月裏有一天，龍冬的情緒顯得特別低落，他們倆坐在騎樓下喝粥，電閃雷鳴，一會兒就下起了暴雨。龍冬告訴他，來不及通知凌汶，敵人就衝進了秘密機關。

凌汶的反應來得很緩慢，一直到林石說起那照片，她才慢慢激動起來。

林石意識到凌汶情緒的變化，她幾乎要掉下眼淚。他原本是想說些與行動無關的話，讓凌汶放鬆一些。

但是，出發的時間到了。凌汶起身問林石：“你的傷，走路沒問題吧？”

“林石同志，你肯定是個大領導吧？” 崔文泰剎車、按喇叭、加油門，擠出了路口紮成堆的黃包車，歪了歪腦袋朝後座說，“五條大黃魚，乖乖不得了。一定是個大任務。我活了半輩子都沒見過那麼多錢。”

後座沒有人回答他。凌汶低著頭想心事，林石掀開窗簾一角，看著車外。

“不過我這輛車，倒是運過金條，雖然我也沒看見。”

崔文泰笑了幾聲：“去年春天我到熙華德路接客人上車，寧波人。一個老主人，兩個用人。我看看真蹊蹺，用人空著手，一塊台布打成包袱，主人自己抱在懷裏，說是要去巡捕房。

“上了車子我看看不對，隨便問一句，果然，說是去報案。我就問，報啥案子？說是用人中午燒飯，發現米缸底下有七根金條。坐在家裏，天上有金條掉在米缸裏，這不是好事嗎？我說，為什麼要報案？用人說，少爺失蹤好幾天了。噢喲，我想，這下就有意思了。

“你們曉得為啥？那個時候上海到處在傳王金枝被殺案。你們聽說過沒有？太古輪船茶房領班王金枝，在長江輪船上跑了三十年，為人極其講信用，錢莊銀樓就託他帶金條，從上海到武漢，幾十年從來沒失手，再多幾根金條交給他都沒有問題，武漢肯定收到。但這次出事了，被殺了，死的時候身上只有幾角洋錢，金條是一根也沒有了。”

“被搶的金條就是米缸裏的那些？”林石問。

崔文泰點點頭：“他們是那麼想的，所以要到巡捕房報案。我也是那麼想的，肯定就是那一批。我就問，為什麼他們會覺得米缸裏的金條跟王金枝的案子有關係呢？他們說，因為他們家少爺失蹤了。

“原來如此，那我就懂了，那就確實有關係了，這家人家的少爺一定不是好人，外人不曉得，家裏人曉得的呀。自己兒子是不是好人，老爺知道的呀。

“米缸裏那些金條，肯定跟王金枝的案子有關了。這家老爺膽子是小的，他這樣一猜，馬上就要到巡捕房去報案。他們這麼確定，我想想也很確定，巡捕房呢，也馬上就確定了。”

“過了幾天，我看看報紙，果然報上登了。你們猜猜什麼結果？”崔文泰賣了一下關子，等汽車過了路口，轉到天津路，他接著說，“你們猜猜什麼結果？報紙上說，巡捕房一拿到金條，馬上找錢莊銀樓的人過來看，錢莊銀樓自己鑄的條子，都做了記號，他們一看，正是被偷的那一批。巡捕房馬上說，金條數字不夠，差一半。既然一半贓物在你家米缸裏，那麼另一半你也負責交出來。你說你不知情，可能是你兒子，那麼你把你兒子交出來，要是你交不出金條也交不出兒子，那就把你先關進巡捕房裏。那家老爺叫冤枉呀，本來是想做做好事呀，沒想到自己先吃官司了。”

汽車停在中匯信託銀行門口，進銀行大門時，凌汶說：“這崔文泰，今天怎麼話那麼多？”

皮箱

游天嘯進了裕記錢莊，又一次上樓報告：

“銀行裏面各處都有人盯著了。每個樓層都安排了人手，前後兩扇門隨時可以下令封鎖。從司令部憲兵隊借了一輛鐵甲車，往馬路中間一停就是一座堡壘，他們如果想強行突破，讓他們一頭撞到牆上。”

“這麼興師動眾，沒有驚動穆處長嗎？”葉啟年輕描淡寫地說。

“穆處長去南京了，恐怕要過了年才回來。”

“荒唐。政府三令五申，各機關不許互相拜年，不許放假，有些人是通知照轉文件照發，封建陋習一樣不改。”

“穆處長南京的親戚朋友多，他在南京可比在這裏忙多了。”

“軍法處是要害部門，某些人就是佔著位子不做事，你可別沾上這些惡習，好好幹，等有機會我向上面舉薦。”

“謝謝老師。不過現在這樣也很好。穆處長大概嫌龍華殺氣太重，影響官運，不喜歡軍法處的這些公事，這樣我倒也好辦。”

葉啟年面無表情地點點頭。

“他們這會兒在裏面做什麼？”

“我們有五個人在大廳裏面。坐在存款部沙發上那兩個，背對背坐，正好可以看到整個大廳。進去的那一男一女在大廳那頭，吳襄理在接待他們。”

“讓你的人不要靠得太近，讓他們順利拿到皮箱。我們人贓俱獲。”

“是，老師。”游天嘯笑著說，“還有件奇怪的事情。他們居然有人坐在阜成里弄口的咖啡館，我估計是個接應點。那個人是易君年，不知道他們是什麼意思。”

“就在阜成里？”葉啟年也笑了起來，“我們把指揮所設在阜成里弄堂裏，他們把接應點設在阜成里弄堂口，有意思。你的人在弄堂口進進出出，會被他們看到嗎？”

“我跟他們說了，每個人都站到規定位置，不要到處亂跑。”

“陳千里仍然沒有出現？”

“我們安排在申新旅社的人說，他從昨天半夜回到房間後，一直都沒有出來。要不要讓人進去看一看？”

“有人守著就行。先拿到保管箱裏的東西，然後逮捕林石，最後一網打盡。”

林石拿出二七九號保管箱的單子，交給吳襄理。

“吳襄理，今天我開一下箱子。另外，把三個月租金交給你。”

“啊呀林先生，給您拜年 ——”吳襄理神情有些不自然，早上他在家裏就接到宋先生的電話，讓他今天無論如何都要上班，妥善處理好二七九號保管箱的事情。他不知道這隻保管箱為什麼會驚動宋先生，不過宋先生只是讓他按照正常業務辦理，客人怎麼說他就怎麼做，別的事情自有人會辦：“我們是銀行，既不是員警也不是特務，到我們這兒來的都是客人。我們不能貽人口實，讓人家說把東西放到我們這兒不保險。”

有了宋先生這句話，吳襄理心裏是有底的。宋先生從來沒有親自給他打過電話，實際上，宋先生就算到銀行來，也從來不會注意吳襄理。不過他很清楚 —— 其實這家銀行從上到下每個人都清楚，宋先生的哥哥是不得了的大人物。不然，他們這家小小的銀行，為什麼每年都能做一點財政部公債發行的生意？

吳襄理把單據弄好，就領著林先生和太太上樓。樓梯在銀行大廳西面，上了二樓，只見四面圍廊俯瞰大廳，凌汶掃視了一圈。

大理石廊柱間放著些沙發，遠處沙發上孤零零坐著兩個人，穿著的那兩件洋裝似乎不太合身。

“按照銀行的規矩，只有租用保管箱的顧客本人才能進入保管庫，林太太只能把先生送到這裏了。”

凌汶在保管庫門前的沙發坐了下來，笑著對吳襄理說了一句：“林先生腿上骨折剛好，行動不方便，我可就把他交給吳襄理了。”

保管庫的入口在二樓南側，庫門外圍著柵欄，如同一隻鐵籠子。吳襄理用鑰匙打開柵欄門上的鋼鎖，裏面又有一扇鋥亮的圓門，是用整塊不銹鋼焊製的。吳襄理來回轉動密碼鎖，直到聽到嘀嗒一聲，再把鋼門中央那隻輪盤轉了幾圈，輕輕一拉，庫門打開了。

吳襄理扶著林石跨進圓形鋼門，門後是個巨大的不銹鋼洞穴，四壁、地面、頭頂全是鋼板，接縫間嵌入燈管，把這個方形洞穴照得明亮如晝。洞穴深處有一間間小室，吳襄理把林石請進其中一間，室內放著桌椅。等林石坐下，吳襄理說：“林先生稍候，我下去一趟。”

保管庫的入口在二樓，庫房卻在地下。吳襄理站進僅容兩三人站立的電梯，去了庫房。

逸園咖啡館靠窗座位上，易君年要了杯牛奶咖啡，拿出一份報紙放在桌上，轉頭看著窗外。窗外是個小院子，放著幾把遮陽傘，傘下有摺疊桌椅，天冷也沒有人坐。小院有兩扇門，一扇朝著天津路，另一扇朝著阜成里弄堂。

大年初一，咖啡館裏基本沒有客人，老闆並沒有打算這會兒就開門營業，只是周圍銀行錢莊都不放假，他想著也許會有人來坐坐。對這個意料之外的客人，老闆額外奉送了一份布丁。布丁盤子裏放著小匙，客人卻沒有動它。

“進去看了，易君年還在裏面。我們的人看見他從江西路穿弄堂過來，他們好像在那裏停了一輛車。是南市員警署的車子。”游天嘯向葉啟年報告。

“誰讓你派人盯那麼緊？胡鬧，要是打草驚蛇 ——”葉啟年並沒有真的生氣，他喝著錢莊老闆準備的好茶，心情頗有些怡然自得。

“南市員警裏果然有地下黨。”自從上回菜場裏冒出個巡捕房地下黨，游天嘯就開始懷疑在華界員警裏也有潛伏的共黨分子，“抓住他順藤摸瓜，肯定能抓出一串。老師的計劃真是高明，我們往這裏一坐，共黨分子一個一個就冒出來了。”

葉啟年並沒有那麼樂觀：“共黨分子，靠抓是抓不完的。你抓了一個，他們會給你送來一打，你抓了一打，他們就給你送來一卡車。”

游天嘯心想老師又要開始長篇大論，他像當年在杭州上訓練班時那樣，併攏腳跟，等著聽老師教誨。

“與共黨作鬥爭，最重要的是思想上的肅清。只要讓人不再相信共產主義那一套，相信我們的三民主義，我們就不戰而勝，共產黨就不戰而亡了。你有空也要讀點書，中央大學陶教授寫的書就很好。你讀了書，知道了其中道理，在看守所審訊共黨分子時，就可以跟他們講道理，說服他們向政府投誠。這樣一傳十，十傳百，百傳千，思想就像傳染病，只要染上了，他們就成了我們的人了。不要老是打人，殺人，打打殺殺能解決一個人，幾個人，但解決不了思想對千萬人的傳染。”

吳襄理乘著電梯回來，把手裏提著的一隻鐵箱放到桌上，插上一把鑰匙，轉了一圈，對林石說：“林先生，箱子我給你拿來了，你再用你自己那把鑰匙開一下就行了。等你處理完畢，就按一下桌上的電鈴，我回來給你開門。”

說完，他就離開保管庫，關閉圓形鋼門，再鎖上。

吳襄理離開保管庫沒多久，保管部小施桌上的燈就亮了。

先前他把紀先生送進了保管庫。紀先生絕對是個大貴人，皮袍上的出鋒，一看就是千金之裘，絕不是一兩頭畜生的皮毛。小施在陶小姐家裏見過宋先生的皮袍，跟這件差不多，他眼睛毒，值錢的東西，看一眼就記住了。

那一次可把他嚇壞了，最後還是陶小姐機靈，謊稱他是表弟，這才過了關。而且因禍得福，宋先生索性把他安排進了銀行。

小施頭腦很清楚，他可不敢跟陶小姐有什麼事情，雖然陶小姐總是讓他上她家，讓他幫她取件衣服、買點吃食。陶小姐穿著家常褉子，齊膝短褲，襪子上露出一段腿。最撩人的是短褉下面飄著的兩根粉色綢褲帶，一動就晃來晃去。有一次他坐在沙發上，她俯身過來說話，綢帶竟然從他手上掠過，他好容易才克制住自己想去拉一拉的心思。

小施把保管庫鋼門打開，紀先生空著手在門後等他。他打算把紀先生送到銀行大門口，因為進保管庫前，紀先生塞給他一塊大洋。小施從小到大，沒收過這麼大一筆壓歲錢。紀先生卻在半路上對小施說，內急，要找個廁所，讓小施不要等他，回頭他自己出門。

紀先生正是陳千里，他雖然對外形做了一點改變，但仍然擔心被散佈在大樓內的偵緝隊便衣看見。他沒有進廁所，而是閃進了清掃雜役們上下的樓梯，一直向上，走到銀行大樓的屋頂天台上，躲在水箱旁邊，觀察大樓周圍的情況。他注意到阜成里弄堂裏進進出出的人，不像是普通居民。

過了十來分鐘，林石按了一下電鈴，把吳襄理叫來開門。出了保管庫，凌汶接過皮箱，扶著林石跨出庫門。他們倆一路穿過圍廊，下樓梯，在眾目睽睽之下回到銀行大廳。

正要出門，銀行大廳一陣風似的進來個女人，進門就喊："小施快來。"那邊小施看見，急忙奔了過去。凌汶循聲望去，竟然是陶小姐。陶小姐也認出了凌汶，見躲避不開，面帶羞慚地走了過來："啊呀凌太太！"陶小姐聲音誇張，說完卻又忽然壓低嗓音："你也出來了呀？我就說剛剛一下黃包車，心就怦怦跳，好像要遇到什麼好事 ——"

她一邊說著一邊舉起一隻手，壓在心口。

"陶小姐，"凌汶說，"謝謝你幫我把信帶到了。"

陶小姐想掩飾自己的尷尬："哪裏哪裏，就是順便 ——"

凌汶靈機一動，索性抓著陶小姐的手臂，把她拉到存款部櫃枱，從包裹掏出小本子，又在銀行櫃枱上拿了筆，讓陶小姐給她寫下地址，她要好好謝謝陶小姐。陶小姐在看守所就知道凌汶也是一位富商太太，雖然獄卒說她是共產黨，但她總有些將信將疑，既然現在出來了，肯定就是沒事，所以欣然寫了個電話號碼。陶小姐越說越親熱，一直把凌汶送到銀行外。崔文泰坐在車上正等著他們。

凌汶把手上的皮箱放到汽車後座上，對崔文泰說了一句："你把皮箱送過去。"轉身把車門關上，扶著林石過馬路，邊走邊扭頭對陶小姐說："一會兒你要是有空，也過來吃塊蛋糕呀。"

"蛋糕我喜歡的，喜歡的……"陶小姐前言不搭後語，話還沒說完，人已經跑回銀行裏去了。

崔文泰發動汽車，向前開去。他沒有按照陳千里設計的路線，從另一條馬路撤離。他倒是和葉主任約好了，一拿到皮箱，馬上把車開進阜成里，把皮箱交給游隊長檢查。誰也沒料到，他們把接應地點也放在阜成里，凌汶和林石過了馬路，也是朝阜成里弄堂口走去。這下崔文泰的心裏倒有些說不出的滋味，這一次要在光天化日之下當街投敵叛變了？

他把車往前開了一段，停了片刻，然後掉頭，又把車開回天津路。汽車靠近阜成里弄堂時，他忽然大聲罵了一句："滾你媽的蛋，老子誰都不投，投自己！"

他猛踩油門，汽車呼地衝過阜成里，游天嘯站在弄堂裏正等著接貨，沒想到車子一下子衝了過去，把他扔在那兒摸不著頭腦。

游天嘯急匆匆奔上樓梯，對葉啟年說："崔文泰拿著皮箱跑了。"

葉啟年一口茶差點噴出來，想了一會兒，突然罵了一句："這個混蛋，國共兩黨都容不下他。"

"老師，那現在抓不抓？"

葉啟年想了很久："讓你的人繼續監視，先不抓。不過，你去把崔文泰給我抓回來。人，死活不論，皮箱要原封不動。"

茂昌煤號

自從法租界公董局在肇嘉浜北岸築路，南市老城這條水運要道就變得越來越窄。尤其是冬天，堤岸露出一大截，垃圾和淤泥混在一起，河水也不像先前那樣乾淨了。春夏季節水盛時，河上常常擠滿了大小木船，不過這會兒倒是沒幾條，全都停靠在岸邊。

四點剛過，船頭上就冒起了炊煙。船與河岸之間架著長條木板，有幾條船上，小孩子穿著過年的新衣服，一會兒奔上船，一會兒又跳上岸，渾然不覺木板下便是河水和淤泥。肇嘉浜上有很多橋，茂昌煤號靠近小木橋。煤號在租界裏做生意，自然要開在小河北岸，不過徐家匯路這一片，近來十分興旺，荒地都被工廠醬園佔了，連電影廠都把攝影棚建在附近。茂昌煤號後面原本有一塊堆棧，生意越做越大，堆棧漸漸不敷使用，想來想去，就到肇嘉浜南岸的華界買了一大塊荒地，充作煤號堆棧。好在一座小木橋，連通了小河兩岸。

李漢是茂昌煤號的工人，不過他在煤棧幹活，和對面煤號裏的工人多少有些不一樣。對面是商號，日常打交道的都是買煤的客人。這裏能見到的，就全是煤了。因為這個緣故，茂昌的老闆招工人，對煤號和煤棧，採取的是兩種辦法。煤號用工人，都找本地人，見過世面，頭腦機靈，跟客人能說得上話；煤棧招工人，就只看有沒有一把力氣了。這兩年長江下游發大水，鄉下人聽說上海怎麼也能吃上一口飯，找條木船搖著櫓就來了。煤棧裏很多這樣的人，他們在上海沒有地方住，就佔了左近的荒地，搭了窩棚，先是用木板，等掙了工錢再設法弄點煤渣泥磚，努力讓它變得更像個房子。幾年下來，煤棧裏的人都聚居在了一起。

大年夜李漢整整一晚都在煤棧值班，沒回他那個窩裏。

一到過年煤棧就提心吊膽，全城都在放爆竹，點著了煤堆事情可就大了。每到這個時候，帳房就會過來找李漢，知道工人當中，很有幾個只聽他的話。所以昨天晚上李漢找了幾個人，買了點酒肉，就在煤棧裏過了除夕。

天亮後其他人都回屋睡覺了，李漢還等在煤棧裏，他在等待從天津路中匯信託銀行撤離的同志。可是過了下午四點，人還沒有到，李漢有點擔心。

沒有按約定時間到達煤棧，是因為發生了很多意外情況。陳千里不得不承認，原定計劃存在太多冒險成分。事發突然，實在太倉促了。最大的冒險是，如果他判斷失誤，敵人發現受騙上當後，立即包圍現場實施抓捕，那他豈不就害了林石同志？

雖然他通盤考慮過，認為敵人既然把同志們從看守所放出來，就一定會等待一次“人贓俱獲”的機會，而且他事先也釋放了很多假資訊。

昨天晚上，他在診所的飯桌上對大家說，銀行的任務完成後，每個人仍然回到現在的住所，等待下一步行動。他還告訴崔文泰，拿到皮箱後，他要把汽車開到老閘橋的接頭地點，把皮箱交給另一些人。他故意讓崔文泰覺得，那些來取金條的人十分重要。

他知道崔文泰就是內奸。

昨天下午，從陳千元那裏出來，坐在公共汽車上，他的腦中突然閃過一個動作。那是老方做過的動作。

老方犧牲那天，他拿著手槍衝出剃頭鋪，朝弄堂口方向開了一槍後，便向弄底跑去，要轉進橫弄堂時，突然回頭又向剃頭鋪奔過來。陳千里想起了老方的奇怪舉動，竭力回憶他當時的表情，老方並沒有去看弄堂口的敵人，他的臉對著剃頭鋪的門，好像在望著門後的他們。

他像是想起了什麼事情，一心想要告訴他們，可就在那一瞬間，子彈射中了他。他應該知道自己不可能跑到剃頭鋪門口了，他也許想過把要說的話喊出來，但他只能躲進橫弄堂的房子後面。

陳千里換了一輛有軌電車，直接去了剃頭鋪的弄堂。他在弄堂裏來來回回，好像在尋找一個門牌。他仔細檢查老方衝出剃頭鋪後到過的位置，檢查地面和牆角，直到在橫弄堂的一個牆角，發現了一個字，寫那個字的地方正好被落水管擋住，字不容易被人看見，也不容易被雨水洗掉。

那個字很可能是老方用血寫的，他自己的血。那是個未寫完整的“山”。他立刻就明白，老方在向他暗示內奸的名字。他不知道老方是根據什麼作出了這個判斷，他猜測也許是老方忽然想起剃頭舖這個秘密接頭地點，崔文泰是唯一知道的人。這很有可能，老方把崔文泰視作家人。

直到制定行動計劃時，陳千里都還沒有確鑿的證據可以證明崔文泰就是那個讓組織遭到嚴重破壞的內奸、叛徒。不過除夕夜，崔文泰暴露出更多的可疑之處，到了早上，當老易告訴林石，崔文泰半夜偷偷進了門診室，其實真相已完全清楚了。只是敵人還不知道他猜到崔文泰是內奸。實際上，他的計劃就是要利用這一點。

他把咖啡館當作接應地點，沒有想到敵人也在那條弄堂裏。任何行動都要現場勘察，紙上作業靠不住，可他沒時間了。實際上他把易君年的位置暴露了，老易幾天前剛從看守所釋放，這些偵緝隊的便衣完全有可能認出他來。他本應該找一個更隱蔽的地方。

誰都沒有想到崔文泰會拿著皮箱逃跑，看到那一幕，陳千里忽然覺得有些可笑。他看見崔文泰的汽車駛回天津路，看見兩個人從弄堂裏奔出來，準備接應，看見汽車突然猛加油門衝過了弄堂，看見那兩個人站在路上，半天沒有回過神來。崔文泰那一跑，把精心策劃的棋局攪成了一場鬧劇。

他自己有沒有預料到這一齣呢？肯定沒有，可他確實讓林石告訴了所有人，銀行裏有五根金條。也許是出於某種本能，這有點不符合地下工作的原則，但他隱隱覺得，如果你讓某些人知道自己手裏拿著許多根金條，做起事情來就會顛三倒四，違反常態。

站在銀行樓頂，陳千里一直在擔心。他不知道敵人會不會突然瘋狂，下令把所有人都抓起來。直到他看見葉啟年，才覺得鬆了一口氣。隔了那麼遠，仍然一眼就能認出這個人，他甚至不用掏出皮袍口袋裏的那隻小望遠鏡。葉啟年坐在車裏，那時崔文泰早就跑了，林石他們幾個也撤離了咖啡館。不知道為什麼，陳千里有一種感覺，想站在樓頂再多觀察一會兒。

他看到葉啟年的汽車慢慢開出弄堂，停在路口，有人上來跟他說話，他搖下車窗，說了幾句，然後把車門推開，下了車，站在車旁往馬路左右看了看，又盯著銀行看了一會兒，慢慢地把頭抬起，好像正在一層一層地察看銀行大樓。到這個時候，陳千里才確定，敵人大概不會馬上包圍同志們的住所，實施大逮捕。一看到葉啟年，他心裏就清楚了，他知道這個特務頭子從來都不會發瘋，甚至在他失去女兒時。

他們在顧家宅公園附近的一幢房子裏等著他，是衛達夫從經租處拿的鑰匙。

易君年告訴陳千里：“進了法租界鐵門，我們就下車了，換了黃包車到這裏。”又問：“你怎麼那麼久？還在擔心你脫不了身。”

“我要去估衣舖把那身行頭還了。”陳千里笑呵呵地說。“崔文泰把金條送到了嗎？”易君年又問。

“崔文泰沒有出現在約定的接頭地點，他帶著皮箱跑了。”陳千里把事情經過告訴了他們，神色如常。

“所以 —— 皮箱裏沒有金條？”易君年恍然大悟。

看來，凌汶沒有把皮箱調包的事告訴易君年，陳千里心想，也許還沒來得及，也許 —— 凌汶確實是一個嚴守地下工作紀律的同志。

“我明白了，根本就沒有金條，你們設計了一個騙局，讓崔文泰自己暴露。”易君年說。

他確實是自己露出了真面目。陳千里告訴他們，據他判斷，崔文泰早就背叛了革命。菜場會議，還有老方兒子的剃頭鋪，應該都是他密報了敵人。“我們一直懷疑有內奸，這個內奸多半就是他。”說完，陳千里想，事實上，老方在犧牲前就已經指證了他。

陳千里經歷過嚴苛的訓練，他總是被要求不斷去剔除不必要的動作，但老方在那個生死存亡的時刻，卻忽然做了一個讓人難以理解的多餘動作：為什麼老方突然扭頭往回跑？直到這個問題進入陳千里的頭腦中，他才知道自己要去做什麼。

“沒有提前告訴大家，”陳千里笑著說，“是因為擔心你們事先知道，演得就不那麼像了。”

在那天參加秘密會議的小組成員當中，只有李漢從未進入敵人的視線。他沒有被捕，從菜場離開後，他也沒有跟任何人聯絡。茂昌煤棧在肇嘉浜邊上，這條河分隔了租界和華界，兩邊的治安各由租界巡捕房和國民黨公安局管轄。煤棧周圍有大片荒地，這裏的居民，很多都是逃難來上海的，員警很少注意這個地方。陳千里打算讓林石暫時躲在煤棧裏。李漢說，沒有問題，只要他一句話，煤棧裏那些兄弟都會幫忙。

凌汶他們坐了南市警署的汽車，司機是易君年在國民黨公安局內部發展的情報人員。雖然易君年告訴大家，此人絕對信得過，但他並不是臨時行動小組成員，所以他們選擇在顧家宅公園附近下車，等汽車離開後，才由衛達夫把他們帶到了這裏。

接近四點時，衛達夫到街上叫了兩輛黃包車，他們出發了。林石和凌汶各坐一輛黃包車，讓車夫把他們拉到肇嘉浜小木橋，其他人則分頭前往。陳千里和易君年兩個人，一個提著幾方醬肉，另一個拎著兩瓶酒，像是打算要去給哪家飯桌上加點酒菜。

"我不太明白，"從金神父路轉入徐家匯路時，易君年說，"崔文泰拿到皮箱以後，他們為什麼不馬上抓人？"

"確實不太像偵緝隊的一貫做法。他們並不著急抓人搶功。這些敵人看起來很有耐心。"

易君年笑了起來："你才剛到上海，說得好像你同偵緝隊打過多年交道一樣。"

陳千里被他說得有些不好意思，也笑了："那照你看，我們這回的對手到底是誰呢？"

"我這兩天也找人打聽了一下這個游天嘯，有人說他其實是特工總部的特務。"

"他們不想簡單抓幾個共黨分子，要放長線釣大魚。從做法上看，確實更像那個'剿共'急先鋒。"易君年若有所思，"聽說這個特工總部裏，很有幾個專門調查地下黨的專家，他們花了很大力氣研究我們的工作方法，破獲了地下黨組織，也並不急著殺人。他們會詳細了解案件的每一個細節，總結成教材，用它來訓練特務。這兩年地下黨組織在上海越來越困難，聽老方說，上海有不少中央領導已撤往蘇區。”

到了傍晚，天色轉眼陰了下來，空中忽然飄起雪花。他們加快腳步，過了那座橋，眼前便是一大片荒地，河邊零星搭建著一些窩棚。煤棧很容易找，煤塊堆得像一座座小山，四周用鐵絲和木板草草拼湊了一圈柵欄。

沿河荒地間有一條小路，鋪著煤渣，小路兩側雜草叢生，冬天這些草全都乾枯了，卻也能有膝蓋那麼高。雪下得越來越急，沒多久黑色的煤堆上就蓋了一層，在暮光中閃閃發亮。見有陌生人來，煤棧的看家狗開始吠叫，只見李漢循著狗聲跑了過來，其他同志早就到了。

有幾間平房被圍在煤堆中間，外面根本看不見。這是煤棧的值班室和工具間。平房連在一起有五六間，平時工人們在這裏進進出出，現在他們都回家過年了，無事沒有人會跑到這裏來。不過他們這幾個，衣著氣度都不像通常會跑進煤棧堆場裏面的人，被人看見容易生疑，李漢格外小心，早早就把那幾條狗放出了窩棚。萬一有陌生人闖進來，不等他們靠近，狗就會叫起來。

他們坐在最靠裏的一間，水壺在火爐上冒著蒸汽，窗戶上凝結著霧霜。房間裏只亮著一隻燈泡，天色越來越暗，四周全是荒地，要是有一間房子開著很亮的燈，站在肇嘉浜對岸都能看見。

桌面原先可能是一塊門板，很厚，表面沒有刨平，上面坑坑窪窪，桌腳倒是很結實，用鐵板鐵條焊成的架子，門板就擱在架子上。

桌上有酒，有醬肉，有饅頭，還有一大堆李漢拿來的花生。

“現在全國的形勢，我們黨是在異常困難的情況下堅持革命道路。”林石放了一粒花生到嘴裏，慢慢地說，“寧漢、寧粵的反革命政府相繼合流後，南京表面上獲得了全國統一的假像，蔣介石宣佈國民政府進入訓政時期，大力發展軍警憲特，把主要精力都放在瘋狂‘剿共’上。我們黨針鋒相對，早在八七會議時就提出要以槍桿子來對付槍桿子，還要發動中國腹地的廣大農民起來反抗，發動土地革命。”

他向大家宣佈：秘密行動正式開始，這本應在半個月前就完成的會議，被意外事件推遲了這麼久 ——

“時間實在緊迫，”林石最後說，“而且拖得太久，計劃就難以保密。敵人千方百計地刺探破壞地下黨組織，像崔文泰這樣的情況，最近發生了不少。我和千里同志的共同看法是，敵人可能已經猜到了黨中央將會有大動作。這次從看守所把我們這些人放出來，並不是出於敵人的愚蠢，更可能是他們的陰謀。”

“崔文泰，看他那隻面孔就不是好人，腦後見腮有反骨。”衛達夫用手指指自己的腮骨，恨恨地說，“他這裏都長成方的了，把他這隻面孔放到桌邊，打翻了碗連湯都流不到地上。老方真不應該這麼信任他。”

“我們這個小組，接下來怎麼辦？” 易君年掏出煙盒，點上一支煙。

林石看了看靠窗坐著的梁士超，他不時用手指擦掉玻璃上的霧霜，向外觀察。梁士超一想到自己上了崔文泰的當，心裏就有些不好受。

林石並沒有告訴大家，實際上中央為此重新組建了交通局。除了陳千里，他也沒有告訴其他人，“千里江山圖計劃” 真正的目標，是實現中央機關的戰略大轉移。除了必須要傳達的內容，其餘都必須保密，這是原則。他自己的代號叫“老開”，在撲克牌裏是第十三張牌。

二月

陳千里到隔壁找了個房間，讓同志們一個一個進去，單獨佈置任務。說實話，對於他現在的做法，林石心裏有些不以為然。林石覺得，任務的主旨是最需要保密的，可既然已經向大家傳達了，分派任務這些事情，也可以在小組全體會議上提出，大家一起商量。

比如說，究竟派誰去廣州，林石就覺得完全可以在會上提出，如果有人自告奮勇，那也很好。人嘛，總是自己最了解自己。他覺得，去廣州這樣的任務，梁士超一定會主動請戰。沒錯，一個紅軍指揮員肯定會說那叫請戰。林石也認為，梁士超十分合適。第一，他是廣東人；第二，作為軍人，他擅長行動，遇到危險也比較鎮定；第三，如果可能的話，完成這次任務後，組織上直接調他去蘇區，那也很不錯，他的軍事作戰經驗，蘇區很需要。

陳千里卻認為梁士超不太合適，他心裏已經有了人選，只不過，他說，需要再了解一下。

林石覺得陳千里這個人，有一點照本宣科式的教條，為什麼要一個一個叫到小房間裏去佈置任務呢？他確實很厲害，他的頭腦能像抽屜那樣分門別類，可以把人和事梳理得清清楚楚。如果陳千里在銀行行動中不是表現得如此機智果斷，林石可能不會同意他這麼做。小組是一個集體，完成任務很重要，團結和信任也很重要。

不過，讓他試試看吧。面對如此危局，組織上把陳千里派來，肯定經過仔細斟酌。他的才幹林石見識過了。只用了半個小時，他就想出從銀行保管箱移出金條的辦法。雖然有些細節存在紕漏，不過在那樣的緊急時刻，能想出一個有效的行動方案就已經相當不容易了。

在其他同志進去前，林石和陳千里先在小屋裏單獨商量了一會兒。當陳千里跟他說“我還不能把所有設想都告訴你，有些還模模糊糊沒有成形”，他考慮了一下，還是同意了。建立一段交通線，有很多瑣碎的工作，尤其是在交通線的兩端，安全問題總是出在向外接頭聯絡的過程中。就像水管如果出問題，大多發生在兩根管子的彎頭介面上。要把這個過程掩護好，需要做大量的工作。林石做過很長時間的機要交通員，後來又負責交通線的建立和維護，在這件事情上，他絕對是一個專家。

陳千里找大家單獨談話時，起初林石也在一邊旁聽，有些時候他知道陳千里的意圖，另一些時候就不明白他的想法了。但他漸漸看出，陳千里是把大家分成了兩組，有些可以無視特務的監視，假如真的發現有便衣跟在身後，他們也可以假裝渾然不覺。而另一些人，則一舉一動都要十分謹慎。就在談話的片刻工夫，陳千里也向大家傳授了一些發現、擺脫監視的方法，在這些事情上，陳千里也是個專家。他提醒每一個人，每次出門辦事，都要養成習慣，重複做好幾次甩掉尾巴的動作。秦傳安在談話時說，他前些天一直感覺，這些特務雖然看上去盯得很緊，實際卻看得很鬆，每次上街甩掉尾巴也很容易。陳千里卻對他說，如果敵人明明在監視你，卻看得很鬆，隨隨便便就讓你走出他們的視線，那麼，在一個你沒注意的地方，一定是出了什麼問題。說得也對，秦傳安想到了崔文泰。

林石認為陳千里準備了兩套方案，一條是明線，一條是暗線。他聽了一會兒，推門出來進了外屋。

與陳千里談過話的人，趁著夜色，在風雪中離開了煤棧。他們中有些人，在未來十幾天裏將要獨自戰鬥，在敵人的注視下與他們周旋，這不僅是和敵人鬥智鬥勇，更是心理上的較量。雖然陳千里對他們講了敵人下一步行動的幾種可能性，也設計了對策，但這樣的預想，往往會碰到很多意外。

陳千元也從裏屋出來了，林石不知道兩兄弟在裏屋說了什麼，只是看到陳千元似乎有些激動。屋外，董慧文正等著他，兩個人一起離開了煤棧。

衛達夫進去了。現在這裏只剩下凌汶和易君年。白天的行動讓林石對凌汶有了新的認識。這位女同志一直很冷靜，而且遇事十分靈活。如果他能出遠門，讓她和自己一起去一趟廣州，也許是最好的辦法。為什麼自己偏偏傷到了腿。他想了想，覺得在陳千里找凌汶前，應該再跟他商議一下。

裏屋很小，也有一隻爐子，火燒得很旺，煤棧裏從來不缺煤。兩個凳子放在火爐旁，水壺熱汽騰騰，爐膛的圈蓋上還烤著兩隻饅頭。

談話接近尾聲，話題離開了任務。衛達夫有些不服氣：“什麼叫軟弱動搖？這話是誰說的？平時喜歡發點牢騷，這我不能說沒有。但說我動搖，哪一回黨組織交給我的任務，我不是完成得十足十，從來都沒有打過折扣。你不要看我平時像隻煨灶貓，關鍵時候伸頭一刀縮頭一刀，我也會做大丈夫。”

“說得也沒錯，”陳千里笑著說，“一個人的天性是這樣，但真到了關鍵時刻，也要看心裏堅定不堅定。心裏想得明白，想得堅定，平時馬馬虎虎，到關鍵時刻，煨灶貓變成一隻老虎，倒也有出人意料的奇效。”

“你等著，會有讓你看見的一天。”

衛達夫抓起烤得焦黃的饅頭，咬了一大口：“冷饅頭，烤焦了才好吃。”扔下這句話，他就出去了。

陳千里跟在衛達夫後面出來，正要跟凌汶說話，林石先說了一句：“我先跟你商量幾句。”

見他們倆進了裏屋，衛達夫向易君年打個招呼，推開門，冒著越來越大的風雪揚長而去。

“我覺得陳千里沒有說實話。”易君年見房間裏沒有人，把椅子朝凌汶挪了挪，“上午銀行這一齣，不可能僅僅是為了引誘崔文泰自己暴露。”

他又點上一支煙，繼續說道：“林石同志給銀行打電話時，可不像是在演戲。所以銀行保管箱裏面，應該是有什麼重要的東西。難道他根本沒有取出來，東西仍在保管箱裏？”

“保管箱退租了，離開銀行前，林石同志結清了租金。”

“那就是東西確實被崔文泰拿跑了，陳千里那麼說，只是為了讓大家安心。銀行裏沒有發生什麼事情嗎？”

“沒有 ——” 凌汶忽然想起來，“對了，在銀行遇見了陶小姐。就是龍華看守所裏的那個女人，我跟你說起過的。”

“她怎麼會出現在那裏，奇怪。”

凌汶沒有告訴易君年，其實她並沒有進入保管庫。陳千里昨晚對她說過，從現在開始，就算是小組成員之間也不能橫向透露任務內容和行動細節：“一艘船航行在大海上，總是有可能會遇到風浪、觸礁，所以船艙之間要相互隔離，這樣即便一個地方漏了，也不會沉船。”

“早上坐在咖啡館，隔著窗見你下車進銀行，這些天你真是有點憔悴，瘦了 ——” 易君年伸手去碰凌汶的臉頰，凌汶把他的手推開了。

凌汶意識到自己這一推，多半會讓老易心裏有些難過。要是一兩個月前，她可能就不這麼做了，哪怕心裏會覺得不舒服。在某些時刻，她偶爾甚至會被老易對她說的話、為她做的事情感動。對於她，易君年不僅僅是上級，也不僅僅是一位鬥爭經驗豐富的戰友。在她最迷惘、最困難的時候，易君年來到了她的面前。

大革命失敗後，她和龍冬所在的地下工作系統遭受重創。龍冬在危急情況下緊急撤離，她自己則被敵人抓去了，關了幾個月，才由濟難會律師把她保了出來。可是她回到家只看到龍冬離開前寫給她的一封信。

家裏被敵人搜查過，所有寫過字的紙都被拿去了，但信放在花盆的夾層裏，花盆在外面的窗台上。這說明龍冬回來過，他當然會回來。

龍冬在信中說，一定會回來找她。可是組織系統被敵人破壞，再也沒有龍冬的消息，她孤零零等了近三年。等到第二年的時候，有人告訴她，龍冬在廣州起義後犧牲了。起初是不信，後來她漸漸相信了。那段時間，她想盡一切辦法尋找黨組織，她去左翼書店聽講座，去俄語補習班，可是黨早就轉入了地下，從那些公開活動中不可能找到組織。

在她快要絕望時，易君年出現在她面前。

初次見到易君年是在一家書店裏，他並沒有告訴她實情。當時她剛拿起春潮書局新出版的小說，她知道這部小說，幾天前，她在雜誌上看到了魯迅先生對它的介紹。《二月》，她記得這個書名，書裏有一位寡婦，丈夫在戰鬥中犧牲了，寡婦帶著兩個孩子。書不太厚，只要八角小洋。

她把書拿近，仔細看封面，木刻圖案簡簡單單，但她沒看懂畫的是什麼。有人在邊上說："你沒看出來嗎？那是一條河，河面上漂浮著樹葉、雨水和許多人的面孔。"

就這樣，她認識了易君年。他堅持要請她到隔壁喝咖啡，不知為什麼她答應了。後來她才了解，老易特別擅長說服別人。他送她回家，一路上從小說談到木刻，從青年的彷徨談到階級的對立，就是沒有告訴她，他是組織上派來聯絡她的人。她後來認為，他是在考察她。革命是大浪淘沙，大革命失敗後，確實有很多人動搖、沉淪。

幾個月後，她才發現，自己又重新找到了組織，是老易把她帶回了家。

她知道易君年對她的關切超出了同志間的友誼。有些時候，這些關切會打動她，如果它們不是特別明確。可一旦老易說出某些話，做出某些動作，把他的想法清清楚楚地擺在自己面前，她就隱隱覺得有些彆扭，總覺得好像有什麼地方不對勁。

果然，林石帶來了龍冬還活著的消息。

就像先前聽說龍冬犧牲的消息，新消息在她這裏引起的反應同樣是遲緩的。先是不信，後來才慢慢相信了。可一旦相信以後，她似乎就變了一個人，想法完全不同了。比如剛剛易君年說，從咖啡館透過窗戶看見她下車進銀行，要放在以前，她的內心可能會稍微柔軟一下，現在她卻會想：你怎麼可能看到呢？下車以後我可是背朝著咖啡館，根本沒有回頭，直接進了銀行，而且我身後還有一輛車呢。林石帶來的消息，似乎讓她的頭腦變得更加冷靜清醒了。

陳千里打開裏屋的門，見外面只有易君年和凌汶，問：“李漢呢？”

“說是去煤堆巡查一圈。他說平時煤棧夜裏不見人影，今天這些人進進出出，他不放心，要去看看。”

陳千里點點頭，讓易君年和凌汶一起進裏屋。

“現在的情況是，林石同志沒法去香港和廣州。”陳千里開門見山，“上海到瑞金的交通線，這一段由我們負責。在上海接應、送上船，船上三天，然後到香港、廣州，負責與當地交通站聯絡，確保接頭安全。”

“這個任務交給我吧。”凌汶立刻說。

陳千里看了看易君年：“林石同志原本打算讓梁士超代他跑一趟。他是廣東人，地方熟悉，也能說廣東話。”

“我可以和梁士超同志一起去，兩個人可以互相掩護。”易君年坐在邊上，一直都沒有說話。直到這時候他才打定主意：“讓我和凌汶一起去吧。我們彼此熟悉，比梁士超同志更適合。我也在廣州工作過幾年，會說廣東話。”

雪停了，肇嘉浜對岸爆竹聲漸漸響起，先是零星的聲響，隨後鞭炮聲連成一片，有人開始點燃花炮，九龍彈、流星炮，在河面上空如花綻放，租界巡捕房嚴禁燃放這些花炮，可現在是過年，誰理他們呢？幾個人站到門外，仰頭看著對岸的天空。

興昌藥號

廣州城東，大沙頭車站前一條馬路又短又寬，幾乎可以算是個廣場，卻塞滿了大大小小各種汽車，剩下那點空隙也被黃包車統統填上。

凌汶和易君年剛一出站，就被車夫圍上了。兩個人從香港過來，扮成藥材商人和太太。廣州是省城，在火車站做生意的黃包車夫都會說幾句官話，爭著問兩位客人要去哪兒，易君年卻用一口地道的廣東話回答。

太平南路西濠口，我們要去南華樓。在香港用電報預訂旅館時，易君年告訴凌汶，南華樓新亞旅社，他在那裏第一次真正學習了革命的道理。省港大罷工開始後，中共在南華樓四層開辦了勞動學院，鄧中夏同志在那裏講過課，他還在那裏見到過少山同志。

他們是從香港過來的藥材商人，並沒有大小箱籠帶了一大堆，但易君年仍然要了兩輛黃包車。陳濟棠治粵，風氣一時守舊，男女同車容易引起注意。兩輛黃包車一前一後上了東鐵橋，只見東濠涌岸邊艇船上堆滿木柴，岸上的柴堆也是一眼望不到頭。又回到廣州了，他想。

過了鐵橋便是長堤，沿珠江戲院酒家林立，易君年叫車夫放慢腳步，兩車並驅，好讓他給凌汶指點此地風光。乍回廣州，他似乎有些興奮。

“跟上海一樣，這裏先施公司的天台上也有遊樂場。”他正說得興起，忽然沉默下來。凌汶心想，也許他是想起了什麼往昔的情景。

黃包車不緊不慢，沿著珠江一路行去，不到一個小時，就到了南華樓。又過了一陣，兩人從旅館的騎樓下出來，轉進西堤，穿過一道牌樓，往前走了一段，易君年左手遙指珠江邊上，對凌汶說：“那是沙面，廣州的帝國主義領事館都在那裏。民國十四年大罷工，他們把機關槍架在對面掃射，死了多少人，看看現在的廣州，好像都忘記了那一幕。”

一路上易君年說個不停，像是換了個人，凌汶卻沒怎麼說話，一副心事重重的樣子。這些年，她盡量不讓自己想起龍冬，她甚至不記得龍冬犧牲的消息是如何傳到她這裏的，是誰，又是什麼時候告訴了她，她又何以輕易相信了這個消息。也許是因為這些年有太多同志犧牲了，也許是因為她從心底裏相信，如果龍冬活著，他一定會想辦法告訴她。她向廣州來的同志打聽過，別人都沉痛地告訴她，廣州起義失敗後，那裏的地下黨組織幾乎被完全破壞，無數同志被殺害。林石告訴她龍冬還活著，她意識到自己並沒有馬上就相信這個消息，但她的希望還是一點點萌生了。可到了廣州，她反而又有點懷疑。

他們沒有順著太平路一直走，而是轉進槳欄街前面的一條窄巷，擠進仍然沉浸在過年閒適氣氛的人群裏。西關這一片，街巷裏鱗次櫛比全是店舖。雖然是冬日，又接近中午，青石板路面上仍然有些潮濕。

他們倆邊走邊看，似乎對什麼都感興趣。今天是正月初八，人們都聚在茶樓酒肆中。廣州不像上海，有名的飯館偏要開在窄巷裏，樓上勸酒划拳、跑堂吆喝，加上廚房裏勺鑊碰撞，真是人聲鼎沸，間或又夾雜些絲竹管弦，怪不得老易要說廣州城似乎忘記了當年殘酷的大屠殺。

有人挑著巨大的竹簍從巷口進來，竹簍裏裝著活雞活鵝，等他轉身進了酒家，易君年和凌汶才過去，一出十七甫巷子，便是槳欄街。

在香港的交通站，有人告訴他們，十七甫巷子再往前，到了楊巷，會看到一幢樓房，白圓房頂，那就是添男茶樓。茶樓旁有一條西榮巷，興昌藥號就在西榮巷裏面。

槳欄街上全是藥舖，西土藥材樣樣都有，各家舖子都專門做幾種，遇到客商要貨，自家沒有，盡可以到別家調貨，互通有無，利潤均沾。也是因為方便，地下黨組織才在這裏開設了一家藥號，一方面作為交通站，人員物資由此轉往下一個交通站，一站站連到蘇區；另一方面，也是可以由此採買，向蘇區輸送急需的藥物。

外面正街上的大藥商，店舖開間寬闊，門外多有騎樓。興昌號開在深巷，店舖房子是廣州人所謂的竹筒屋，上下兩層，店面寬不足丈半，深卻有三進。站在店舖門口便聞到藥草氣味，進了店堂，兩邊各有一排架子，上面用竹匾盛著些砂仁半夏五味子，有幾十種藥材，供客人看貨。地上也放著大籮筐，籮筐裏是廣州人喜歡買來煲湯的五指毛桃、玉竹、淮山之類。年裏藥號不做生意，這些卻常有左近的居民來買。

店舖沒人，裏屋卻聽見洗牌聲，不一會兒夥計出來迎客，易君年從懷裏掏出一封信，遞給他，又說昨日給店裏來過電報。夥計拿著信朝裏屋喊老細。

藥號老闆出來了。一面接過信來看，一面叫夥計幫他摸一圈，口中又跟客人道聲恭喜發財。香港交通站的人告訴易君年，老闆姓莫："莫少球同志是一個老練的地下工作者，在廣州有很好的社會關係。"

莫老闆已經知道來人身份，嘴上卻說電報是收到了，沒想到易老闆年裏就趕過來。

易君年說："倒也不是那麼著急，正好過年，就想陪著太太順便到廣州玩玩。"

"啊呀，早知道易太太要到廣州過年，我應該請兩位早幾天過來。漿欄街上行花街，看看年宵花市，那叫一個熱鬧。"

"行花街，不是說在雙門底嗎？"凌汶說，"雙門花市走幢幢，滿插籮筐大樹穠。我還挺想看看嶺南的吊鐘花。"

凌汶向來喜歡蒔花弄草，記得不少花花草草的詩句。

莫老闆說："這幾年，漿欄街上也有花市了。"

幾個人進了裏屋，靠窗一桌人在打麻將，莫老闆解釋道：

“都是隔壁店舖的鄰居，易老闆有興趣也一起玩玩？”

易君年笑著搖頭，三個人又往裏進，門後有樓梯，上了二樓。廣州天氣不冷，兩扇滿洲窗半開著，玻璃五色，陽光透過蝕刻的花紋照在窗下的花案上。莫老闆指著一排花盆說：“這就是吊鐘花。”也有大枝桃花，有水仙。

夥計上樓送水泡茶，幾個人落座。莫少球依舊掛著生意場見顧客的笑容，嘴上卻變了樣：“老易同志，凌汶同志，一路上順利嗎？”

香港的交通站預先通知了藥號，莫少球早已作了準備。他讓易君年和凌汶稍坐片刻，說馬上會有人來見他們。

“以前來過廣州嗎？”莫少球問他們。

“在廣州工作了好多年，廣州起義後才撤離。”易君年回答道，“凌汶同志沒有來過廣州，不過她的丈夫龍冬同志倒是在廣州工作，後來犧牲了。”

凌汶看了他一眼，老易總是喜歡到處跟人說龍冬犧牲的事情，她能猜到他的心思，卻有些不太喜歡。她覺得老易在其他同志面前表現出來的那種對她的親近，超過了實際上的親近程度。而且，老易在提到龍冬時（雖然他明明從未見過龍冬），總是說龍冬如何幹練、如何英勇，把聽來的事情演繹成革命傳奇，實際上凌汶知道，她身邊那些龍冬的痕跡，照片、舊衣物、她偶爾說出的片言隻語，都會讓老易覺得有些不舒服。在這件事情上，易君年的態度似乎不那麼真實。

況且，林石告訴她，龍冬並沒有犧牲。

“龍冬？我知道他，他沒有犧牲。”莫太太說。他們打完這一圈散了，莫太太上樓，正好聽到他們說的話。

莫老闆和莫太太，黨組織委派他們倆負責這個交通站，這對夫妻在這裏幹了好多年。她這麼一說，幾個人全都把目光轉向她。

“我不應該對你們說這個，我早就調離了那條工作線，按說，我不應該向別人說起那些事情。”她坐到莫老闆身旁，對凌汶說，“不過你是他老婆，我覺得可以告訴你。革命也要講親情，是不是？”她又轉頭問莫老闆。

“你個八婆。”莫少球笑著罵她。

“龍冬同志我知道。起義後，黨組織在廣州很難生存了，那是——民國十七年，組織上要我做交通，因為我是婦女嘛，人又比較八婆，走在街上，敵人不容易懷疑。

“整整一年，街上太危險了，隨時都有便衣攔住你，有時候就穿著紗布衫，頂著銅盆帽，搖搖晃晃走到你面前，上來就要搜身。如若你說話的口音不是廣州人，說不定就抓你走。

“我做了幾個月交通，後來就調過來做交通站，和你做了兩公婆。記得那天他們要我把信送到高第街，天一亮就要送到。夜裏一直下雨，天快亮時雨停了，霧濛濛，石板路一腳滑、一腳水，鞋子褲子全濕了。

“整條街沒有一個人，只看見糞車過去，車輪嘎吱嘎吱，搖著鈴鐺喊人倒馬桶，叮噹叮噹，鈴鐺聲在旁邊的巷子裏響不停。我就快到地方了，聯絡點在平民宮旁邊的巷子裏。平民宮你知不知？陳濟棠抓了大煙船，收來罰金造了平民宮，說是要收容無家可歸的窮人，到處都是窮苦人，哪裏收容得盡？軍閥，就是擺擺樣子。

“只要進了巷子，再走幾步就到那個地方了。在高第街往巷子轉的街角上，有人躲在騎樓下面，突然閃了出來，攔住我說：‘你不要進去。’為什麼不讓我進去？我又不認識這個人。

“我就抬頭看著他，這個男人又高又大，生得好靚，穿著一件雨衣，兜帽翻起來遮住了臉，天光很暗，又有霧氣，但是他的眼睛好亮。我倒有點不好意思。他突然說：‘裏面有員警，是便衣。’他看我裝作不懂他的話，又加了一句：‘那個聯絡站被敵人發現了，有埋伏，我怕有同志進去被抓，在這裏等。’他就這樣救了我。我回來向領導彙報，領導是歐陽書記，歐陽民。他想了想說，那一定是龍冬同志。

“龍冬，我記住了這個名字。歐陽書記還說，他和我們不是一個工作系統，他的工作比我們更重要，更秘密，所以警告我不要把這個事情向別人說。歐陽書記那天很高興，因為他叫我送的密信太重要了，要是落到敵人手中，後果很嚴重。

“實在太感謝龍冬同志了，他說，龍冬同志真是黨組織不可多得的人才，廣州軍閥政府任何秘密他都能知道，他的情報網已經深入到敵人內部。我覺得他說得太多了，不應該把這些話對我說。不知道為什麼，我暗暗為龍冬同志擔心，如果他的秘密工作在地下黨內部有那麼多人知道，那離被敵人知道也就不遠了。

“又過了一年，我看到《廣州民國日報》上說，國民黨破獲了共黨情報網，當場槍殺了潛伏在公安局的同志盧忠德，把那個地下黨小組的人全抓了，還抓到了特委書記歐陽民。唯一逃出去的只有龍冬同志，敵人可能找不到照片，還畫了像登在報紙上，說是如果有人看到他，報告當地員警，可以領二百大洋。後來就再也沒有消息了。”

“盧忠德，這個名字我記得，省港大罷工時有人說起過。好像是個海員。後來參加了工人糾察隊，不知道是不是他。”易君年忽然想起，插進來說了一句。

“那很有可能。”莫少球說，“大罷工後，黨組織找了一些革命意志堅定、機智幹練的工人，讓大家轉入地下，還特地選了身強力壯的同志打進敵人的衛戍司令部和公安局。我也去考了公安局，仆街的公安局長朱暉日讓人排著隊挑，我長得像根甘蔗，瘦蜢蜢，被趕出來了。”

“什麼時候的報紙？”凌汶問，“你說《廣州民國日報》上登過，那是什麼時候的報紙？”

“我記不清了，民國十八年，我記得是端午節前後。”

“這天的報紙還能找到嗎？”凌汶接著問道。

“漿欄街轉個彎就是光復路，西關報館街，那裏說不定有人知道。”莫太太說。

幾個人正說著，夥計在下面叫“老細，有客”。

來人從瑞金、長汀、永定、大埔一路過來，走了十來天。他對莫少球說：“在青溪聽說上海有人過來了，就怕沒趕上。”

他是蘇區來的信使，有重要口信，必須當面向林石傳達，沒想到林石並沒有按照原定計劃出現在廣州。信使愣住了，上級給他的指示十分明確，只有見到林石，他才能說出口信的內容。

這是未曾預料到的情況，林石自己也不可能事先知道廣州有重要口信等著他，必須由自己來聽取。

對於信使，這是一種考驗。他可以停止傳達，原路回去覆命。這是最為穩妥的處置，安全第一。可因為是口信，他知道內容，明白關係重大，如果不能及時傳達到上海，可能造成無法估量的損失。

他不是普通信使，他是中央交通局高級別的機要交通員，像林石一樣，交給他們的任務往往極其重要，卻又極易出現意外情況，需要他們憑藉經驗和忠誠作出決定。

按照機要交通的一般做法，他甚至不用去見易君年和凌汶，但他決定見一見他們。

“你們準備什麼時候離開廣州？”他問他們。

“訂了來回程船票，明晚七點上船，半夜十二點開船。”易君年並不知道來人是誰，莫老闆把他領上樓，只說是蘇區來的老肖。

廣州交通站的情形，林石向易君年介紹過。莫老闆和莫太太，他們不是假夫妻，夥計也是黨內同志，常駐交通站的就是他們這三個人，負責人是莫少球。平時藥號裏也有一些普通的夥計，生意忙時莫老闆還會多找幾個工人。這些人應該也都老實本分，但和地下黨組織有關的秘密事務還是要避開他們。林石並沒有告訴易君年會有“蘇區來的老肖”。這個老肖可能很熟悉林石，他說：“他怎麼搞的，自己不來跑一趟。”他們在同一個系統工作嗎？易君年想。他告訴老肖：“林石同志受傷了，組織上決定讓我們兩個人代替他執行這次任務。”

“傷在哪裏？”老肖顯得特別關切。

“腿上，”易君年往自己小腿上比畫了一下，“子彈貫穿了，傷不算很重，只是走遠路比較困難。地下黨組織有自己的醫生，傷口恢復得不錯。”

“你們那裏發生了什麼？”

原來消息並沒有傳到瑞金，易君年想，地下黨組織遭受破壞的程度確實很嚴重。中央和地方的指揮系統有些撤離了，有些仍在原地堅持。林石的上級部門看來在瑞金，那麼陳千里是由哪個單位派往上海的呢？

在地下黨組織工作多年，易君年第一次有機會在更大範圍內理解組織間的指揮和聯絡。他知道很多小組僅靠上下級個人單線聯繫，傳達資訊十分困難，指揮也不通暢。在這樣的條件下堅持鬥爭，很多時候組織的向心力只能依靠每個人的忠誠和意志。

“特務衝擊了秘密會議，沒有暴露身份，組織上營救出獄了。”易君年告訴老肖。

“這個情況我們這邊不知道。”

“我們真的應該盡快建立電台。”易君年說。

老肖朝易君年看了一眼。無線電台兩年前就有了，十分秘密。先是因為電台功率小，收發不是很穩定，所以從上海聯絡南方蘇區，都由香港秘密電台中轉。後來，香港電台被英國員警破壞了。

下一年，紅軍在反“圍剿”戰場上繳獲了大功率電台，從此上海到瑞金的無線電聯絡就接通了。但距離遙遠，收發仍然不穩定，上海地下黨的無線電小組又屢遭特務和巡捕房偵查，好幾次差點暴露。

“豪密”雖然設計高超，底子仍是在明碼基礎上增減，使用太頻繁，尤其是在敵人可能了解的事情上使用，容易被找到規律。而且，老肖心裏很清楚，他要向林石傳達的口信，只能由最可靠的交通員面對面傳達，無線電不夠保密，可能也不夠快。即使向上海無線電小組發報，但地下黨各組織沒有橫向聯繫，需要層層向上傳遞，然後再由上級從另一條單線向下傳達，通過好幾級才會轉到臨時行動小組手中。那樣一來，顯然也不夠安全。

情況緊急，可他只是信使，不能擅自決定。他想過讓老莫找上級請示，設法讓他到香港用地下黨組織的秘密電台向瑞金發報請示。可這中間無法確定的因素實在太多了。老莫的上級是不是答應聯絡電台？中間會有多少組織環節？他擅自決定去香港有沒有問題？發報機呼叫能不能迅速連上瑞金？瑞金電台收報後是不是馬上就能把譯電交給正確的人，然後送到真正了解情況的領導手中？

事實上他只有三種選擇：什麼都不做，回瑞金重新請示；把口信傳達給這兩位同志中的一位，讓他或者她回上海轉告林石；他自己跑一趟上海。回瑞金，時間肯定來不及了；去上海，他不知道能不能馬上訂到船票。這兩位同志，他對哪一個都不夠了解。但他必須做一個選擇。

“你們兩個人一起來廣州，由誰負責？”老肖問。

“我。”凌汶回答道。每個人都很驚訝，因為看起來，易君年更像二人小組的負責人。說實話，出發前陳千里這麼安排，淩汶自己也覺得很奇怪。誰都知道易君年原本就是她所在的地下小組的領導。但陳千里就是這樣說的，誰也不知道他為什麼作這樣的決定：兩個人的行動一切聽從淩汶安排，易君年的主要任務是保衛和掩護。陳千里同志真是個出人意料的人，無論如何，執行這樣的任務，淩汶並沒有多少經驗。

“那好，你跟我到後面說幾句話。”老肖對淩汶說。

竹筒樓像竹筒，門臉窄，裏面卻很深，像一根竹子，有很多竹節，一節就是一間屋子，頭房、二廳、三廳、尾房，尾房後面還有廚房，一節連著一節。二層樓上面的瓦房頂，也是一重接著一重，但第三重和第四重瓦頂卻沒有連在一起，山牆之間擋著兩段木板，只有從二樓屋裏才看得清楚，那是一截露台。淩汶和老肖就站在這裏說話。

“你知道‘千里江山圖計劃’的最高負責人是誰嗎？”

“林石同志沒有說起過。”

“是少山同志。我這次來廣州，是受少山同志的直接委派，讓我找到林石，向他口頭傳達一項秘密指令。”

“可是林石同志並沒有來廣州——”

“交給我的任務是當面向林石說出口信內容，在任何情況下不能向第三者洩露。”

可你為什麼要對我說呢？淩汶心裏想，但她沒說話。

“也許應該回瑞金請示。”老肖有一種舉棋不定的感覺，這個經驗豐富的老交通員，多年來處理過無數難題，沒有一次像現在這樣猶豫，“可是時間來不及了。易君年同志說得對，我們真的應該在無線電台上花大力氣。”

但他很快就擺脫了這些情緒，對凌汶說：“明天十二點前，你到這裏來一下，我把最後的決定告訴你。如果能買到船票，我和你們一起回上海。如果安排行程不順利，就只能靠你把這條口信安全地帶給林石。這是一條絕對不能向任何人透露的絕密口信，如果不得不由你來完成，你必須親口告訴林石。”

凌汶有些茫然，她並不認識這位同志，他突然出現在她面前，交給她一件絕密任務。

“凌汶同志，這件事情如果不得不交由你來完成，你必須用生命去保護這個秘密消息，誓死完成這個任務。”

他看到凌汶的神情，又加了一句。

趟櫳門

興昌藥號只是個秘密交通站，本不宜久駐。幾個人在樓上悄聲說話，看起來像在喝茶閒聊，所談的事情卻極其要緊。如何傳遞資訊、如何接頭、如何租艇登船接應來人，以及如何安置秘密住所，把這些事情商量妥帖，約了第二天上午來聽老肖的消息，凌汶和易君年便準備離開。

“你說報館街能找到舊報紙？”莫少球夫婦把兩個人送到門外，凌汶終於忍不住又問了莫太太一句。

“往前就是光復路，”莫少球向漿欄街東頭指了指，“有十幾家報館，你只能到那打聽一下。”

“那些報紙捕風捉影，不會有什麼線索。尋找龍冬同志，最好是通過組織。”他們倆轉到光復路上時，易君年小聲說。

“報紙上也許有那個聯絡點的地址。”她知道易君年說得有道理，可是她不知道為什麼，就是感覺自己應該找到那個地方，去看一看。因為這些年來，那是她唯一真正能確定龍冬出現過的地方。

凌汶知道易君年心裏在鬧什麼彆扭。從上船一路到香港，易君年話裏話外，一直都在提醒她，任務重要，大敵當前，不能節外生枝。

那天晚上在茂昌煤棧，陳千里也對她說過，龍冬同志一直沒有消息，很可能他身處危地，必須嚴格保密。如果是那樣，她跑到廣州就不能到處打聽，否則可能帶來無法預計的風險。所以他們心裏都清楚，她到了廣州一定會設法打聽龍冬的下落。那為什麼你們不攔著我？她簡直有些生氣。

“我知道你在想什麼，你這個人就是私心太重。”她說。

“隔了那麼多年的舊報紙，你能找到什麼？”易君年看起來也有些激動。

出發前，林石建議他們去廣州時，假扮成一對夫婦。像普通殷實商人那樣，他們從旅行社預訂了怡和輪船公司富生號船票，二等大菜間，兩個人住進一間船艙。他們多次假扮成夫婦執行任務，但像這樣航行海上朝夕相處，卻是頭一遭。

但這並沒有讓易君年處於一種更有利的位置，凌汶發現與老易越是靠得近，越是覺得這個人身上有這樣那樣的問題。甚至他似乎並不像她一直以為的那樣沉穩老練。從前龍冬就算在危急時刻，也是該吃就吃該睡就睡。可船上三天，易君年從來就沒踏實地睡過一覺。

有一次她半夜醒來，看見舷窗的月光下，他靠在床頭，不知道在想什麼事情，眼裏閃著寒光，把她嚇了一跳。就算睡著了他也常常磨牙，有一兩次甚至在夢中驚叫。幸虧二等艙裏是兩張床。她想，一個久經考驗的地下工作者，不應該連覺都睡不好。

街邊正是《國華報》報館，門前擠著一堆報販，正等著新報紙出街。那是《國華報》的生意經，一日報紙分兩次出，第一次出報是前一天下午，到晚上當日新聞消息出齊，半夜再悄悄抽去先發版面，換成當日新聞。等於一份日報又兼了晚報。

"這裏就是報館，你能看到什麼？"

易君年只想攔著她，在廣州街頭到處亂找，這既沒有用處，也很危險。可凌汶好像著了魔，完全不在乎他在說什麼。而且不累也不渴，在光復路上一家家打聽。易君年頭一回見識到女作家的執拗勁兒，他懷疑自己從前是不是有點看錯她了，這時候的凌汶，顯得虎虎有生氣，額頭上有汗，眼睛很亮。

他站在馬路邊上抽煙，凌汶又進了一家報館。等煙抽完，她出來了。

她對易君年說，打聽到了，十八甫街廣州報界公會，旁邊有個剪報社，會分門別類存放剪報，供記者們查詢舊事。像《廣州民國日報》那樣的大報，每一份舊報、每一個版面，那裏都保存著。

他沒料到凌汶也能辦成這樣的事情，他覺得自己可能低估了她。他原先以為她只是個耽於寫作的新女性，憑著一腔熱情跟隨龍冬幹革命。龍冬失蹤以後，她就失去了方向。現在看來，只要她願意，立刻就能表現出幹練的一面。

"你還挺能幹。"他感歎一句，"只要涉及感情，女人就很能幹。"

凌汶沒有理他。她知道他心裏在想什麼。雖然她並不能確定易君年現在這樣的態度，究竟有幾分真實、幾分是佯裝不高興。他對她有意思，這一直是很明確的，她的鄰居、認識他們倆的同志，甚至家附近店舖裏的夥計，他從不在別人面前掩飾對她的嚮往。可易君年好像從來都不是一個善於表達感情的人，情況往往是，他越是想表達，就越是讓人覺得不真實。

當然，老易畢竟經驗豐富，碰到疑難總能想出辦法，她自己卻容易著急，比如在船上，她總覺得有人形跡可疑，不時出現在周圍，神情不懷好意。老易呢，不慌不忙，悄悄調查了一番，回來告訴她，沒有什麼問題。其中一位很可能正在逃債，另一位是個高度近視，剛上船就敲碎了眼鏡片。

她聽了老易的話，在小紙條上畫了一副鏡片打碎的眼鏡，老易見到，拿去撕了。

十八甫街上果然有個報界公會，騎樓旁邊開一扇門，裏面就是剪報社。查閱剪報要登記身份，還要花幾角小洋。目錄分類很仔細，《廣州民國日報》、本埠消息、民國十八年。剪報集放在架子上，一大本，放到窗邊桌上，揚起一陣灰。

這條消息的刊登日期，標注在剪貼簿左邊，民國十八年六月十三日：

本報訊，廣州地處要衝，共黨活動頻繁。衛戍司令部與市公安局連日嚴加搜查，共黨機關迭被軍警破獲。本月九日晚，衛戍司令部事前據密報，偵悉豪賢路天官里後街二十三號系共黨分子秘密活動據點，派員包圍該處，當場發現三名共黨分子。其拒不投降，負隅頑抗，與在場軍警互相射擊數分鐘後，一名當場擊斃，一名被捕，另有一名逃逸。

本報獲悉，被捕分子為共黨特委書記歐陽民，被擊斃者為公安局特別偵緝科科員盧忠德，此人既係共黨，卻長期潛伏在機要部門，危害民國殊巨，此次伏誅，實為人心大快之事。

另有消息稱，逃逸者為共黨情報網頭目龍冬，此人於民國十六年廣州暴動後潛入地下，其爪牙深入廣州政府、軍警各機關，上述盧忠德即為其秘密組員。據悉衛戍司令部已命人畫像，分發各處嚴加通緝，定將該名共黨逮捕法辦。

住在豪賢路這一帶的人仍然把它叫成濠弦街，因為它沿著護城濠，看起來就像是弓弦。豪賢路靠近小北門，易君年與凌汶在東濠岸邊下了黃包車，從豪賢路東頭開始，一路往裏找。

街巷交錯，裏坊間並沒有指示路牌。除了本地居民，外人確實很少會跑到這裏來。

巷口出來一個年輕人，穿得乾乾淨淨，斜挎一隻布包，布包裏四四方方，像是裝著書，看樣子是個學生，凌汶上前幾步，問他天官里。果然他能聽懂外省人說話，指著剛剛出來的巷子，說往裏，走到底。

巷子又窄又深，兩邊是人家的後牆，門都緊閉著。兩個人走到巷子盡頭，面前一大片空地，中間一棵大葉榕，新芽初冒，地下已有幾片黃葉。

凌汶見右面一戶人家房門角上掛著塊木牌，遙遙望去正是天官里，便要過去，卻見易君年繼續朝前走。

凌汶叫住他：“在這裏。”

易君年站住腳，向右面看了看說：“那是天官里，你要找的地方是後街。”

“後街不該在里坊後面嗎？”

“你就從來搞不清方向，從豪賢路進來，後街不就是再往北嗎？”

過了榕樹再往北，有幾畝菜地，地裏種著些芥菜，路邊放著一口大缸，風吹過飄出一股難聞的氣味。菜地北面有一條渠，渠上橫著一塊石板作橋，過了橋是一條橫街，凌汶看了看街邊人家的門牌，果然天官里後街就是這裏。

到了這時候，凌汶卻又有點茫然，她究竟想到這裏來看什麼呢？

橫街緊靠著河渠，渠底是黃色的沙子，沙床上面游著些極小的紅魚。她想，龍冬也許喝過這渠裏的水。那天晚上在這後街上究竟發生了什麼呢？軍警包圍了房子，他是怎麼脫身的？他撤離之後又去了哪裏？

“你們到後面說了什麼？”她抬起頭，意識到易君年在對她說話。

“莫老闆的客人對你說了什麼？”

“你是說從瑞金來的老肖？”凌汶這會兒似乎有點神思恍惚。

“對呀，怎麼神神秘秘的。”易君年一面辨認著街邊的門牌號，一面說，“他來找林石是傳達新任務？”

凌汶點點頭，她望著後街上的房子，這些房子都有奇怪的門，她在哪兒見過這些門？她怎麼覺得自己在什麼地方看到過這種樣子的房門。

“新任務是交給我們？”易君年有點興奮，他在船上對凌汶說過，建立交通線這樣的任務，為什麼把他調來？他其實更擅長做情報工作，買買船票租個房子，這樣的事情讓你們女同志來就可以了，頂多讓梁士超隨行保護。凌汶當時心想，他還計較著陳千里沒讓他做二人小組負責人的事情呢。

“他沒有說任務內容。那是一條絕密口信，要親口傳達給林石本人。”

“那他為什麼跟你說呢？看上去這個老肖也不像個新手。”

“他是中央機要交通員，口信內容十分緊急，必須面對面傳達。他是打算自己去一趟上海，跟我們一起上船。”見易君年不斷追問，凌汶耐著性子解釋道。

“這有點不合規矩。彼此都在執行秘密任務，一起同行是大忌。”

“我們可以裝作不認識。”凌汶走了幾步，查看著周圍的街巷，忽然有點不耐煩，“再說，哪有那麼多規矩。要講規矩，你平時就不該跟我說那些話。”

凌汶指的什麼，易君年心裏清楚，她這麼一說，他下面的話倒被她攔住了。

臨近黃昏，夕陽照在石板路上，後街這一段卻熱鬧起來，因為有條直巷北通外面的大馬路。兩三家小店鋪，牆上寫著些醬油、木柴和火水，還有一家小店專門賣香煙米酒。凌汶想不出火水到底是什麼，直到看見有人在店鋪裏面點了一盞煤油燈。

兩三個小孩在渠沿跑，手裏抓著線頭，線的另一頭飄著個小紙鷂，小紙鷂飛不高，在渠岸邊的微風中飄蕩。直巷口一隻小桌，桌上放著籤筒、筆墨和硯台，桌子圍著一圈看不清顏色的綢布，綢布上寫著“直言無諱”，周圍畫著些爻象卦符。桌後凳子上坐個老頭，戴著副銅框水晶墨鏡。

老頭忽然大聲說話：“聽口音兩位不是本地人？”

“他能聽見我們說話？”凌汶有些驚訝，望著易君年。“你們遠遠說了一路。”老頭向前推了推籤筒，“兩位還沒成婚吧？倒不如求一根黃大仙靈籤，看一看姻緣運數。”

“他聽不見。”易君年說。

凌汶轉身要離開，易君年卻拿起籤筒，晃了幾下，又把籤筒伸到凌汶面前說：“入鄉隨俗。”

凌汶拿了一根，遞給易君年，是第七十三籤。

“三春桃李本無言，苦被殘陽鳥雀喧。”老頭拿起筆，邊說邊把籤詩寫在紙上，寫完遞給易君年。

“桃李無言，殘陽苦被，鳥雀喧擾。不知這根籤上，兩位求問何事？”

“這是下籤了吧？”易君年笑著說。

“那也要看所問何事，問者何人。如果問姻緣——從籤上看，還須另待時日。”

“我要問一個人。”凌汶忽然說。“是哪一位？”

“我想問他去了哪裏。”

“他是你什麼人？你有多久沒見他了？他是從哪裏走失的？”

老頭一連問了三個問題。

“是一個親人，三年前他不見了。”

“在哪裏不見的？”老頭見凌汶不肯說，便又道，“從籤上看，你要找他倒是打擾了他。也許過一段時候，他自己就出來了。”

“他就是在這裏不見的。”凌汶把心一橫，對算命老頭說，“三年前，天官里後街出過一件命案，有人被員警用槍打死了。老先生你知不知道這件事？”

老頭抬頭望著凌汶，夕陽照在墨綠色的眼鏡片上，反射出的光芒閃爍不定。他慢悠悠地說道：“兩位是讀書人吧？這條濠弦街上，來來往往的人一直都不少。濠弦街，不就是豪賢街嘛。自古英雄無善終，一將功成萬骨枯。當年轟動一時的大罷工，二十五萬人裏，濠弦街參加的人也不在少數。你看街上這些人，說不定誰家就有人那時跟著教導團攻打過——”

“看來老先生是個見過世面的人。”易君年截斷了他的話。

“我一個算命的老頭，半個瞎子，能見過多少世面，風過耳罷了。”

不知誰家的婦女在天黑前趕工，織布機聲音急促執拗，木輥吱嘎轉動，撐子咿咿撞擊。凌汶轉身要走，半天沒說話的算命老頭忽然叫住她：“那房子在前面，都說是凶宅，沒人願意住也沒人願意買，主人家也不要，鎖了門，叫住在隔壁的七姑看房子。”

“哪裏可以找到七姑？”

“七姑是自梳女，從順德到廣州當媽姐。夜夜挑燈獨對，春來

春去倍添愁 ——”他說著說著又唱了一句，餘韻未歇又接著說，“七姑年紀大了沒兒沒女，主人家見她可憐，讓她看房子。你到了那裏自然就能看見，她每天開著門，坐在堂屋裏織布。”

他們找到了天官里後街二十三號，房門緊閉，磚牆上滿是青苔。凌汶回頭看易君年，見他臉色鐵青，有些奇怪，問道：“你怎麼了？”

易君年克制著自己的情緒：“就為看看這房子，你連安全都不顧了。”

七姑在隔壁，果然開著門，借著天光，坐在屋裏織花布。

這裏地勢低，門前墊了兩層石板，雜草覆蓋著台階，門洞的牆角下有一條蜈蚣，慢慢爬進草叢。七姑站在台階上開門，易君年在她背後用上海話提醒凌汶，他們倆是來廣州做生意，要租房子。

凌汶卻只顧看著那扇奇怪的門。其實門有三道，第一道屏風門只有半截，高有五尺多，人站門前正好能擋住視線；中間那道是柵欄門，圓木欄杆卻橫著，上面趴著隻野貓，倒像個梯子，底下有滑輪，滑道一半伸進牆後，七姑向右推了一下，門沒動，凌汶上前，伸手幫她推。

第三道才是真正的房門，進門是堂屋。七姑會說官話，二十多歲出來做媽姐，跟主人家去過很多地方。她還打算領著他們看前後房間，易君年掏出一塊大洋，把她打發了，讓七姑回家煮水，回頭他們過去喝茶。

七姑一走，易君年就對凌汶說：“進了這條街，你什麼都不顧了。你怎麼可以到處打聽？”

凌汶倒是愈發恍惚起來，這房子總好像有些地方讓她覺得不大對勁。

“我覺得這房子有些蹊蹺。”她說。最讓易君年害怕的就是她那些毫無由來的直覺，多年來他一直也沒有戰勝過它們。她好像總能提前知道他要做什麼，他剛想對她說一句什麼，還沒等他說出來，她就開始打岔。她的那些直覺——你也不能說她不對。

那天她去秦傳安的診所，一回來就對他說，林石沒有問題，那三個人逼著他交代，倒是有些奇怪。他問她：三個人當中誰鬧得最厲害？她卻回答說，如果在這三個人當中挑一個，她倒覺得崔文泰最可疑。易君年想，這可能也就是陳千里讓凌汶負責廣州之行的原因，陳千里這個人，不簡單。

堂屋房樑上掛著一排草蓆，上面全是蛀洞和蜘蛛網。易君年拉了一下繩子，整排草蓆前後擺動起來，落下許多灰塵。房子幾乎全空了，只剩下一些殘破的桌椅。

“你不覺得這個老肖，來得有些奇怪？”易君年仰頭看著草蓆，在炎熱的夏天，它們可以吹動屋內悶熱潮濕的空氣。

“你為什麼對他那麼感興趣，一路上你提到他好幾回了。”凌汶有些不耐煩。

“凌汶同志，”易君年換了一種口氣，“我必須提醒你，你好像忘記了我們來廣州有重要的任務。你的心思完全都在別的事情上。我覺得陳千里讓你負責這一次的任務，有些處置不當。”

“我覺得你心裏有鬼。” 不知道為什麼，進了這房子，凌汶心裏隱隱有些不安。

易君年臉色一變，忽然歎了一口氣：“你就那麼難以忘記他嗎？”

凌汶愣了一下，站在昏暗的堂屋裏，忽然說：“我覺得時間停在了那一天 ——”

她沒有向易君年解釋究竟是哪一天，是她被捕釋放、回到家裏發現龍冬失蹤的那一天？或是再往前，她和龍冬最後見面的那一天？她下意識地哼起了那首意第緒語民歌，咚巴啦咚巴啦啦 ——

七姑煮開了水，請他們過去喝茶。剛坐下凌汶就問七姑：“那房子從前出過事？”

“珠江上造大鐵橋那一年，聽說是那房子裏出了共產黨。”

“你見過那些共產黨嗎？”

七姑的腦子一時清楚，一時糊塗。清楚時言簡意賅，看得出從前在主人家是個能幹的媽姐，可糊塗時你就不知道她在說什麼了。沒見過，她那時並不住在這裏，她還沒老得不能幹活。凌汶總算聽懂了一句。

“這條街上，有誰是那時候就住在這兒，後來也一直沒有搬走的？”

易君年用一種奇怪的眼神看著她，好像覺得她瘋了。

“你們為什麼要問我這些？你們是共產黨嗎？” 真不知道七姑這會兒腦子是清楚還是糊塗。她說起那些搬走的人家，一家家數著說。後街上的人家有些自己買地起屋，有些賃了地造房子住，很多人家住了幾年就搬走了。七姑的話越說越多，凌汶卻越來越聽不懂她在說什麼。

外面天色已暗，七姑快要睡著了。兩個人悄悄退了出來，拿了一盞煤油燈再去隔壁，走到門口時，野貓從堂屋躥了出去。

“這叫趟櫳門。”易君年拉上那道像梯子一樣的柵欄門，插上鎖舌。

他告訴凌汶：“大門外面多了兩層，這是腳門，這是趟。廣州潮濕，住在這裏通風比什麼都要緊。”

風從趟櫳門吹進來，煤油燈忽明忽暗。

“你這樣到處打聽，會闖禍。我真不曉得你是個這麼容易闖禍的女人，連七姑都猜到你是共產黨。”易君年邊說邊往裏走。

“那個被捕的歐陽書記不知道後來怎樣了，他可能知道龍冬去了哪裏。”凌汶心不在焉地說。

“你怎麼不問問那個老肖，他會不會知道龍冬的下落。”易君年索性岔開話題。

這句話提醒了凌汶，他們還有任務。先前她心裏太亂，乍[illegible]跑到這個地方，她突然有些激動，就好像時隔多年，她第一次又和龍冬靠得那麼近，幾乎感覺一伸手就可以摸到他，但並不是這樣。

廣州很危險，外省人在這裏特別引人注目。這是易君年在說話。你今天在豪賢街上這麼一走，很多人都看到我們了，也許明天一早就有人會報告偵緝隊，甚至今晚。你忘記香港的事情了嗎？多危險！只要有一點讓人懷疑的地方，就有可能被敵人發現。

在香港的碼頭上，他們被英國員警帶進一間屋子。她不知道他們倆有什麼地方做得不對，每個細節他們都考慮過了，進港前一天夜裏，他們還練習了一遍，所有的說辭都反覆對了幾次，包括如果敵人發現了他們身份有問題，第二道防線的說法，還有第三道防線。

英國員警把他們拉進不同的兩個房間，等華人員警來了，他們就開始審問。過了半小時，英國人才把他們放了。

釋放前，他們被鎖在同一個房間裏，她問易君年，到底發生了什麼。他回答說，可能鋪保有些問題。從香港碼頭上岸，需要提交鋪保，哪怕只上岸幾小時，巡捕房也要驗明身份。易君年告訴她，他們這次帶來的文件，擔保欄填寫的那家店鋪，以前用過幾次，他們看見過：“我估計上一次有人拿著它來香港時，他們就懷疑了。”她問他，那麼後來到底是怎麼解決的？他說他請他們往上海發了一封電報，電報的收件人是他的運用人員，在公共租界的巡捕房做翻譯。

他們拿著煤油燈，穿過堂屋進了二廳，從南牆角落的一道樓梯上了二樓。

“一幢空房能找到什麼呢，你等了他五年，還打算等多久？”易君年小聲說。

“只要他活著，總有見面的一天。”二樓這一間三面都有窗戶，白天一定很明亮，淩汶站在窗前向外望著，忽然又加了一句，“革命也總會有勝利的一天。”

“也許會等來犧牲的那一天。有些事情，現在比將來更重要。”

“我沒有現在，只有過去和將來。”凌汶回答得很快，但她仔細想想，這話也說得不對。她怎麼能沒有現在，他們現在身負最重要的任務，他們這個小組，還有她和易君年，坐了那麼遠的船來到廣州。

林石說，從上海到瑞金的交通線，最要緊也最危險的一段，組織上交給我們了。以後的路程都是荒山野嶺，只要提防散兵游勇，但上海到廣州，一路上都是軍警特務。

“我陪你來這裏，就是讓你知道過去是什麼。”易君年在孤零零立在窗下的花架上摸了一把，“過去只剩下塵土，吹一口氣就全都散了。我們見過多少人在短短幾年裏就變成了過去，變成了塵土。”

她從來沒有見過易君年這樣，話說得有些消沉，可神情卻有些亢奮，像一個疲憊至極的人喝了很多酒。他怎麼了，她心裏一動。

“你怎麼了？”

易君年突然伸手想碰她，凌汶用手擋住了他，又後退半步。她以為易君年還會再來一次，卻見他慢慢放鬆下來，從口袋裏摸出香煙，點上：“這又潮又暗的屋子讓人都有點不正常。”

他想了想，又說：“從組織關係上講，這位瑞金來的老肖，不應該與我們同行。我們只接受林石同志的單線領導，我們也不能向其他人暴露林石同志的行蹤。”

“他就是來與林石同志接頭的。他必須用最快的速度傳達這條消息。原則是可以有例外的，你從前不是一直都這麼說？”

她不想在這個問題上反覆說服易君年，她告訴他，老肖的任務直接來自少山同志。來人通過了身份識別暗號，這個暗號沒有任何人知道，林石在他們出發前悄悄告訴了她。

現在，易君年只剩下一件事情可以做了，但他有些猶豫。他想給自己再多找幾個理由。在這點上，他也許真的不如龍冬。

他總是無法擺脱那種奇怪的感覺，就好像不知從哪裏，龍冬一直注視著他。進了這幢房子，那種感覺愈發強烈。

像樓下一樣，樓上的房間也前後相連。第二個房間很小，沒有窗戶，像個黑洞洞的巢穴。

再往後走凌汶卻看見了夜空中的星星，那是一個露台，兩側砌著半人高的磚牆，夜裏也不冷，空氣甚至有些暖意，遠處有狗叫聲。她望著磚牆外面，周圍的房子高低錯落。有一幢四層樓房，在夜晚的霧氣中顯得如此單薄，幾乎搖搖欲墜。這些房子山牆連著山牆，瓦頂連著瓦頂，野貓在屋脊上一閃而過。

凌汶心想，那天晚上龍冬是不是就像這隻貓一樣，往屋脊下一翻，從此不見蹤影。國民黨特務們找不到他，連她也找不到他。

她遐想了一會兒，回轉身，卻看見易君年倚靠在西側磚牆上，注視著她。

她有些震驚，又有些恍惚。眼前這幅畫面為什麼如此詭異？為什麼她有似曾相識的感覺？從拼花磚牆的空隙裏依稀可以看見對面人家的房門，原來也有人家朝著巷子開門。那叫趟什麼門？

老榕樹枝葉茂密，廣州的榕樹到春天才會落葉，她記得易君年先前說的話。那兩道奇怪的山牆，頂上凸起一截，像伸出的舌頭，又像一對鍋耳。她在哪裏見到過這一幕場景？

易君年站在那裏，盯著她看，嘴角那一抹微笑顯得很勉強。他沒抽煙，也許幸虧他沒抽煙，才會擺出那個斜靠在磚牆上的姿勢。

那是一張照片，她已經記不太清是什麼時候見到的了。那時候她剛剛認識他。沒錯，他們在書店裏認識以後，還沒等她看完那本小說，那本《二月》，他就來找她了。樓下的鄰居把他領上樓，敲敲門。她打開門看見他側身站在那裏，像一個找錯房門的客人，正打算離開。

一進門他就告訴她，他代表黨組織來找她，他知道她是秘密黨員，他知道龍冬是她的愛人。光憑這一句話她就相信他了，因為她以為那時已經沒有人知道這件事了：龍冬是她的愛人。

他叫易君年，他領導著一個地下黨小組，這個小組主要從事情報工作。她又找到自家人了，一時間她覺得無比溫暖，連著一個多月她都感到身上有一種久違的暖意。

可能就是那時她看到那照片的？那段時間易君年一直與她談話，她以為組織上是用這種方式來考察她。但易君年很少問她什麼事情，就好像她的事情他全都了解。他說了很多他自己的事情，還拿出了一張照片。

這張照片她應該記得更清楚一些，她竟然到現在才想起來。易君年把它拿給她看時，心情很激動，他說那時的他已經入黨了，照片裏的地方是一個秘密聯絡點，他是在那裏宣誓的。他用拍情報的照相機拍了這張照片。雖然照片上天色昏暗，但她仍然能認出這個地方。

“你見過龍冬？” 她其實不應該用問他的口吻。她又想起，龍冬犧牲的消息是在易君年出現三個月後被再次證實。有一天，家裏來了一個客人。他有易君年規定的接頭暗號，來找他傳遞情報，但是易君年卻沒有按時到達。淩汶陪著客人坐在客廳裏閒聊，客人看到龍冬的照片，突然告訴她，這位同志犧牲了。

那天易君年一直都沒有出現，過了好些日子他才重新來到她家。她當時根本沒想過問他去了哪裏。做地下工作，突發情況實在太多了，而且她一直沉浸在悲傷中。

“對。” 易君年望著淩汶背後，好像那裏有什麼人在看著他們，“你看過那照片。”

她在等他解釋，但他領著她下樓。她每下一階樓梯，就感覺自己又朝黑暗的水底沉下一截。

“這地方太黑了，什麼都看不見。” 淩汶說。

易君年明白淩汶的弦外之音：“我做過許多事，每做完一件事情，我就把它鎖進一個沒有窗戶的房間，就像這間。你以為龍冬不是嗎？我和他做的事情沒什麼兩樣，他頂多比我多了一樣共產主義。你能看清他嗎？你能找到他嗎？我領你去看。”

淩汶在黑暗中停下腳步，震驚地望著對面這個人形，本能地往後退了一步，易君年一把拽住她，把她拉進了底樓後面的尾房。那間沒有窗戶的巢穴背後是廚房，灶台一角裂開了，鐵鍋裏有幾片枯葉，兩塊碎磚。廚房後牆上有一扇門，易君年打開門，外面也是一片黑暗。

易君年轉過身來，面對著凌汶："龍冬能跑到哪裏去呢？他面前只有這一條路，對你我來說也一樣，到處都是黑暗。"

易君年在七姑門前站立片刻。七姑睡醒了，在房間裏來來回回不知道在找什麼。他想了一會兒，撕下一片門聯，擦了擦手上的血。

天官里後街上沒有光，也沒有人。易君年剛轉進朝北的直巷，突然聽見身後有人說話。

他轉身，牆角有半截人影。易君年沒有說話。聲音又起，是那個算命的老頭。

"你在跟我說話？"他問老頭。

"你怎麼一個人出來了？那位太太呢？"

他沒有回答，望著那截影子。過了一會兒，易君年又問："你想說什麼？"

"我一直在等你，剛剛你們急著過去，話還沒說完。那首籤詩，後面還有兩句沒寫。"

"你說。"易君年朝他走近了一步。

"借問東鄰效西子，何如郭素擬——"

老頭拉長著聲音吟誦，還沒等他唸完，易君年閃身靠近，伸出雙手掐住了他的喉嚨。

易君年疊齊那雙了無生氣的手臂，又把算命人的頭顱端端正正放在手臂當中。

添男茶樓

添男茶樓進來一個客人。知道他名字的人不多，只有少數人知道他姓肖。他和林石一樣，都在中央交通局工作，那是一個極機密的單位，即使在中共內部，也很少有人知道存在著這麼一個機構。有時候不得不出現在黨內文件中時，它會用農村工委那類名稱來掩護。作為老資格的機要交通，他們現在都是交通局派往各地的巡視員。老肖為人機敏，反應極快，還有一手好槍法。他駐守瑞金，隨時接受臨時委派的任務。

他完成過許多難以完成的任務，這次又碰上了難題。林石沒有按事先約定出現在廣州。要他傳達的絕密口信，事關一位中央領導同志的安危。浩瀚同志最後一次用電台與瑞金聯繫，到現在已有十一天。中央正在有計劃地撤離上海，但浩瀚同志碰到的情況卻是一個意外。有人叛變了，秘密機關被敵人破獲，有數名內外交通人員被捕。

在緊急轉移前，浩瀚同志向瑞金發電，告知了情況。剛剛轉移到瑞金的臨時中央決定，要求浩瀚同志立即轉入地下，切斷一切工作聯繫，等待接頭信號。信號將刊登在正月十四那天的《申報》上，是一條收購古舊字畫的廣告，如果出現意外情況，當天下午出報的中文《大美晚報》上也會刊登相同的廣告，那是唯一的備用聯絡方案。

這樣的密信，即使在電台能正常使用的情況下，也不夠安全。電台會被監聽，密碼會被破解，譯電通過層層交通傳遞也很容易洩露。何況就在前不久，設在九龍的一個南方局秘密電台就遭到了破壞。英國員警十分狡猾，企圖用那架電台繼續與上海地下黨組織通電聯絡，幸虧及時發現。所以少山同志找到他，讓他當面將口信傳達給林石。

他考慮再三，放棄了使用電台請示瑞金的想法。就算通過莫少球請示廣州地下黨組織，由他們向南方局秘密電台請求發報也需要等很長時間。而且同樣也很不安全。他作出決定，既然林石沒有來，他就自己去一趟上海。他找到了一艘今晚出港的小貨輪，輪船可以捎帶零散乘客，還剩幾個艙位。

中午十二點時他到過興昌藥號，莫少球說上海那兩位同志沒有到。過了約定時間，他們也沒有出現。他不能一直在交通站等著，便交代莫少球，等他們到了，讓他們到添男茶樓碰頭。

二樓陽台朝南，面對著漿欄街。坐在這個位置，街上動靜盡收眼底。右面隔著楊巷是十八甫街，雖然連著漿欄街，但十八甫朝南略偏了些，三街相交，匯成一塊不大不小的空地，等於周圍街坊的小廣場，捏糖人的、賣欖人的、租小人書的、賣藝的、測字看相的，什麼人都有，黃包車在人縫裏穿梭往來。

茶樓裏掛著紅燈籠，欄杆和柱子上包著黃銅，地上是花瓷磚。茶桌鏤花漆面，桌上放著一盅兩件，有人還跑到隔壁買來雙英酒家的雙英雞。歎茶的客人側著椅子，全都朝著戲台方向。

二樓北面設個小戲台，女小生正唱到小生系繆姓乃是蓮仙字。老肖特地坐在二樓，人多，環境雜亂，三樓和四樓這個時間客人寥寥。

為什麼他們沒有來？他心裏有些不安，注視著漿欄街，台上已唱到好似避秦男女入桃源……

他發現對面騎樓下有些不正常，兩三個閒人站在那裏說話，其中有一個不時抬頭望向茶樓。他們的肩膀奇怪地歪著，好像右肩害了風濕。他知道，那是因為衣服裏面，右側脅下掛著手槍。

老肖不動聲色站了起來，略微彎著腰，好像準備往茶壺裏加水。他用腳跟輕輕踢開椅子，迅速地離開桌子，向樓梯走去。他沒有下樓。

他準備上三樓。進茶樓前他就注意到，三樓西面的窗戶平時都開著，窗下是隔壁的房頂，那是廣安大藥房。順著藥房瓦頂跑到北頭，山牆上有一排窗，窗後是庫房，想來很少有人會跑到那裏面。他可以從挑簷和窗台往下爬，沒有人會發現。

樓梯是木製的，樓梯井又窄又深，樓下傳來粗暴的腳步聲。站在圍欄邊能看見樓梯井裏的動靜，三樓有人正伸頭向下看，跟街上那些閒人是一夥的，他一眼就能認出來。沒法上三樓了，現在他只能闖出去。

樓梯井圍欄旁放著兩個大花缸，盆裏栽著小桃樹，枝葉繁茂，桃花盛開。站在樓梯上，伸手就可以把一個小布包塞進花缸的縫隙間，只要你上樓時稍微往右靠一點點，沒人會發現你這個動作。他上樓時就這樣做了，布包裹有一支手槍，勃朗寧，槍管左側上刻著手槍圖案。他很喜歡這支槍，人家都叫它槍牌手槍，他卻常說，其實應該叫作手槍牌手槍。

他夾著布包下樓，稍稍靠近樓梯左側，腳步不能匆忙，臉上帶著點得意，好像剛剛跟堂倌講了個笑話。他把目光落在欄杆間冒出來的一枝桃花上，像個心不在焉的客人。

底下樓梯口站著兩個人，仰著頭從樓梯井朝三樓做手勢，看樣子他們並不著急，大概打算從底樓一層層搜查，這兩個人只是為了控制住樓梯，其中一個正往上走，與老肖擦肩而過時，他小聲嘟噥了一句："樓上滿座了，人逼人。"

他到樓下了，再走幾步就能到門口，但他仍然沒有加快腳步。女堂倌提著點心食盒走近，添男茶樓是正經喝茶的地方，女堂倌就是堂倌，不像廣州有些茶館裏的那種女招待。她過去了，茶樓門口來了三五客人，他覺得現在可以快一點離開，就在這時——

樓梯上那個人突然高喊："就是他。"

老肖跑了起來。一邊跑，一邊用左手把布包按在衣襟上，右手從裏面摸出手槍，塞進衣襟，順手把那塊布朝後扔去。

茶樓裏的那些人都追了出來，有人朝天開了一槍。聽到槍聲，街上的人都四散奔逃，手藝人、小販都扔下攤子往騎樓下躲。那些穿著便衣的人，佩帶手槍，多半是偵緝隊的特務。廣州的公安局特別偵緝隊，是陳濟棠專門用來抓捕中共地下組織的單位。他怎麼被敵人發現的呢？難道興昌藥號暴露了？

老肖奔到街口，拐進楊巷向北奔跑，北面全是西關的小街巷，四通八達。他鑽進兩輛黃包車夾縫中，朝天開了兩槍。這下街上更亂了，人群朝各個方向逃散。他混進人群，轉入一條小巷，直奔到小巷東頭，向右轉幾步，又見一條往東面去的直巷。原來這條巷子很長，一路向東，中間要右折好幾次。

在一個折巷裏，他被特務攔住了。兩名特務一前一後躲在兩個門洞裏，等他過了第一個門洞才現身，這樣他就被前後攔住了，老肖側身站著，看看前面，又看看後面。兩支槍對著他。巷子很窄，他沒有騰挪的餘地。

老肖攥著手槍，槍在右邊衣襟下，可他一槍只能打倒一個。他側過身望著身前身後兩個特務，估算著射擊角度，還有朝左開槍後再調轉槍口向右射擊所需要的時間，覺得不可能同時擊倒這兩名特務。

站在東首的特務看出了他身上的異樣："把手拿出來。動作慢一點。"

他們把槍口對準老肖，盯著他的右手，只要他稍有異動他們就會開槍。

這時，從小巷西頭傳來一陣自行車鈴聲。鈴聲很急，車卻騎得很慢，過了好久才從折巷轉出來。老肖看著自行車上的人，兩名特務也不由自主地轉眼望過去。

老肖認出了騎車的人。自行車漸漸靠近他們，車上的人沒有朝老肖看，卻微笑著對一名特務說："抓到了嗎？"

話音未落，槍聲已響。騎車的人正是易君年。他開槍射殺了一名特務，回頭看時，老肖和另一名特務也都中槍倒地。兩個人幾乎同時開槍對射，同時中彈摔倒，都受到重創，卻都還活著，在地上掙扎著舉槍。

易君年騎到特務跟前，又補射了一槍，然後望著對方，直到這名特務吐出最後一口氣，眼神裏那些憤怒和不解漸漸消散。

子彈打在老肖的腹部，易君年背著他走出直巷，又往北，在十八甫和下九甫交匯街口攔住一輛黃包車，讓車夫把他們拉到西濠涌一處水腳，下車後把老肖背上了一條小船。老肖先前支撐著引路，到了船上，兩個人躲進篷下，他鬆了一口氣，終於昏迷過去。

這是一條疍家小艇。船娘搖櫓，小艇穿行濠湧，不知過了多久，停靠在水邊一排棚屋旁。棚屋裏出來一個人，見老肖未醒，看了看傷勢，知道這會兒無法搬動，告訴易君年，他先去找大夫，然後馬上離開了。

易君年明知這是廣州地下黨 個秘密聯絡點，卻並不特別在意。他只關心這位老肖記在腦子裏那幾句話，一下午他都縮在船棚裏，看著昏迷的老肖。

昨晚他臨時起意，在天官里後街那房子裏殺了凌汶。如果單單只是凌汶對他的過去有所發現，他未必會馬上就那麼做。

在這之前，他甚至想過，假以時日，凌汶也許會漸漸淡忘了龍冬，到那時，他甚至很有可能說服她。實在不行，就送到南京反省院關上一陣。特工總部讓一些中共叛徒在那裏做訓育員，給其他還不願意轉向的人上課、討論、開辯論會，有一些人在那裏慢慢改變了想法，他希望凌汶早晚也會。

可他不得不那樣做。不然，他就沒有機會讓老肖把秘密告訴他。他憑直覺就能猜到那下面有金礦，挖出那條礦脈，有可能對中共地下組織造成毀滅性打擊。千載難逢的好機會，這會是他自當年挖出龍冬情報網後又一次巨大的成功。那一次的成功讓他成了特工總部的王牌，從此他就有了個"西施"的代號。

他確實沒料到凌汶會想起那照片。給凌汶看那照片的時候，他也不會預料到她將來有機會真的跑到那房子裏去。他現在也已想不起來當初為什麼要把照片拿給她看，還告訴她那是他秘密入黨的地方。

照片是他宣誓以後拍的。他倒真是在那裏宣誓加入了共產黨，龍冬是介紹人。但拍照片時，龍冬被他殺了，照片就是在殺他以後拍的。他立了大功，並沒有想到幾天以後葉啟年就讓他用易君年的身份潛入上海地下黨組織。

他從不懷疑葉老師的計劃。他是葉老師真正的親炙弟子，游天嘯那種訓練班出來的人，一口一個老師，不免讓他覺得可笑。要知道，早在民國十三年，國共兩黨年初剛剛開始合作，北伐宣言發表才過了幾天，馮玉祥那時候還沒囚禁曹錕，孫中山連想都沒想過北上，葉老師就對他說，國共之間必有一戰。

當時的葉老師，只是個小有名氣的大學教授，都以為他相信無政府主義，是個世界語學者。誰也沒猜到葉老師心裏裝著歷史。

葉老師告訴他，有一種職業，可以始終踩在歷史制高點上。

葉老師喜歡為他的學生安排前程。他說，將來的兩黨鬥爭，將會異常殘酷，到那時，國民黨就需要一個特殊的秘密組織，掌握一支秘密的力量。

國民黨？他頭一次意識到葉老師的無政府主義立場正在悄悄轉變，葉老師桌上開始出現戴季陶的書。不知道用了什麼方法，他很快就結識了那位作者，參加了戴季陶在國民黨內部組織的秘密聚會，聚會中人一致認為對共產黨，必須斬盡殺絕，絕不能養癰貽患。但葉老師對空談理論沒多大興趣，也不認為光靠寫幾篇文章做做宣傳就能扭轉局面，他認為國民黨必須創辦一個特務組織。

從前，作為一個無政府主義者，葉老師也是個行動派。他遊歷各國，專門研究無政府主義者的暗殺活動，還有各國政府和殖民地的秘密員警組織。他得出結論：未來的世界屬於特務。

於是，葉老師讓他去廣州，他是廣東人。到了廣州，他先是考進輪船公司，然後又參加了中共舉辦的職工運動講習班。因為表現積極，他被拉進了工人糾察隊。大罷工之後，在葉老師的安排下，他順利考入公安局，先在荷溪分局做了幾個月，隨後迅速調入特別偵緝隊，民國十四年夏天，有人在廣州街上暗殺了廖仲愷，這件事情他一直懷疑可能跟葉老師有點關係。

與此同時，他仍然穿著短打布褂，坐到工會講習班後排角落，等著被人發現。一切都在葉老師預料之中，如同照著棋譜下棋。來找他的人並不通過從前他在工人糾察隊中的同伴，卻在維新北路上一家炒粉舖找到他，他們交了朋友，常常約了飲茶。按照葉老師的辦法，他只是在閒聊中偶爾提及一些情報，把特別偵組隊日常報告、警員同樂會聽來的小道消息以及市井謠言混到一起，添油加醋說給人家聽。中共地下組織對他的考察相當漫長，他等了兩年，終於等到了龍冬。

搖櫓攪動河水，水波翻湧中慢慢過去一條比較大的木船，上面捆紮著滿船木柴。易君年望著木柴，大致猜出了所在位置。但是他對地下黨這類零碎聯絡點不感興趣，他只對面前昏迷著的這個人頭腦中的秘密有興趣。

昨晚他離開濠弦街，馬上去見了特工總部廣州站的站長。在他到達之前，葉啟年就電令本站負責人配合他行動。他一到那裏就讓人給葉主任發電報，徵得同意後，他讓廣州站長從公安局偵組隊調集人手。站長在偵組隊只是個隊副，隊長是陳濟棠的人，那位"南天王"十分警惕南京方面的勢力向廣州滲透，所以站長有難處。抓共產黨沒有任何問題，假裝抓共產黨就沒那麼容易安排。

"你要找幾個親信，讓他們混在行動人員當中，引導大家配合演一齣戲。"

易君年知道，在總部下屬各地區分站負責人這一級，雖然無權了解"西施"，他們卻都有所耳聞：葉主任的寶貝，總部最大的功臣。為了這點小事，他不想反覆發電報請示葉老師。他小聲告訴站長，他是"西施"（這事絕不能洩露出去），如果按他的要求辦，出了問題他負責，如果不按他的要求辦，出了什麼問題就是站長你負責。站長勉強同意了。

事到臨頭站長又不願意了。因為易君年說自己可能要殺掉一兩個偵緝隊員，以便取得對方的信任。

站長想了半天才說：“萬一消息傳出去，特工總部濫殺自己人這個罪名，就連葉主任也擔待不起呀！”

這是在威脅他，他沒說話，望著對方。

“我原打算瞞著我們隊長派人，如果不但沒抓到共黨，還折損了兩個自己人，這個責任就難扛了。廣州的情形跟別處不同，公安局裏從局長往下，都是陳濟棠的人。局裏一直有人私下議論，說我跟特工總部有瓜葛。要是再出了這麼一件事情，他們心狠手辣，我可猜不出南天王會怎麼處置。”

“那就讓你自己的親信做冤死鬼。”

站長想了半天，好像實在狠不下這個心。易君年卻不以為然，這麼做他自己也很冒險，萬一一槍打不死，被他們回射兩槍，他從廣州得來的這個“西施”，就又交待在廣州了。

大夫來了，是西醫。地下黨確實厲害，在哪兒都有全套人馬，易君年心裏想。清理了傷口，取出了子彈，又給老肖輸液。大夫說傷很重，他無法保證病人能醒過來，一切都要看他自己了。換句話說，聽天由命。到了這時候，易君年真心希望他能醒過來。

茄力克

正月初十，立春。

中央公園在市政府南面，元明二代都是地方大員衙署，清初三藩之亂，這裏是平南王府。平亂以後，它就成了廣東巡撫署。中山先生倡議把它改作公園，公園不賣門票，市民均可隨意進出。

陳千里從北門進園，沿著公園中軸線一路朝南走，他一身短褂，看起來跟附近各家政府機關裏的雜役沒什麼兩樣。他好像純粹要在這裏消磨時間，對任何上面有字的牌子都滿懷興趣，在康有為贈送的義大利雕像前站立片刻，又盯著平南王府的石獅子看了半天。

其實他憂心忡忡，腦子裏一刻不停，懷疑自己做錯了什麼。也許他不該讓凌汶和易君年來廣東，太相信直覺了，欠考慮。之前，他帶著梁士超悄悄去了汕頭，事情辦得很順利。隨後他們轉道香港，準備坐船回上海，卻聽說廣州交通站出事了，涉及其中的還有上海地下黨來人。

凌晨，他們坐小火輪抵達廣州。一大早，陳千里便讓接應他的廣東地下黨同志通知莫少球，接頭以後，莫少球立刻將他帶去見老肖。在路上，莫少球告訴陳千里："那天上午老肖來交通站，約了凌汶第二天碰頭。但凌汶沒來，等了半小時，他只能先離開，交通站裏不能等太久，這個有規定。老肖去了添男茶樓，說好如果凌汶來了，就讓她去那裏找他。剛過中午，偵緝隊便衣就來了。交通站附近我們設有幾個暗樁，白天晚上，有可疑的人到漿欄街周圍活動，站裏很快就能得到消息。我們的人馬上回來報信，可還沒等報信的進藥號，街上就響起了槍聲。"

"茶樓先抓人？他們沒有兩處同時動手？"陳千里有些疑惑。

"我們也覺得奇怪。槍聲一響站裏就聽到了。等報信的人進來一說，我立刻讓我太太先離開藥號。交通站平時就作好準備，隨時可以應付這樣的突發情況。站裏沒有什麼需要清理的東西。露台上，屋簷落水槽後面有個油紙包，裏面是一支手槍，我太太把槍拿給我，自己從後門撤離了。我從店門出去，跑到漿欄街上，站在過街樓下面，想看看究竟發生了什麼。但是他們一直都沒來藥號，直到傍晚。晚上五六點鐘，便衣撞開店門進了交通站。"

巷子裏迎面來了兩個女學生，等她們走過去後，莫少球又接著往下說：

"易君年說他和凌汶一起來交通站。他們倆剛從十七甫轉出來，茶樓外面就亂起來了。他們看見特務在追趕老肖，決定分頭行動。易君年自己跟了上去，讓凌汶趕緊到藥號來，如果交通站沒事，她就進來報信。如果交通站也出事了，她就先回去，到新亞旅社等他。易君年對凌汶說，他們有重要任務，千萬不要冒險。他找了一輛自行車，在楊巷追上老肖。老肖被兩個特務一前一後攔住了，拿槍對著他。易君年騎車衝過去，兩槍打死了特務，但老肖也中槍了。易君年把老肖送到安全的地方，就回去找凌汶。

“但凌汶卻不見了。他回到新亞旅社，一直等到傍晚，他們倆是當天夜裏的船票，還有幾個小時就要上船。易君年趕過來告訴我們這個消息。”

莫少球引著陳千里來到柴欄附近，在水邊的棚屋裏，他們見到了老肖。棚屋架在岸邊，地上鋪著舊船板，老肖躺在板上，昏迷不醒。

“他昏一陣醒一陣，大夫說他還沒有脫離危險。”

棚屋用舊木船改造而成，本身也像個船艙，房門朝著東濠涌，河面上疍家小艇多得數不清，房門內外都是船板，房門上只掛著一片布簾，梁士超蹲在簾子外面抽煙，陳千里和莫少球在門簾裏面，坐在地板上。

“凌汶同志一點消息也沒有，失蹤了。我太太一聽說就哭了。她太喜歡這位女同志了，一見面就喜歡。要不是幹革命工作講紀律，說可以拉著她晚上睡一個床，說到天亮。我太太一點也不相信她犧牲了，還去公安局打聽，我們在公安局有內線，不能算同志，但打聽一些事情沒有問題。可是公安局沒有任何消息，特別偵緝科沒有抓過女共黨。殺人案？也沒有。他們說，過年了，誰會殺人呢？廣州軍警很少在這時候辦案抓人，所以前天下午他們突然衝進茶樓要抓老肖，這事情確實很奇怪。”

“他們倆到了廣州，做過些什麼？”陳千里一邊想一邊問。

“兩個人來了交通站。我們早就收到上級通知，上海地下黨有人要來。他們來是為了把交通線安排好，我們知道中央有大動作。凌汶說了接頭暗號，兩個人裏她是領導。我們商量了各種細節，重新定了接頭暗號、電話、電報掛號、怎麼接應下船、住在哪裏。說完了，凌汶就打聽她丈夫。我不熟悉龍冬這個名字，我自己是交通站建立後才到了廣州，但我太太知道——”

老肖突然說胡話，嘴裏嘟嘟噥噥，莫少球起身過去，拿下他額頭上的毛巾，在水盆裏浸濕，絞乾後又摺疊起來放了回去。

“我太太見過龍冬，還看過報紙上有關那件事情的新聞。她說事情發生在一幢房子裏——”

“莫太太說的那幢房子在哪裏？”陳千里脫口而出。

“濠弦街，現在叫豪賢路，但廣州人喜歡叫它原來的名字濠弦街。”

莫少球解釋了那兩個聽起來一樣，字卻不一樣的路名。

“不過他們沒有去那裏。易君年說，他們原打算第二天跟老肖見面以後，再到濠弦街看看。”

老肖為什麼要約凌汶第二天到交通站見面？陳千里暗自思忖。

過了音樂亭就是公園正門。出門穿過公園路，有一條小巷子，出了巷子，對面就是公安局。

公安局在維新北路上，馬路東側對著公安局大門有一排小店。午後時分，食肆都關了火，只有一家炒粉舖門前最熱鬧。門口搭著棚架，放著幾隻方桌條凳，桌上擺著綠釉粗瓷鷂鷞壺，客人們都在喝茶。茶資只需五分錢，茶葉是從大茶樓收來重新炒過的茶渣，點心也只有芋頭糕。喝茶的客人個個揎起袖子正在吹水，談的是新圳剛開一家大飯店，背後大老闆是陳濟棠的哥哥陳維周。

“——大賭場，那裏番攤，押中一門能贏幾千大洋。攤官扒竹一動，桌上人的眼都不敢眨一下，針落到地上都能聽見。”

“細佬你真能吹，進門先買三千籌碼，你倒進去過？”梁士超也要了一壺茶，一碟芽菜粉，兩塊芋頭糕，坐到空桌上。旁邊桌上見有生人，聲音頓時小了，有人朝他看了一眼。梁士超從褂子口袋裏摸出一包煙，到鄰桌發了一圈。眾人力邀，盛情難卻，梁士超搬到鄰桌。喝茶的客人都是左近苦力工人，誰也不能在這裏坐一下午，只在幹活間歇，抽空過來坐一坐，喝口茶。人來人往，等梁士超喝掉半壺茶，桌上人已換了一撥。

他打聽到了一些情況，等陳千里來時，他們換了張空桌說話。

“這家炒粉舖開得晚，員警值夜班常來。三年前查出個員警是共產黨，這事好幾個人都記得。他們說，打死的共黨員警，隔壁香煙舖的黎叔肯定認識，那人常到他舖子裏買煙。”

兩人離開炒粉舖，到附近轉了一圈，又回到這裏，悄悄進了那間香煙舖。一個老頭坐在舖子裏，梁士超進門就喊他：“黎叔。”老頭點點頭。

櫃枱裏五顏六色，梁士超看了半天，挑了兩包“三炮台”，一包塞進口袋，另一包遞給陳千里。櫃枱上放著紙包，後面的架子上是罐裝煙。陳千里忽然看見高處的角落裏，孤零零放著兩隻綠罐頭，心裏一動。

他對黎叔說：“你這裏倒有‘茄力克’。”

梁士超正想用本地話翻譯一遍，不料黎叔卻聽懂了。“沒人買，你想要，半價賣給你。”

“好。”陳千里摸出一塊銀元遞給老頭。

罐頭上面全是灰，陳千里在櫃枱上找了塊抹布，慢慢擦。

“沒人買，放在這裏三年多了。”

“沒人買為什麼要進貨？”

“那時候有人買。買它的人死了。”

擦掉灰塵，罐頭上露出獅身人面像。這是高級香煙，用大輪船從英國運過來的，一罐就要一塊大洋。在這麼一間小舖子裏，光顧的客人就算花得起這個錢，也未必捨得花。

“我知道他是誰，”他對黎叔說，“他是個員警，也是個共黨。”

黎叔狐疑地看了看他，想到兩罐香煙放了三年，總算賣了出去，心情又覺得十分輕快，問陳千里：“你認識他？你也是共產黨？”

陳千里哈哈大笑：“我，《民國日報》記者。你這香煙從哪裏進貨？”

“盧警官，官不大，抽煙卻只認它。這麼些年，到我店裏來買茄力克的，只有他一個。他讓我找這個煙，全廣州只有沙面洋行有貨。我每個月進幾罐，全賣給他了。”

“這兩罐為什麼沒來拿？”

“他端午節下午來買，店裏沒存貨。我讓他第二天來拿。第二天，人沒來。過了兩天，報紙上說他死了。”

“端午節？黎叔你記錯了吧？”

“怎麼會記錯？就是端午，他來的時候，我正給店舖門上貼午時符。我女兒前一天晚上提著粽子豬肉回娘家，家裏大人領著小孩子跑到珠江邊，洗洗龍舟水。家裏忙，跑不開，只能第二天上午去進貨。盧警官從對面過來，春風滿面，身旁還挽著小鳳凰。他說好第二天來拿。”

民國十八年，端午節是六月十一日，《廣州民國日報》十三號發消息，說九號晚上，潛伏在公安局內的共黨分子盧忠德被槍殺。可到了十一號端午節，這個黎叔卻看見盧忠德活生生站在他面前，從公安局出來，好像遇見了什麼好事。如果公佈被打死的人沒死，那就一定有另外一個人死了，卻沒有公佈。這個人，陳千里猜測很可能就是龍冬，據說他從軍警抓捕現場逃脫，此後再也沒有出現。雖然在這一點上，他可能永遠也無法獲得確切的證據。除非葉桃再生，從葉啟年最秘密的保險櫃裏拿到有關這個陰謀的記錄。

從另一面看，如果敵人聲稱盧忠德是共產黨，並且擊斃了他，後來有人卻看到盧忠德還活著，照常出現在他平時出沒的地方，那敵人為什麼要說謊，這就耐人尋味了。

老方犧牲前曾告訴陳千里，民國十八年七月，組織上為加強上海地下黨的情報工作，把易君年從廣州調到上海。恰好是在廣州的盧忠德宣佈死亡後的一個月內。易君年是秘密工作使用的化名，他在廣州並不使用這個名字，在龍華看守所裏，他曾對關在一起的同志們這樣說過。

把易君年調到上海前，上級把聯絡方式、暗號和這個化名交給他，讓他到上海與地下黨負責人老方接頭。至於在廣州時他使用什麼名字，他沒有跟任何人說起，當然他不能說，事關工作紀律。洩露從前的名字，可能會危及那些仍在原系統工作的同志。

不過他喜歡抽煙，只抽一種牌子，茄力克。廣州也有一個人喜歡抽這種香煙。陳千里想，一個人出於某種目的，可以把自己變成另外一個人。有些人像變色龍，隨時可以變換身份、立場、外形、語調，甚至個性。他可以在不同角色間來回變換，就像穿上或者脫下一件衣服。即便如此，他們卻往往保持著一兩種根深蒂固的習慣，也許出於狂妄自大，或者 —— 也許在內心深處，一個人總想抓住一點什麼東西，證明自己是自己。

當然，他不能僅憑直覺就作出判斷，也不能單靠一罐香煙。如果他有易君年的照片就好了，那樣他就可以讓黎叔辨認一下，這個人是不是當年那位盧警官。

陳千里打開綠罐頭，拍拍罐底，抽出香煙遞給黎叔和梁士超，自己也點上一支。

“盧警官身邊站著小鳳凰？”

“群芳豔班裏的包頭，女花旦。這女人，妖媚啊 ——” 黎叔把那支茄力克放進櫃枱後的一隻木匣裏，“我早說過盧警官遇見她，就是花旦見小生 —— 夫呀。”

梁士超告訴陳千里，戲台上廣府白話，夫、苦同音。黎叔點點頭繼續說：“之後他果然難逃一死，那時候兩個人卿卿我我，豈知後來的結果。”

“那麼這個小鳳凰，現在還在唱戲？”

“在樂華。正印花旦，台柱。”

後台

樂華不遠，維新路朝南到西湖路，向東一轉，再走到下一個街口，就看見騎樓下面戲院的大招牌。當晚戲單上果然有小鳳凰，是《十美繞宣王》之“背解紅羅”一本，小鳳凰演的正是蘇金定。

等到天黑，陳千里和梁士超買了票子，提前進了戲院。還沒到開戲時間，中間的桌位都空著，兩側坐席倒來了不少人。他們早就換了衣裝，這時一個長袍馬褂，一個淺色洋裝，一副洋行買辦形貌。兩人並不立即入座，從廊柱後面走到台下，陳千里示意梁士超在外面等著，自己推開角門走了進去。

後台門前坐著雜役，正要問，陳千里摸出一塊銀元塞進對方手裏，直截了當說一句：“去看看小鳳凰。”

戲院後台常有豪客進來，指明想見某位某位，戲院中人不以為異。那人收了銀錢，不曾想戲未開演，已收了紅包，心裏十分歡喜，告訴陳千里：“小鳳凰在樓上。”

上樓梯就有一股脂粉味。群芳豔是女班，後台鶯鶯燕燕。上面一條樓道，兩個人並肩嫌擠，兩側房門半掩，裏面傳出嘁嘁喳喳說話的聲音。陳千里站在樓道中間，輕鬆地大聲說：“我找小鳳凰。”

“誰找我？”

一扇房門從裏面打開，勒眉貼片，只上了片子石，未戴鳳飾，身上已穿了金紅廣繡戲服。煙舖黎叔說她鬼火咁靚，這會兒卻看不出來。

陳千里走了過去，笑著說：“我。”進了門，他又說：“鄙姓陳。”

小鳳凰疑惑地看著他，進後台的客人，一定常常來戲院，她在戲台上早就看熟了。來人身材高大，目睛閃閃，渾不似平日所見那些膏粱紈絝，心中不由一頓。

“還沒看戲，陳生就想來看人了。”她也笑著回了一句。陳千里拿出銀煙盒，彈開盒蓋，自己拿了一支，又將煙盒遞到小鳳凰面前。小鳳凰伸手拿煙，忽然發現香煙是茄力克，愣了一下。

“我替一個朋友來看看你。”

小鳳凰警惕地看了他一眼。客人並沒有跟她調笑，像通常那些花錢買通雜役闖進後台的人那樣。那些人一般都在戲演完了才進來。少數人也會在幕間、趁台上沒她戲份時進來探望她，表示只有她的戲才有興趣看。

開演前就進來，這些年只有一個人會這麼做。

因為這個時候那些達官貴人還在酒席上，或者剛剛離開，他們總是在戲演了好久以後才姍姍來遲，大喇喇坐進戲院中間的桌位，送茶遞毛巾，好一陣熱鬧。

“我的朋友，他叫盧忠德，是公安局警官。”

“他死了。”她轉身望著化妝鏡中的自己，回答得很快。

“他當然沒有死。而且我知道，你也知道他還活著。”陳千里也接得很快，句子像繞口令，但他說話的口氣很溫和。

“你見過他？”她狐疑地問。

“我剛從上海坐船來。”

這下她來了興趣。不過仍舊沒說話，防備著來人。

“他現在姓易。”陳千里冒險試了一下。雖然上了妝，眉梢眼角也吊高了，但仍然能看見小鳳凰眼神閃爍了一下。果然她知道那個人現在姓易。

“你是誰？你和他是什麼關係？”小鳳凰幽幽地問道。

“我和他是同事，在南京。你聽說過葉老師嗎？”陳千里跟隨自己的直覺，試探道。

她放鬆了一些。也許他們威脅過她，也許——他們甚至想過要殺掉她，也許他們最終放她一條生路。後面那種情況，她自己聽說了嗎？

“現在他出了點問題，說有些情況可以來廣州問你。”陳千里開始故弄玄虛，也許太玄虛了，他發現小鳳凰又開始沉默不語。

有人推開門，是先前坐在後台入口處的那個雜役，一手提著大花籃，另一隻手上銀光閃爍，是一塊盾牌，跟梳妝枱上那面鏡子差不多大。這兩年北平上海捧戲子送銀盾的花樣也傳到了廣州。純銀打造的盾牌，大小就要看手面了。這塊銀盾可不小。

“伍大少送的花籃和銀盾。”

“放到戲台上去。”小鳳凰沒什麼興趣，雜役出門後，她轉向陳千里，“兩個月不見影子，這時候又來送什麼籃子牌子。”

“小鳳凰紅遍廣府，外埠來的人，到了此地亦會有所耳聞。”

“陳生講笑。”她像在台上唸白，片刻停頓，神情轉似黯然，“今時不同往日，看戲不如看電影。台下一聲叫好，戲台也要晃兩下，而今那般光景早就煙消雲散。外人看著熱鬧，我們冷暖自知。台口金牌銀盾、繁花似錦，都系過眼雲煙。好似他那一走，事事都露了敗相。”

陳千里印證了自己的直覺，他大膽猜測了一下：“答應你半年就可以回來找你，卻一直沒有出現。”他小聲說了半句話，沒頭沒尾。

他推測葉啟年起初並沒有一個長期潛伏計劃，他只是在廣州得手了一次，還想到上海再來一次。派遣特務冒名頂替潛入上海地下黨組織，設法再多破獲一兩個共黨機關，多抓一些共黨分子。可能是到了後來，葉啟年才慢慢意識到，在廣州，地下黨原計劃派往上海的人很可能無人知曉。組織系統被破壞，這些任務原本就是單線聯絡，有些人犧牲，有些人叛變，再也沒有了解情況的當事人。

調派計劃在廣州地下黨組織被破壞前就佈置了，上海的地下黨組織並沒有意識到派來的人被悄悄調包，換了一個人，他們也無法甄別，可能永遠也無法甄別。於是，這名特務的潛伏時間延長了，他原以為只要再堅持幾個月，就可以脫下面具。他很可能對面前這個女人許諾，半年以後他就可以回來，他們倆從此就可以過上好日子。

陳千里猜對了。

“他開始說三個月，”小鳳凰脫口而出，“離開前又說最多半年。現在過了整整三年。他到底在上海做什麼？不能寫信，不能發電報，不能告訴別人他還活著。但是只要三個月，最多半年。”

“你知道他是什麼人？”

“我不知道，我從來就不知道他在做什麼。他後來說，最早在先施的天台遊樂場就迷上了我，後來散班組班，我轉到樂華，他追過來聽戲，天天坐在角落裏。在樂華，我才慢慢注意到他。通常穿著便衣，偶爾也會穿警服。我喜歡他穿制服，很神氣。不像別人，他看戲就拿那雙眼睛盯著我，看得人心裏發顫。”

走廊裏陣陣錯雜的腳步聲，外面傳來宣王醉酒時的唱段：

這昭陽，貌似粉蓮出水，豔賽月裏仙娘，可惜她不曉風情，似塊木頭一樣，若論風騷嬌滴……

小鳳凰好像忽然開了閘，心裏憋了多年的話終於可以一吐為快。原先她以為只要等他幾個月，雖然有些勉強，她終究還是答應了他。可他從此消失了，好像把她忘記了。忘了也好，她以為自己也可以忘了，但是她卻忘不了，就像她在戲裏扮演的一些女人，越是見不到的人，越是忘不了。

“過了幾個月他突然來後台。我一直都在想，他什麼時候才會進來呢？但就算來了他也不說話，就坐在你這個椅子上，不像你，他把椅子拉得更近一些，靠梳妝枱近一些——”

陳千里挪了挪椅子。

“對，差不多就是那裏，他不說話，只會抽煙，抽你這種香煙。他在公安局做事，離這裏不遠，所以每天都能來。下午來，先到後台看我，接著去聽戲，聽完戲又來。他這個人心思多，從來不跟你說。我一直都不明白他到底在做什麼，明明在公安局做事，下了班，一個人悄悄跑去聽共產黨演講，參加什麼講習班。”

小鳳凰看了看陳千里，他垂著眼睛，安安靜靜地聽著，像個懂戲的聽眾，在聽一段低徊婉轉的唱段。她想著也許將來會有什麼人把她的身世拿到戲台上唱一唱吧？

“但是他到底站在哪一邊，我也分不清。有天晚上我看到桌上有一封寫到一半的信，信裏說要代表工農群眾槍斃收信的人，因為他無恥專斷，倒行逆施。信封上寫著黃埔軍校。過了幾天，我半夜裏從戲院回家，看見他在後屋鋪了一地，連根帶泥把花拔出來，把炸彈埋到花盆底下。”

小鳳凰見這位陳生聽得入神，回身對著鏡子整了整額頭上的貼片：“我嚇得要命，他笑著對我說，不會炸，嚇唬嚇唬他。我問他嚇唬誰，他不告訴我。我問他是不是共產黨，是不是共產黨要暗殺誰，他說你放心，我絕對不會是個共產黨。我只是假裝共產黨去嚇唬一個人，讓他變得仇恨共產黨。過了一兩個月，有一天忽然謠傳說什麼中山艦要叛變，要開到珠江上朝廣州開炮。他回來特別開心，那天晚上對我特別好。”

小鳳凰停了片刻，垂頭望著手裏剛點燃的香煙，因為上了妝，臉上看不出表情。

“一直到報紙上登出來，說他是共產黨，說他被槍斃了。我也還弄不清他究竟是不是共產黨。在那之前，整整一個星期他都很緊張，好像在做一件什麼事情，擔心出什麼紕漏。那個時候我們住在一起兩年多了。

“之前，那個葉老師從南京來找他。他坐飛機來。大沙頭機場。那段時間葉老師每次來廣州找他，都是坐飛機，來去匆匆。他是大人物，我可沒見過幾個整天坐飛機的人。

“葉老師回去以後，他坐在床上抽煙，對我說，這下終於可以水落石出了。那天晚上下大雨，我也不用去戲院。晚上沖了涼，他開了一瓶洋人的酒。他說忙完了，事情都了結了，就等立功領獎了。”

陳千里沒說話，也沒做任何動作。群芳豔班的正印花旦，全廣州無人不知、無人不曉的名伶小鳳凰，此刻面帶一絲微笑，她入戲了，她想起那些希望和快樂，雖然它們早已煙消雲散。

“可就在那個時候，有個姓龍的打來電話，我知道那個人，偶爾會打電話來找他，如果他不在，就會說讓他去老地方。後來報紙上一登，才知道他是共產黨，他們說的老地方，大概就是濠弦街。他在電話裏對那個姓龍的說，找了他兩天了，有要緊事情告訴他。他說，你看到字條了？我想他多半是在什麼地方給姓龍的放了字條，說要找他——”

陳千里心想，她確實生來該吃唱戲這碗飯，每一個細節她都不會忘記。

“一開始他不想在電話裏說，可到最後他還是說了。他告訴那個姓龍的，有個叫歐陽什麼的人有危險，公安局要抓他，要找人去通知他，但他自己不能去，因為那個歐陽並不認識他。姓龍的可能在電話裏想了一會兒，他們倆停了一陣，誰都沒說話。然後那個姓龍的又開始說話了，大概他決定自己去，他們倆就在電話裏面爭了起來。他對姓龍的說，既然你已經離開，這件事情你就不要去了。但是最後他拗不過對方，同意讓姓龍的去那個老地方。

“但他放下電話對我說，他也去。我倒有些不願意，不是說好了讓姓龍的去嗎？他說他不放心。那天晚上他很晚才回家，我都睡著了。他頭髮濕漉漉地鑽進被子，臉色蒼白，說是差點被人打死。一整夜，翻來覆去。”

小鳳凰忽然停了下來，她避開來人的目光，半是自言自語地說道：“我為什麼要跟你說這些？”

陳千里明白了，當時龍冬確實已經準備撤離，但盧忠德用歐陽民作誘餌，把他騙去了濠弦街。陳千里抬頭看了看小鳳凰，她一點也不在乎伍大少，她心裏惦記著盧警官。他不僅很神氣，還答應她頂多半年就會回來，以後再也不分開。她只是完全不懂他為什麼過了三年仍然沒回來。

這時，有人輕叩房門，班主推門走了進來，朝小鳳凰和陳千里分別拱了拱手，賠著笑臉：“老倌何時開台？幾位長官已經落座。”

“等著！”小鳳凰厲聲道。大戲名角從不按時上台，班主早就習慣了，撓撓頭，退了出去。

小鳳凰平復下情緒，望著陳千里。

“第二天早上他好多了。喝了粥，說他立了大功，好日子來了。他開心了兩天，每天都給我買這個買那個。他一直都很有錢，比別的警官都有錢。端午節那天他送了一副翡翠頭面，說戲台上紅紅綠綠才好看。但是端午節過後他就說他要走，離開廣州一段時間。不能寫信，也不會給我發電報。臨走那天，我看到了報紙上的消息，嚇了一跳，連忙回家來找他。他又改口說，最多半年，不會再多了。報紙上的消息是假的，如果大家都信了那消息，他就安全了。

“晚上我給他收拾箱子，看到了旅行社艙單，上面寫的名字不是他，姓易。我又問他，他就嚇唬我說，絕不能告訴別人他還活著。現在他死了，他要死半年，半年以後他就又能活過來，回到廣州，我們就再也不分開了。但是在那之前，我不能跟任何人說我的事情，不然不僅他有危險，我自己也有危險。他嚇唬我說，有人因為我知道他還活著，就打算殺了我，是他把他們攔住了。

“每年五月散班，端午節後派了定銀，我手裏有點錢，怕他出門不夠花，全給了他。”小鳳凰定下神來，似乎說完了想說的話。

盧忠德一走，她必是惶惶不可終日了好長一段時間，等發現並沒有人來把她怎麼樣，才慢慢放下心來，覺得自己應該不會有危險了，安全了。然後，又開始念起盧忠德的好處……

陳千里起身告辭，剛邁出門，小鳳凰在身後忽然說：“陳生，如果你見到他，替我帶句話。”

陳千里點點頭。

“胭脂用盡。”小鳳凰關上了門。

陳千里和梁士超沒有坐到桌位上，但也沒有急匆匆離開戲院。他們站在後排左側一根柱子後面，朝戲台上看了一會兒。

戲台上的君王放肆地盯視著蘇金定，她背過身，含羞解開蠻王進貢的紅羅袱，滿朝文武都解不開的難題，她給解了。

角裏

青浦縣多年來都想修一條直通上海市區的公路，幾年前終於開始動工，但直到現在也只鋪成了土路，造了幾座木橋。崔文泰不知道為什麼要把車開到這地方，他走投無路了。

年初一上午在銀行門口，凌汶剛把皮箱放進轎車後座，他就覺得一陣頭腦發熱。有那麼一瞬間，他好像聞到了金條的氣味。他說不清那到底是什麼氣味，只覺得心怦怦跳，太陽穴好像要炸開，周圍馬路上那些人和車都變成了漂浮的影子，回想起來就像是在做夢。可是自己做的一連串動作他倒記得清清楚楚，踩離合器、推動變速杆、鬆開離合器、鬆開剎車、踩油門、轉動方向盤，問題是做那些動作完全沒有通過他自己的腦子，就連後來猛踩油門、把車從偵緝隊特務面前一下衝過去的動作，也好像完全不是他自己做的。

他一路咒罵那些過馬路的行人、黃包車、對面開來的車、在他前面的車，連站在路邊的人他也不放過。他倒是記得去加油，但巧不巧，他剛加完油，就看見自家車行的老闆從馬路對面奔過來。他想起車子從昨天開出來以後，就一直沒回車行，連電話也忘了打一個，心裏一驚，這才發現自己稀裏糊塗把車子開到錦記車行附近的加油站了。他連忙上車，油門一加就跑，全不顧車子後面、站在馬路中間叉開雙臂又叫又跳腳的禿頂胖子。

他在路上開了半天，腦子才慢慢清醒了一點。他心裏有數，這一把他賭大了。他崔文泰何德何能，竟敢同時開罪國共兩黨。他想唯一能救自己的就是後座上皮箱裏的那五根大金條了。到這個時候，他又不敢停下車，去打開皮箱看看。倒也不是擔心路上遭人搶，那種心情有點類似於近鄉情怯，因為他做夢都想要掙一筆大錢，而皮箱裏那幾根金條，就是他這輩子見到過的最大的一筆錢了。他雖然不敢立刻打開皮箱看金條，卻停車在報童手裏買了一份報紙，查到當日標金的報價，心裏不禁大喜。

他想趁著天黑去找小五子，有了這筆錢，他心裏就有底了。葉啟年真要對他窮追不放，他就離開上海。他開車是一把好手，到哪兒都能找到飯碗，這倒真應當感謝老方。有時候想起老方，他心裏也不是一點愧疚都沒有，但他真沒想要害他送命，他只是告訴人家，老方很可能去了剃頭鋪。那天，他把老方送到北四川路，看著他下車後鑽進了弄堂，立刻猜到了他打算去哪裏。他沒想要害他送命，最後這個結果不全是他造成的，雖然想起這些心裏總是有點不舒服。

但他現在有了五根金條，可以兌換幾千大洋，說不定自己也可以做老闆，在什麼地方開一家車行，他可以去新開的“滿洲國”，到了那裏，葉啟年總歸鞭長莫及了吧？

他沒敢進小五子家的弄堂。車子在馬路對面停下，他望了幾分鐘，最後決定離開。他看到兩個人，天這麼冷，他們站在弄堂口做什麼？他們知道小五子嗎？知道她家在哪兒嗎？這些事情他都沒法確定。可這會兒他要是進了她家的門，小五子那幾個姐姐會給他什麼臉色看，對這一點他倒十分確定。他想了想，開車走了。

但他沒地方去。他一路向西開到蘇州河邊，穿過一大片農田，天上開始落雪，車子在田間小路上顛簸了很久，又轉上了白利南路。他不能回頭，也不能停下來。他猜想到這個時候，上海每個員警署都拿到了他的照片，他不僅是個共黨要犯，還會被當成金條搶劫犯通緝。中共地下組織不僅不會庇護他，他們也要找到他這個出賣了同志的叛徒。

除了車燈照亮的一小段前路，四周一片漆黑。崔文泰穿過華倫路，路已快到盡頭，往前全是荒田野地。他只得轉入羅別根路，沿著小河向南行駛，上了虹橋路。前面隱約有一些亮光，等他把車開到那裏才知道是機場，燈光下雪花飛舞，幾個軍警站在崗亭外面，驚異地盯著這輛車看。他心慌意亂，猛轉方向盤，車子轉上了機場大門左側一條土路，他不管三七二十一，猛踩油門，車輪在土坑和石頭間蹦跳，一頭扎進黑夜裏。

土路似乎漫無盡頭，路上有很多板橋。天快亮時他才發現，那是一條正在建造的公路，剛剛鋪完泥土路基。

他不知道那是珠滬縣道，也不知道自己把車開進了淀山湖區。他從來沒有來過這個地方。凌晨時他開車路過一個村莊，路邊石碑上刻寫著“崧澤”兩個字，這個地名他同樣不了解。但是車子越來越難開了，有很多小河汊，還有大片荒灘，長滿乾枯的蘆葦。再往前路就斷了，他不得不停下車，在駕駛座上坐了一會兒，又摸出香煙抽了幾口，然後到後座上打開皮箱，往裏一看，感覺自己眼前一黑……

幾個小時後他才回過神，又發動汽車，把車慢慢開進蘆葦深處，在湖邊停了下來。幸虧天氣寒冷，雖然剛下過雪，但灘泥凍得結結實實，車輪沒有陷進沼澤裏。他步行走出荒灘，四面全無人煙。

崔文泰六神無主，在淀山湖區晃了十來天。先是在朱家角鎮上找了個小客棧，住了兩天就開始心慌。這裏靠近青浦縣城，說不定馬上就會有通緝告示貼到街上。於是他坐小船去了湖西，跑到一個名叫“商榻”的小鎮上。從前行商於蘇州松江兩府，都走水路，兩天行程，晚上便在這裏歇腳。商榻的意思就是商販下榻的地方。鎮上有不少客棧，每天只要花二角洋錢，晚上還能吃一碗稻草紮肉，喝兩口紹興老酒。這裏四面環湖，讓崔文泰覺得十分安全。但他住了不到一個星期，發現自己沒錢了。那天晚上，他把剩下的那點錢換成紮肉和酒，醉倒在客棧的八仙桌上。

天亮後他就坐船離開商榻。他決定悄悄回上海。他還有一輛汽車，道奇。他可以把車賣了。這件事情他早就動過腦筋。剛進錦記車行當司機，他就四處打聽，想知道有沒有可能偷偷賣掉汽車，賺上一大筆錢。這樣一輛舊車，值兩三千大洋。就算拆了賣零件發動機，他也能拿到千兒八百。有了這筆錢，他一樣可以跑到一個天高皇帝遠的地方，過上好日子。

他打算在小五子家門外找個地方等她，讓她給自己找個地方躲幾天。這樣他就能從容地賣掉汽車，然後遠走高飛。如果她願意，她可以跟自己一起走，如果她不願意，那也行，他可以安頓好了再回來找她，或者另找一個女人。他的人生起起落落，見過偌大世面，他相信有朝一日，自己肯定能再一次鹹魚翻身。今天是正月十二，他要記住這一天，這是他崔文泰重整旗鼓的第一天。

午後，他下了渡船。沒到正月十五，小鎮上的人仍在過年，街上沒幾個人，只少數幾家商舖開著門。他沒打算在鎮上耽擱，直奔湖邊那片蘆葦蕩。他找到了汽車，把一桶備用的汽油灌進油箱，暗暗表揚自己有先見之明，那日加油時就多買了兩桶放在車上。有了這點油，他估計不僅能把車開回上海，還能把車開到買家手上。

他不敢在蘆葦蕩裏掉頭，拉了倒車擋，慢慢把車退出湖灘，開上了土路。陽光照在蘆葦叢上，漸漸化凍的泥土表面露出許多孔洞，遠處湖面上方有鳥群盤旋，崔文泰覺得心情很好。這幾天他看了報紙，知道這條正在修築的公路叫作珠滬縣道，一頭是青浦縣城，另一頭是虹橋路飛機場。這一回，他決定好好看看飛機，現在他坐在汽車裏，惶惶如喪家之犬，可是說不定哪一天，他崔文泰也能坐上飛機，從天上往下看看這個世界。

但他沒時間再做夢了，土路前方出現兩輛黑色汽車，他一眼就認出是淞滬警備司令部的車子。他連忙倒車，拚命向蘆葦蕩中退去。但背後是淀山湖，他退無可退。

游天嘯一腳高一腳低，原打算跟這“西施”說幾句笑話，可走到他面前時，心裏已有些生氣。

他冷笑道：“你可真能逃，跑到角裏來了。這麼冷的天，你來摸魚捉蝦？”

角裏是朱家角本地人的說法，游天嘯無論說什麼，都喜歡讓自己顯得很內行。

崔文泰被人拖下車，按在蘆葦蕩的泥地裏，喘了好一會兒才稍稍鎮定，帶著哭腔說：“哪有什麼魚蝦？躲在這裏十來天都沒看見一粒蝦米。每天都嚇得睡不著覺，就怕被共產黨抓去槍斃。看到游隊長才鬆了一口氣。游隊長，地下黨要抓我，我還可以為你們效勞。”

“現在可不單單是共產黨要抓你，兄弟國民黨，也是奉命要來抓你。國共兩黨都要抓你，你這一把玩得可真不小。也難怪，誰讓你是特工總部赫赫有名的‘西施’。”

游天嘯這一次帶來的人，全是自己的親信，都知道游隊長不僅是警備司令部的偵緝隊長，也是南京特工總部駐上海的站長。

聽到游天嘯提起“西施”，崔文泰又有些定心：“游隊長，請你帶著我去見葉主任，我有話跟他說。”

有人從崔文泰那輛車的後座上取下皮箱，放到泥地上。“皮箱裏只有舊報紙和幾塊秤砣。”崔文泰連忙解釋。那天他在後座上打開皮箱，只見裏面塞滿舊報紙，裹著幾塊鐵秤砣，秤砣上沾著煤灰，多半是從煤棧磅秤上順手拿來的。他沒敢扔掉皮箱，可能覺得自己早晚會被人抓住，他沒有拿到金條，如果再把皮箱扔掉，這件事情就更說不清了。

他猜想自己是被騙了，上了陳千里的當。他在車上想，很可能陳千里就是想讓他用皮箱引開特務們，他簡直太奸猾了，竟然欺騙自己的同志。有那麼一個片刻，他甚至異想天開，認為如果他把特務引開，那仍舊算是立了功，陳千里未必發現他們被他出賣了，他還可以回去找他們。可是後來連他自己也覺得，這是把別人想成跟自己一樣的傻瓜了。

皮箱裏果然只有報紙和秤砣。舊報紙捲成紙團，把皮箱塞了個滿滿當當。

"你把金條放哪兒了？"游天嘯厲聲說。

"游隊長，皮箱裏沒有金條。我一動都沒敢動。"

"你把皮箱從天津路拉到這兒，還敢說一動都不敢動？"游天嘯心裏其實沒怎麼生氣。葉啟年並不在乎金條，他自己也不在乎。他們是真心要抓共產黨，好好一個局讓這傢伙給攪了。還號稱什麼"西施"，特工總部最寶貴的潛伏特務。他心裏早就對這個傢伙懷有嫉恨，葉老師最喜歡的"西施"，總部佈置的一切工作都圍著他轉，這些天來上海站都為他一個人服務了。

很好，葉老師說了，悄悄把他處理掉。他明白葉老師的心情，最鍾愛的下屬變成了這種寶貨，捲了幾根金條就逃了，說出去有多丟臉。總部有一些人一直對葉老師心懷不滿。把這傢伙殺掉，游天嘯覺得自己至少能得到雙重快感，也許還不止。

"游隊長，讓我見一見葉主任，我有話對他說。"崔文泰有點心慌，朝著游天嘯叫喊。

葉啟年並不想聽他說話，游天嘯倒有個問題想問他："跟我說實話吧，那天你拉著幾隻秤砣跑什麼？你為什麼突然想起來逃跑？"

"我要早知道是秤砣 —— 那天我真的是鬼迷心竅，他們把皮箱放到車上，我好像突然聞到了金條的氣味。"

他說了實話，游天嘯卻笑了起來。他一字一頓地說：

"金條的氣味，就是一個人沉到淀山湖底會聞到的氣味。"崔文泰嚇得腿都軟了，他跪在地上，朝游天嘯伸出手，聲嘶力竭地喊道："我有話要對葉主任說。"

游天嘯笑著說："葉主任不想聽你說話，我倒是可以聽你說三句話，你說吧，三句話。"

崔文泰愣了一下，連忙接著說："金條多半還在銀行……"游天嘯揮了揮手，偵緝隊兩名壯漢上前，用繩子把崔文泰五花大綁起來，然後想把他塞進汽車後座沉湖。

游天嘯制止了手下："用汽車給他陪葬便宜他了。偵緝隊充公了。"

遠處鎮上傳來一陣鞭炮聲，夾雜著崔文泰不斷的喊叫："游隊長，你說要聽我說三句話……游隊長，你不能不講信用……"

當天晚上八點左右，游天嘯回到市區。他直接去了北站附近的正元旅社，在那裏見到了葉啟年。這裏表面上是一家旅社，實際是特工總部花錢營造的產業，特工總部下屬上海站機關就在旅社頂層，樓下客房招待的客人也多是總部來滬人員。如若有散客不知底細的上櫃枱要求入住，多半會被告知客滿，少數形跡可疑者，甚至會被拉到後面詳查身份。

葉啟年並不十分關心崔文泰的下場。聽游天嘯說到秤砣，葉啟年倒說了一句：“這個陳千里，把煤棧裏的秤砣拿了，讓人家怎麼做生意？”

“老師，我一直在想，這金條會不會還在銀行？”

“我讓人到銀行查了。年初一上午，就在你帶著人到天津路的前一刻鐘，有人假扮富商進入銀行，新開了一隻保管箱。這個人進入保管庫存放物品，時間長達一個小時。也就是說，那個林石進去時，保管庫裏有兩個人。陳千里使用了調包計，崔文泰那麼一鬧，我們的注意力被攪亂了，沒有想到東西可能還在銀行。

“當天下午，那個人第二次來到銀行，聲稱上午只存放了一部分，要求再為他開一次保管庫。雖然那隻保管箱仍在租用，我想東西已經被他拿走了。這個人，你猜猜看是不是陳千里？當然，肯定就是他。我估計崔文泰那一齣，完全是出乎意料，陳千里沒那麼大本事，可以說服崔文泰幫他攪局。要不是崔文泰來那麼一齣，那天他把皮箱送來一看，我就能猜到有人在保管庫調包。陳千里想出了一個糟糕的主意，卻碰上了一點好運氣。不過下一回，他就未必能再這麼走運了。”

“不過現在沒有了‘西施’……”

“這不是你要關心的事情。”葉啟年說道，“陳千里明天坐貴生輪回到上海，中午十二點左右船會靠上公和祥碼頭。地下黨方面，會有易君年去接應他。你帶著人過去，躲在車裏不要暴露，在碼頭公司房頂上面我另外安排了槍手。他如果不開槍，你不要做任何動作，他如果開槍，你們馬上出去，放走易君年，不管是死是活，把陳千里帶到我這裏。”

“那個易君年，不用一起抓回來嗎？”葉啟年想了一會兒：“讓他再多活幾天。”

貴生輪

貴生輪是怡和公司的新船，去年剛從英國格拉斯哥造船廠下水。這艘船航速每小時可達十六海里，從廣州到上海只要六十個小時，兩天半。這條航線上它跑得最快。今天是正月十三，輪船已在大海上航行了五十多個小時。

那天中午，老肖醒來的第一句話就是：今天是正月初幾？

是正月初十。他鬆了一口氣，以為自己昏睡了很久。

“凌汶同志到底怎麼了？”

他還不十分清醒，眼神有些迷茫，喘息中似乎盡力想要想起點什麼。

“她失蹤了，” 陳千里輕聲說，“就在那天。你讓她第二天到交通站，是有什麼話要對她說？”

老肖又閉上了眼睛，嘴角痛苦地扭曲著，過了一會兒，他長長地噓了一口氣：“林石沒來，她也沒來。這事情太重要了，就算犧牲了，也要在犧牲前辦好。”

陳千里知道，他們沒有太多時間，他必須迅速了解全部情況。他朝莫少球使了個眼神，莫少球站起身，掀開門簾走了出去。

棚屋裏，陳千里小聲地說出了一段暗語，他先前與林石接頭時使用過，那是少山同志親自設計的暗語。

如他所料，老肖知道這段暗語。在他說完最後那一句的瞬間，老肖眼神一亮，困難地轉過頭，深深地看了他一眼。

老肖說自己受少山同志委託，要向林石當面傳達一條口信，口信內容包含一則廣告，廣告必須刊登在正月十四那一天的報紙上。除了日報，若有意外，當天下午的晚報上也要刊登一次。他一字不差地把廣告詞背了兩遍，告訴陳千里，廣告實際上是接頭信號，對方是浩瀚同志。廣告後面要附上一個電話號碼，浩瀚同志看到廣告後，就會撥打那個電話，接電話的人要把接頭地點和時間通知浩瀚，接頭以後立即掩護他撤離上海。

目前，浩瀚同志已迅速轉入地下，切斷一切工作關係。在最後一次與瑞金通電後，他就轉移隱蔽，任何人都無法再次與他聯絡，只等報紙上出現事先約定的接頭信號。

但是，老肖到廣州後面臨的一系列變故，使他最終把這個任務委託給了易君年。

事實上，正是在那一刻，陳千里意識到易君年可能有問題。在他頭腦中的某個角落，存放著一件往事，一個他願意用自己所有的一切去解開的謎，一個問題的答案。為了弄清這個答案，葉桃付出了生命。

老肖竭盡全力保持清醒，這段話說得斷斷續續，說幾句，停下來喘幾口氣，又重新開始，在一些關鍵細節上，他生怕自己暈頭說錯，反覆說了好幾遍。陳千里則十分安靜，從頭到尾沒有發出一點聲音，既沒有催促，也沒有提問。他知道以老肖目前的情形，要把這些話講完，一定使用了巨大的意志力。

後來陳千里與梁士超去了濠弦街，在維新北路打聽到一些情況，又去了樂華戲院。從戲院出來他們回到交通站，莫少球整個下午都在設法弄兩張最快的船票。拿到船票後，他們連夜上船。輪船半夜十二點啟航。

二等雙人間在甲板上方，船艙裏上下舖，梁士超正在悶頭睡覺。他雖然是廣東人，老家卻在粵北山區，是個旱鴨子，夜裏風浪大，他爬到上舖後就暈乎乎睡著了。

讓梁士超和凌汶到廣州，是林石的主意，但當時陳千里心裏隱隱有一種感覺，讓易君年和凌汶一起走一趟，有可能揭開一個在他心中縈繞多年的謎題。當年，葉桃就是為了尋找那個答案，最終倒在敵人槍下。那個時候他還沒有真正參加工作，還不太了解共產主義，不懂秘密工作的複雜性。他也不懂，為什麼傳遞一句話有那麼重要，值得為之付出生命。

那年她才二十三歲。他記得很清楚，正是在她過生日那天 —— 正月十五，他到了南京。分別將近一年，他又見到了她，還有她父親、他的老師葉啟年。

在葉啟年仍然是大學教授、無政府主義者、世界語學者的歲月裏，陳千里像很多年輕人一樣，曾經認為大部分讓人困惑的問題，葉老師那兒都有答案。學生之間的議論，漸漸變成一個傳說，關於新閘路上葉老師的那幢房子，關於裏面有一個秘密組織。那是火熱的、革命的二十年代，每個年輕人都意氣風發，急於參加某個組織。

只有少數同學有幸被選中，得以進入那裏。那是葉老師的家，樓上住人，樓下用來會客，學會和雜誌社也在樓下。後來陳千里把學校走廊裏的傳說告訴葉老師，葉啟年笑著說，神秘感也是一種有用的武器。有一陣他每天都要去新閘路，坐在長桌旁聽大家高談闊論，幫雜誌社做些雜活，到各處去送信、分發文件，他甚至運送過炸藥（雖然那些無政府主義炸彈並沒有在什麼地方爆炸）。

過了很久他才第一次見到葉桃。那是個炎熱的下午，街上貼著標語，到處都在罷工罷市。她坐在底樓客堂間，他一開始弄錯了，把她當成學會裏的什麼人，後來才知道她是葉老師的女兒，之前從未現身，是因為她在北京女子師範大學讀書，那年夏天，學校被段祺瑞政府封閉，學生強制解散，所以她回了上海。

葉啟年一直猜錯了，無論從什麼角度看，都不是陳千里把葉桃引上了那條反對父親的道路。實際情況恰恰相反，葉桃才是陳千里的引路人。是葉桃告訴他，她父親的虛無主義背後，躲著一個投機分子、野心家。

有一天，葉啟年把他叫到書房，鄭重其事地對他說，以後你不要隨便去葉桃的房間。正是在這種情況下，某種迷人的混沌狀態終於消散了，就像一陣風吹過，就像陽光融化玻璃上的霧霜，他和葉桃，兩個人完全看清楚了對方的心思。隨後，再一次出乎他的意料，葉桃去了南京，那時候他還不明白，為什麼她那麼不喜歡葉啟年做的事情，卻讓自己加入進去。很久以後他才知道，葉桃去的地方是國民黨黨務調查科，在她父親的安排下，她成了機要室幹事。當然，那時候他還沒有意識到，她去南京，正是因為就在那幾年裏，葉啟年變成了另外一個人。那些年很多人都變成了另外一種人。

當時他反覆問過自己：難道兆豐花園、夕陽、早春的湖水、水面上一對天鵝，這些都是他在做夢？難道他們手握著手、心怦怦跳時說的話，都只是分別前一時的衝動？他一直都很清楚，在他們兩個人當中，葉桃總是先離去的那一個。自從在葉老師家初次遇見她，她就一直在離開他。

新聞路樓上的廂房，他坐在窗下，她坐在梳妝枱前，他們在說話，他看見兩個她，一個在面前，一個在鏡子裏。他完全沉浸在話題中，可說著說著，她忽然站起身，急匆匆奔出了家門。他聽她說起《上尉的女兒》，也去找來那本小說，讀完了才找她討論，她卻說，她現在不怎麼喜歡那個故事了。他們一起去聽課，他才剛剛弄懂語法結構，她就宣佈要離開世界語課堂，去俄語補習班。他還在為《告少年》沉迷，她已經開始悄悄閱讀《新青年》。

葉啟年和他的朋友們在新聞路樓下的客堂間爭論巴枯寧，他聽得如癡如醉（這些人是如此激情洋溢），她和他都坐在房間角落，聽了幾個星期，她卻告訴他列寧說的才對。他心裏總是隱隱覺得，別處某個地方，必定有一件更加重要的事情在等著她。

一年以後，他也去了南京。他準備好應付葉啟年的憤怒，或者冷淡，或者某種更加陰險的手段。但是自從葉桃在她父親身邊工作，葉啟年似乎覺得完全不用再為她操心。也許他覺得在一個到處是特務和陰謀的地方，葉桃很快就能改變自己對世界的看法。不過就算沒有放鬆警惕，葉啟年也太忙了。那段日子他常常坐飛機去廣州，似乎忙於佈置什麼計劃。

陳千里在石婆婆巷租了一間小屋。白天他給書局做翻譯，等著葉桃下班。有時她給他打電話（巷口煙紙店有一台公用電話），讓他去她上班的地方（不久他就知道了那是國民黨黨務調查科），她也會支使他做一點事情，到哪家舖子買一包點心，或者去裁縫店拿幾件衣服。

只要葉啟年不在南京，瞻園對葉桃來說就是一個十分自由自在的地方。那是個大園子，據說從前是座王府，門前有影壁，園裏有假山。機要室在園子最北面，過了假山就能看見那排平房。他到了那裏，讓門房打個電話，葉桃就會出來接他，有時候也會讓門房送他，到後來門房索性讓他自己進去。在記憶裏，那幾個月過得特別安寧，葉桃也特別快樂。她好像找到了真正有意思的工作。

他發現如今的葉桃和他更親密了，兩個人原本相差三歲，但之前葉桃更像個姐姐。時隔一年，情形似乎發生了一些變化，也許在這個階段，他成長得反而比葉桃快了那麼一些。

他們去梅花山，正是早春二月，虯枝上開滿梅花，山坡上像籠罩了粉色雲霧。他們心心相印，覺得整個世界退卻到遠處，眼前只剩下梅樹、藍天和那張臉龐。他們滿心喜悅，一起背誦著涅克拉索夫：他們說暴風雨即將來臨，我不禁露出微笑。

但是世界仍舊在這裏，葉桃置身其中的環境十分危險，瞻園裏有許多陰鷙的壯漢、狼狗、槍支、不許人碰的文件和禁止入內的警示牌。從園北假山後面偶爾會傳出一兩聲慘叫。後來在棲霞山上，葉桃告訴他，那裏是黨務調查科，是葉啟年參與搭建、充斥著陰謀和殺戮的世界。

直到最後那個月，他才知道她究竟在做什麼工作，雖然他早些時候就猜到了一些。現在想來，說不定她一直都在暗示他，悄悄地把實情告訴他：她真正在做的是一些秘密工作，這些工作對她意義重大。而他心裏很明白，她所做的那些事情，很可能是去破壞她父親的工作。但在讓他知道真相前，她就為他指明了方向，讓他了解了一個人應該投身於什麼樣的事業，才會讓人生變得更有意義。

她從來沒有真正離開過他，即便去了南京，她也每隔幾天就給他寫信，這些信件延續了先前的思想碰撞。現在他才理解，寫那些信她多少冒了一點風險，幸虧她在瞻園上班，有辦法不讓這些信落到郵電檢查人員手中。她還託人給他捎書、雜誌。《共產黨宣言》《遠方來信》《布爾什維克》，還有她喜歡的涅克拉索夫詩集。

端午節的前一天，葉桃給石婆婆巷煙紙店打了個電話。那些日子他很少見到葉桃，她好像整天都非常忙碌，就算見到他也很沉默，問多了，她會忽然發火。在電話裏葉桃讓他去瞻園，去之前先到秦淮河邊的城南茶食舖，幫她買一包閩南橘紅糕。葉桃一直喜歡吃零食，在上海時他就常幫她跑腿，到了南京，她的很多舊習慣都消失了，但喜歡吃零食這一樣依然如故。除了這家的橘紅糕和酥糖，她還喜歡一個挑擔小販的桂花糖芋苗，總是在瞻園門口那一帶叫賣。

他買了橘紅糕，卻在瞻園門口被人攔住了。瞻園看似是一座尋常舊宅，道署街的大門油漆斑駁，門房裏卻總是坐著一兩個穿中山裝的壯漢。幾個月來，南前北後兩道門，幾班門房都認識他了，見他進門，連忙打電話到機要室找葉幹事。葉桃告訴門房，今天她不能離開保密區域，叫門房登記一下，讓陳千里自己進去。門後院子裏有一道照壁，轉過照壁，有一片水池，池中有睡蓮游魚，水邊用石墩架起廊道，廊後有假山，假山有洞，鑽進洞裏拾級而上，坐到假山頂上的小亭子裏，可以遠眺秦淮河。

陳千里來得多了，早就知道園北假山背後是所謂的保密區，在那裏每一步都可能有人監視，人和物都不能隨便出入。但他是"葉幹事"，也就是葉主任家大小姐的男朋友，別人看見也多數裝作沒看見。陳千里在機要室那一排平房裏見到了葉桃。她吃了一粒橘紅糕，說，今天這個橘紅糕怎麼那麼幹？這放了多久呀？生氣地扔到一邊，冷冷地半天不理他，機要室裏另外兩個女人同情地朝他微笑。過了一陣，葉桃又叫他："幫我到門口買碗桂花糖芋苗。"

剛剛進來時陳千里並沒有看見瞻園門口有挑擔叫賣的小販。但他沒說什麼，每次葉桃讓他到門口買桂花糖芋苗，那個小販總會出現在那裏。

"如果沒看見，你就往前跑到馬府街，他一般就在這幾個地方。”

他提著保溫筒出來，門房朝他笑。出了瞻園，果然看見擔子在那裏。小販揭開蓋子擱在一邊，從大鍋裏舀了幾勺紅豔豔、香噴噴的芋羹，裝進提筒，往裏撒了點桂花末子，又拿起抹布擦了擦蓋子，蓋上，收錢。陳千里把糖芋苗拿進機要室，葉桃喝了一口，這才露出滿意的笑容。

幾天後他才知道，保溫筒蓋子下面有一張字條，上面有緊急情報。他在不知不覺中把情報送了出去。葉啟年在廣州破獲了中共地下組織，逮捕了廣東地下黨負責人歐陽民。由於情報送出及時，與歐陽民有聯繫的上級黨組織全都撤離了。

他知道這情況時，葉桃已身負重傷，她告訴陳千里自己是共產黨員，從前沒有告訴他，是因為她受黨組織派遣潛伏在國民黨黨務調查科，必須保守秘密，但現在她可以說了。她說她一直打算發展他入黨，可她現在沒有時間了，她希望他將來能成為一個堅定的共產主義戰士。她告訴他，因為她把歐陽民被捕的消息及時傳遞了出去，組織上迅速佈置，搶在特務前面撤離機關，轉移了大部分抓捕名單上的同志。葉啟年由此懷疑黨務調查科內部有漏洞。

她本應該靜默一段時間，可她不得不再次打開葉啟年的保險櫃。因為上級問了她一個問題，歐陽民有沒有叛變？所以她必須找到答案。葉桃曾和他憧憬未來，再過幾天，他們將一起離開瞻園，離開南京。她會領著他，去一個充滿光明和希望的地方。

葉桃找到了答案，可是送信途中她犧牲了。犧牲前，她讓陳千里把一句話帶給黨組織：歐陽民叛變了。可正因為她在送出情報時被敵人發現，那就存在著另一種可能：敵人故意用假情報誤導她。後來又從廣州傳來歐陽民犧牲的消息，敵人槍殺了他。行刑那天，全體難友望著他被押出牢房。事後，組織上曾派人做過調查，甚至冒險到公安局打聽，結果卻是一無所獲。

他始終不相信她送出的情報有問題，為了得到它葉桃甚至獻出了生命。三年來，這個問題一直縈繞在他的腦海中，他常常把問題倒過來想：如果歐陽民是叛徒，葉啟年為什麼要殺了他？殺人也可能只是為了滅口，為了掩蓋某個陰謀。

那麼，什麼樣的陰謀才能讓葉啟年認為值得去殺掉一個叛變的歐陽民呢？一個歐陽民那樣的叛徒，在葉啟年心目中應該很有價值。他是中共地下組織負責人，在組織內部有大量工作聯繫，認識很多人，了解許多秘密。有很多事情在最初幾次審訊中他可能還沒有想起來，雖然他在變節時，一定急於把他了解的情況告訴敵人，但總是會遺漏一些事情。就算把他像牙膏那樣擠得乾乾淨淨，變成一捲牙膏皮，還可以讓他寫一些無恥的話，發表在報紙上。黨務調查科確實有一個部門，專門從事他們所謂的“心理戰”，炮製謠言到處散發。那麼為什麼急著殺掉他呢？葉啟年槍斃歐陽民，到底得到了什麼好處？

現在他知道了。

公和祥碼頭

凌晨三點左右，風浪稍歇，海面起了大霧，看不見星光，輪船像是在黑茫茫的世界裏夢遊。此刻他們正在舟山群島海域，水下暗礁叢生，輪船航速已減至十一節，大海幾乎完全安靜下來，只有海浪拍打摩擦船殼的聲音。夜色中突然響起刺耳的汽笛聲，黑暗中隱約有燈光急閃，原來輪船稍有偏航，正逼近前方一大片暗礁。輪船迅速向右轉舵，船尾險些擦到尖利的礁石。

船艙裏多數旅客對此並未察覺，少數人因為船身急速轉向，睡夢中在床上翻了個身。但梁士超醒了。他又想起睡前琢磨的問題，兩三分鐘後，他對著下舖說：

“你是說，真正在濠弦街犧牲的人是龍冬？”

“我想這時候盧忠德還不知道自己要冒名頂替這個被他殺害的人，所以他才會在端午節讓香煙舖的黎叔看見。”

龍冬是被盧忠德騙去的。小鳳凰是唱戲的，她是群芳豔班裏的台柱，能記住所有台詞。她還記得盧忠德在電話裏對龍冬說：你已經離開了，不能再去那個地方。所以龍冬當時已開始撤離。也許電話裏說的就是撤離那兩個字，只是小鳳凰不太熟悉那種說法。龍冬犧牲時，歐陽民被捕，端午節後歐陽民做了叛徒，直到這個時候葉啟年才決定讓盧忠德假冒易君年，在報紙上發佈假消息。

“龍冬才是易君年？”梁士超的腦子快轉不過來了。

龍冬才是那個本應該在那年七月來到上海，與老方接頭的人。組織上把他從廣州調到上海，組建一個情報工作網。

“易君年是一個假名字，工作化名，原本應當由龍冬同志使用，他用這個名字預訂船票，預訂到上海住的地方。在上海他也會使用這個名字與人聯絡。”

“盧忠德冒用了這個名字，我們就沒人能夠發現嗎？”

“廣州有可能發現這件事情的人都被殺了，上海沒有人知道派來的人是誰，任何人都能使用這個名字，按照規定的聯絡方式和暗號，與老方接頭。即使在地下黨組織內部這也是絕密情報，沒有誰會去懷疑來的人到底是誰。”

因為歐陽民被捕，廣州的地下黨組織被全面破壞，知道這項調派計劃的人都不在了。葉桃的情報準確無誤，歐陽民叛變了。正因為他的叛變，葉啟年才得知了調派龍冬的計劃，並掌握了全部細節：化名、接頭方式、連絡人。陳千里猜想葉啟年一開始並沒打算讓盧忠德長期潛伏，只不過從叛徒交代的情況中看到了新的機會。

葉啟年不會放掉到手的機會。很多年前，國共剛剛開始合作，他就在國民黨內的右派分子集會上叫囂，對共產黨要斬草除根。所以他想乘勝追擊，再贏上一把，在盧忠德身上又下了一注，付出的代價就是把歐陽民給殺了。歐陽民是龍冬的上級，是他佈置了調派龍冬的計劃，除了他沒有人能了解得那麼詳細。

“這個混蛋，犧牲在他手上的人太多了，廣州當地那麼多人，龍冬、老方，還有那個去菜場報信的同志。我回去就幹掉他，我要把他的心挖出來看看到底有多黑。”

還有葉桃，陳千里在心裏默默地想，也許還有凌汶，她也很可能已經被他殺害了。立春那天，他們在濠弦街天官里後街上打聽，街坊鄰居沒有一個人願意回答他們的話，看到外人進來，每個人都神色驚慌。陳千里連忙帶著梁士超離開，他懷疑濠弦街上的居民被那天晚上的事情嚇到了。但是——

“現在我們還不能殺他，這顆子彈再給他存半個月。”

“為什麼？”

因為現在唯一能夠聯繫浩瀚同志的只有他，因為他們要設法讓浩瀚同志擺脫迫在眉睫的危險。但他不能告訴梁士超，目前還不能。

“因為我們有更重要的任務，我們不僅暫時不能殺他，還不能讓他知道我們已經知道他是個內奸。他今天中午要到公和祥碼頭接應我們，絕對不能讓他看出來。”他說。

那天在疍家棚屋，他問了老肖一句話，問他為什麼第二天要見凌汶。這句話一說，迷霧就漸漸散去。正月初一那天，他站在銀行樓頂，遠遠看見崔文泰駕車衝出去，當時他心中疑竇頓起。青島船上的來客告訴過他，上海地下黨組織中有內奸，代號“西施”。特工總部的王牌潛伏特務，葉啟年的寶貝，難道就是崔文泰？

他讀過那份報紙，他知道凌汶到了那條街上也不會發現什麼線索，那麼她為什麼會失蹤呢？

現在他明白了。盧忠德必須把她除掉，才有機會截獲老肖記在頭腦中的絕密口信。凌汶消失以後，他可以演一齣戲，欺騙老肖，讓老肖把情報透露給他。盧忠德昨天回到上海後，一定會馬上向葉啟年彙報，浩瀚同志唯一的對外聯絡方式已經被特務掌握。就算他今天回到上海，也絕無可能搶先一步發出接頭信號，因為那兩份報紙的廣告版面，特務一定牢牢控制在手中。

那將是一個無法破解的陷阱，就算使用武力攔截，恐怕也沒有可能實現。浩瀚同志撥打了那個電話後，特務們會把接頭地點告訴他，這個地點在哪裏，陳千里沒有辦法弄到這個情報。

所以，現在不僅不能除掉盧忠德，還要讓他覺得自己的狐狸尾巴沒有暴露。在廣州，他把情況告訴了莫少球，要他通知地下黨組織，把盧忠德接觸過的香港和廣州交通站全部關閉。他還請莫少球安頓好老肖後，盡快趕去瑞金，把情況向少山同志詳細彙報，路上要安全保密。陳千里連夜從廣州趕回香港，上船前，他去了一次郵政局，給陳千元發了一份電報，讓弟弟把電報內容轉達給林石。電報上說，他將乘坐貴生輪於今天中午十二點左右抵達公和祥碼頭，讓易君年來接應他。

陳千里判斷盧忠德回到上海，一定會繼續與林石他們聯絡，會裝出一副悲傷的樣子告訴大家凌汶失蹤的消息，也有可能知道自己離開了上海，並因此懷疑自己去了廣州。為了掩蓋盧忠德在廣州做過的事情，特務們一定想要殺了他滅口，確保盧忠德的身份不被洩露，確保聯繫浩瀚的方法仍舊由他們掌握。他必須讓盧忠德相信自己沒有去過廣州，只有這樣，他才找得到機會掀開葉啟年的陷阱，救出浩瀚同志。

他猜想特務們會作好準備，一旦他出現，他們會立刻動手殺掉他。可是如果他主動去見盧忠德，倒有可能讓他心存僥倖，認為自己能夠繼續瞞天過海。他估計那樣一來，特務們就會作兩手準備，既準備好殺他，也準備讓盧忠德繼續扮演易君年。與盧忠德在碼頭見面時，他稍有不慎，特務們很可能就會立刻動手，也許在碼頭旁哪一處的房頂上，就埋伏著一名槍手，等待盧忠德發出信號。他打算也給盧忠德演一場戲，麻痹他，讓他以為他們一點也不知道廣州發生的事情。他們沒到過廣州，沒有見過莫少球和老肖，也不知道凌汶突然失蹤了。

貴生輪駛入吳淞口是上午十點五十分，距滿潮時分剛過一刻鐘。只等了半小時，領航員就登上甲板，指揮輪船入港。十二點剛過，站在甲板上的梁士超就看見了公和祥碼頭。停靠大船的棧橋泊位已有船隻停靠，貴生輪只能停泊江心，輪船公司租了小火輪接送旅客下船。這種小火輪有寬闊的甲板平台，等它靠上，大船就放下舷梯，旅客下去後直接登上小火輪，由它接駁運送上岸。行李較多的旅客可以在碼頭上等候，也可以先行離開，委託旅行社代送行李至家中。

陳千里讓梁士超先不要下船，等他上岸後再離開。

小火輪慢慢靠岸，這一批接運的都是頭二等艙位的旅客，他們在甲板上三三兩兩地站著，衣冠楚楚，個個笑容滿面，全無長途航行後的疲憊厭倦。兩頭纜繩繫上後，船頭上鈴聲敲響，欄門打開了。

陳千里離開上海那天風雪交加，回來卻是陽光明媚，已見早春光景。棧橋是一道向上的斜坡，公和祥碼頭兩三年前重新修建，棧橋木板彈性十足，腳踩在上面咚咚直響。從棧橋上岸便是公和祥碼頭公司，空地上停了成排轎車，接客人群站在棧橋兩側。

他看到了盧忠德，但沒有發現周圍有什麼異常。特務們多半躲在車裏，碼頭公司三層大樓房頂上的某個角落也許有槍手。他了解葉啟年，如果他決定滅口，以保證盧忠德可以繼續潛伏，會選擇這種乾脆的方式。他猜想，這些特務一定是葉啟年專門從南京特工總部調來的親信，如此才能避免盧忠德的秘密被洩露。他一定精挑細選，所以他們的槍法一定也很不錯。

他繼續向前，朝碼頭大樓右側的大門走去，走得並不很快，就像在這種情形下通常的接頭，讓對方從側後方慢慢跟上自己。現在他們並排了。

“有沒有辦法找到一艘船？”他問盧忠德。

“船？”

“我想租一艘兩三百噸的小貨輪，可以裝運貨物，最好也裝點其他東西。我只想要船上的客艙。”

“派什麼用場？”

“送人。一艘不太起眼的小貨輪，裝運些米糖布匹，或者別的什麼貨物。不那麼引人注目的舊船，設備還不錯，足以應付海上的風浪。”他一邊想一邊說，好像這個主意他才想起來沒幾分鐘，就在上岸前他看到聳立江邊的那些吊車的時候，或者上岸後看見遠處牆上“倉庫重地”幾個字的時候，似乎他一邊說一邊想著，想法才漸漸成形了。

“你讓我到碼頭來，就是為了這件事？”

“你給我安排一個落腳的地方，現在看來旅館已經不安全了。接下來幾天，我要一個秘密、可靠的地方。房子最好大一點，行動那幾天，可能需要多住幾個人。”

“這個沒有問題，你什麼時候要用？”

“今天。”

陳千里感覺到對方稍微放鬆了一點，也許自己的話奏效了。他沒有朝周圍看，但他知道特務們一定盯著他們。碼頭公司大門敞開，鐵門上用中英文寫著“無事不准進內”。門口站著兩三個小孩，手裏托著大餅乾盒，盒子裏放著各種香煙和零錢。

門外是東百老匯路，馬路一邊是各家碼頭公司，順泰、招商局、匯山、日本郵船會社、耶松船塢。馬路中間有一條電車軌道，馬路對面那些店舖，全是做船上生意的人家，五金零件舖、煙紙店、鞋帽店、洋錢兌換店，還有很多酒吧間，有幾家酒吧間的二樓不僅拉著窗簾，每一扇窗玻璃上還用花紙貼了，似乎那些房間極其需要光線昏暗。

陳千里想，要不要再多告訴他一些呢？他讓盧忠德和他一起坐進一家兼賣炸豬排和羅宋湯的小咖啡店。豬排是放冷後又重新炸過一次的，羅宋湯看起來很可疑。但他們對食物原本就不感興趣。陳千里看著窗外，見梁士超出了碼頭公司大門，消失在熙熙攘攘的人群中。他轉頭面對盧忠德，見對方正盯著自己看。

"凌汶同志失蹤了。"

盧忠德突然說。陳千里沒有顯得十分驚訝，可他也不能表現得像早已知道這件事情那樣。他愣了一下 ——

"在哪裏？"

"廣州。你不知道嗎？"

陳千里搖搖頭，好像乍然聽說一個十分可怕的消息，腦子還沒轉過彎來。

"我以為林石會在電報中告訴你。"盧忠德又輕輕地說了一句，努力擠出一絲悲傷。

"發生了什麼？"

盧忠德沉默了好一陣。陳千里聽著對方的回答，努力克制自己心中的怒火。他知道盧忠德一定早就準備好了一套說辭，他自己也早就準備好，無論他說什麼，都要裝得毫不懷疑。

盧忠德說凌汶去了報館，又去了報界公會的剪報社。她堅持要去濠弦街 —— 那條後街叫什麼名字？他佯裝問自己，然後回答說天官里後街。陳千里沒有料到他會那樣說，在廣州他對莫少球可不是這麼說的，他說他們沒有去過濠弦街。那麼，盧忠德是故意賣了個破綻，是為了試探他，看看他的反應？

盧忠德說他想阻止她，他懊惱地說，早知道現在這樣，就該拚命攔住她。由此他對上級領導稍微提出一點批評意見：既然廣州之行確定由凌汶同志負責，有些時候他就不好多說什麼了。畢竟地下黨組織對上下級有嚴格的紀律規定，下級本來就不該多打聽上級的想法和做法。凌汶同志原本也可以不告訴他，她要去哪裏。他等了很久，直到深夜她也沒回來。

天一亮他就趕到濠弦街，在那條後街他找了半天，後來才發現自己弄錯了，他應該從一棵大榕樹下向右轉，而不是再往前，因為後街要按照濠弦街的方向來算，既然濠弦街在南面，後街就應該在最北邊，而不是沿著那條直巷繼續朝東。他這麼一耽擱，天倒是大亮了。

但後街上仍舊沒有什麼人，他只看見一個算命的老頭，不知道為什麼那麼早就坐在街上，拉著他要給他算命。他問那個算命老頭，昨天下午有沒有看見一個陌生女人到巷子裏來打聽一些事情，三十多歲。他本來想對那個老頭說，穿著旗袍和毛衣，但又覺得那老頭未必記得這些，於是改了主意，簡單說了一句，說她穿得很好看，很靚。

船要到晚上才開，他還有時間去一次興昌藥號交通站。交通站負責人是莫少球，還有一位莫太太。就是莫太太告訴凌汶關於報紙的事情，所以他要到交通站去一下，但是他一到漿欄街就覺得不對勁，街上有便衣，雖然廣州的便衣特務，打扮跟上海不一樣，可這些小特務的神情舉止一眼就可以看出來。果然，不久街上就亂起來了，有人開槍。他判斷交通站可能出事了，只能趕緊離開。他回到旅館等到晚上，凌汶仍然沒有出現，他只能上船回上海，任務重要，他不能再等下去。

小桃源

葉啟年在正元旅社後門上車，汽車出了來安里弄堂，從寶山路向右轉入新民路。不熟悉本地情形的人，看見這條馬路會覺得有些古怪。它是兩條平行的馬路，北側是華界的新民路，南側卻叫界路，由租界工部局管轄。這裏原是分界馬路，因租界裏的外國商人總是想越界築路侵蝕華界地盤，歷來紛爭不斷。據說當年把火車站造在這條路上，本就有藉以抵擋洋商越界佔地野心的用意，後來更是有來安里越界築路案，差點釀成外交事件。

如今兩條馬路用拒馬分隔，木樁上纏繞著大串鐵絲，連接在馬路中央，一眼望不到頭。汽車越過分界拒馬，駛入北浙江路，在愛而近路路口鐵柵門前，兩名巡捕上前攔住汽車，從車窗向裏掃視一圈，放他們進了租界。

不到十分鐘的路程，卻是關卡重重，馬秘書不禁罵了一句髒話。隔了一會兒，後座上葉啟年誦經似的唸叨了一句：“攘外必先安內。”

汽車駛入租界，又是另一番景象。去歲“一·二八事變”，閘北迭遭日軍轟炸，新民路寶山路一帶盡成斷垣殘壁，火車站頂棚至今仍在修復。可是租界裏卻日漸繁華，汽車一路向南，沿途時有在建的樓宇，商舖招幡林立，馬路上人車也是十分擁擠。

今天是正月十四，一大早葉啟年就讓人給他拿來當日報紙，在《申報》第五張找到那條廣告：

老開鬻畫加潤：

老開君漸為識者所重，其山水人物走獸花鳥無所不精，所畫青綠山水最為獨長，不啻大小李將軍希孟再世，踵求者應接不暇。爰將舊有之潤格代為加定，以結翰墨因緣。立軸每尺三元，人物加一。中堂每尺八元，五尺以上每尺加三。扇子花卉四元，翎毛走獸人物六元，山水青綠六元。

電話：八五三七二。

昨天傍晚，葉啟年去了舊城老西門，他讓司機把車停在學前街，正對著普育里橫弄。盧忠德的那家書畫舖雖然在普育里，卻是面朝蓬萊路。約定的見面時間過了好久，他的“西施”才出來，在弄口佇立片刻，突然急奔過來躥上了車。

汽車緩緩前行，雖然車窗拉著簾子，可是老城街窄，很少有汽車開進來。盧忠德沒有說話，葉啟年了解他，從廣州起盧忠德就養成了好習慣，讓葉啟年先開口。但葉啟年也沉默著，過了好久他才說：“這一帶以前叫黃泥牆，咸豐年間種有三百多棵桃樹，結的蜜桃色如頰暈，甜美至極。插根麥管一吸，滿口甘香，手指上就只剩下一層桃皮。可惜早就絕種，如今空餘其名，連龍華浦東的桃子都敢說是黃泥牆。”

“老師又在傷心了。”

葉啟年沒理他，過了一會兒才說：“下午在公和祥碼頭，你為什麼不發信號？”

“這個陳千里不知道廣州發生的事情，他沒有去廣州。”貴生輪離開上海去青島前，葉啟年讓人去船上查了旅客艙單，陳千里和梁士超在香港上的船。

“你現在越來越自信了，身處險地，得步步小心。”

“我明白，老師。”

“你們在廣州到底是怎麼回事？為什麼要在交通站邊上抓人？”

葉啟年原打算暫時不動香港和廣州的地下黨交通站，把它們當作誘餌，但盧忠德他們在茶樓和街上鬧出那麼大動靜，等下午廣州站發來電報，他趕緊讓他們帶人去交通站抓人，這時候卻已經人去樓空。

“廣州站黎站長，在廣州公安局偵緝隊只是個隊副，隊長是陳濟棠的人。他調動不了偵緝隊，他說他好不容易才把這事情辦成。”

“廣州站發來電報，說你殺了他們兩名特工？”

“戲演得很糟糕，不這麼做瑞金來的交通員不會相信。我讓他找兩個外人當冤大頭，他說不敢得罪隊長，竟然找了自己的手下。”

“還有那個梁士超，他跑哪裏去了？”

“陳千里說他在汕頭偷偷下了船，去了瑞金。”

“你仍舊沒有告訴我，為什麼不殺掉陳千里？”

“他在佈置新任務，說要租一艘貨船。”

貨船？那是什麼鬼名堂？

“運什麼？軍火？藥品？”他問盧忠德。

“運人，他想包下閒置客艙。”

“他還躲在你店裏？”

“走了。前些日子我讓衛達夫找了個地方，就在前面夢花街。我剛把他送到那裏。住在南市，游隊長很方便。”

正是用人之際，葉啟年沒有表示反對，但他心裏總有些懷疑。連著好多天，一下子消失了兩個人，他覺得陳千里一定在暗中佈置著什麼。如果陳千里真的不知道廣州發生的事情，昨天下午不殺他，這個決定也沒錯。今天刊登廣告，把那個浩瀚引上鈎前，最好風平浪靜，不要出什麼意外。

他很想了解這個有關貨船的秘密，但他知道盧忠德好大喜功的毛病。也許他自己也有一點，他想，可是正因為他也十分了解自己，所以每到這種時候就告訴自己，先把贏到的抓到手中，然後才考慮多贏一把。浩瀚，沒有什麼成果能比他更重大了，葉啟年不願意把他也當成賭注押出去。所以今天凌晨他作出決定，把游天嘯叫來說，收網，把他們全部抓進來。

等游天嘯佈置完抓捕任務，葉啟年自己卻生出一片閒心，離開了正元旅社。出門前，他讓馬秘書打電話到八仙橋狀元樓，讓他們現做幾隻寧波湯糰，裝好盒子。這會兒車子開到狀元樓門口，馬秘書下車上樓，不一會兒拎了兩隻大盒子出來，放在副駕駛座上。

十分鐘後，汽車停在舊城穿心河橋旁。城廂穿心河道經多年填埋，現在只剩下斷斷續續幾段池塘。葉啟年下車，馬秘書提著盒子跟在後面。兩個人一前一後，順著松雪街走了一段，向左轉入一條曲折深巷。到巷底，見一道高牆，牆前橫巷兩端不通，都是房屋山牆。

高牆下卻是一道黑漆窄門，門楣匾額上書“小桃源”。進門是個園子，種著二三十棵桃樹。賓客通常進門後才知道，偌大園子，只有那一道窄門，業主早就築牆封了其他各門。舊城人煙密集，卻有這麼一處佔地半畝的園子，頗有幾分新奇。

牆內悄無聲息，葉啟年踏上三級石階，輕叩了兩下鑄銅門環。過了一會兒，門開了。

“孟老，啟年給您拜年了！”葉啟年拱了拱手。

門內孟老，穿一件舊棉袍，他並不訝異，似乎猜到來人是葉啟年。

“我就知道這時候來客，多半就是你。”

園中有幾間平房，房前磚地纖塵不染，青苔錯雜，牆邊蓄水石槽中浮著幾葉銅錢草，廳裏一幾兩椅，有只黑貓躲在几案下，並不看來人。

“來得正好，我剛沏了茶。”

“一向還好吧？”葉啟年淡淡地問道。

“拜老弟所賜，借我一個好地方了此殘生。”孟老寒暄道。陽光照在廳前地上，滾水注入壺中，茶香盈滿室內。

“孟老還是那麼客氣，這是請你幫我照看房子。”

葉啟年當年從川軍一個下野師長手裏購得這園子，從黃泥牆遷來幾十棵桃樹，如今這些桃樹大隱於市，竟成了絕版。他雖然住在南京，這些年來只要有空，就會悄悄跑到上海，來到小桃源，找這位孟老喝茶說話。

孟老殺過人。十多二十年前，在一些激進社團裏，他是赫赫有名的刺客。

兩人沒有過多寒暄。茶沖了幾回，葉啟年忽然開口說道：“我沒有親手殺過人。”

碗蓋叮噹，孟老放下茶碗，略感詫異。面前這位老友，相識多年，雖然往來說不上頻繁，但似乎無話不談，孟老心思縝密，談古論今也是點到即止。“小桃源”是個避世之地，慣常往來只是飲茶閒聊，求一時清閒，此番開門見山忽然談及殺人，令他有些疑惑。

“這一回我下了決心。”葉啟年的聲音在寂靜的宅院內顯得有些刺耳。

“像老弟這樣身居高位之人，殺人何須親自動手。”孟老一時不知如何接話。他殺過人，卻從不談論殺人。

葉啟年望著庭前光影下的桃樹，沒有理會孟老的話。他豢養過許多人，卻從來不明白自己為什麼要豢養面前這個老頭。也許他需要這麼一對耳朵，也許他覺得只有這個老頭能聽明白他的意思。

“我自轉變立場，投身國民革命，一向只有公敵，沒有私仇。

可是陳千里 ——”

“噢 ——”原來葉啟年又在重提舊事，孟老回道，“兩黨之間原是意見之爭，本不至於殺人。短短幾年，到了必欲殺之而後快，其中緣由，國民黨以大欺小也是有的。殺人殺到後來，公敵私仇就分不清了。”

孟老似乎想起了往事，神色忽然有些悽然。

葉啟年並不看孟老：“我自己心裏怎麼想，我還分得清楚。三年前，葉桃被他騙出瞻園。我把所有的行動人員派出去搜查。等找到時，卻只看到一具屍體。”

孟老詫異地看著這位故交，這麼多年他也沒完全看透過這個特務頭子。他可以一面傷心地追憶逝去的女兒，一面卻冷漠地把她說成是一具屍體。

“我只聽你說過，他把葉桃引上了歧路，跟著共產黨跑了。”孟老輕聲說。

葉啟年似乎並沒有注意孟老的話，他依然望著那些桃樹：“這些桃樹該找人修剪了吧？”

因為葉桃他買下了這個園子，在園子裏種上桃樹。每年葉桃生日，他來桃園修剪枝條，等它們在早春慢慢發芽。每年五月，他來這裏喝茶看桃花。到了七月，樹枝上結滿蜜桃，他就來摘上一籃，給葉桃送去。每當這樣的日子，他都會跟孟老說起往事，這些事情孟老早就聽過無數遍。

“這是老大房茶食店買來的橘紅糕。”孟老推了推幾案上的盤子，自己拈了一粒。

葉啟年看了一眼盤子："他們在南京舊城牆藏兵洞裏找到她。我到機要室收拾她的東西，桌上也有兩包橘紅糕。她喜歡吃這些零食，跟她媽媽一樣。"

也許 —— 假如她母親沒死，後來的一切都不會發生。如果她母親活著，葉桃可能不會那麼死心塌地跟隨陳千里。而且，他自己也不會變得那麼乖戾。有那麼一瞬間，這個想法在葉啟年的腦海中掠過。

短短幾年，他和葉桃都發生了變化。葉桃去了北平讀書，他後悔讓她去，可誰知道呢？那時候，他覺得換換環境對她有好處。就算她後來在女師大受了點影響，參加了學生運動，誰年輕時候沒叛逆過？他自己不也是到後來才覺得今是昨非，改變了想法和立場？在葉桃去北平那年，他還託人找來馬克思的書、列寧的書，找來布哈林的《共產主義 ABC》。就在很多人開始以為共產主義可以救中國的時候，他自己卻改變了看法。國共兩黨開始合作時，他自認覺察到了共產黨的"陰謀"，他和國民黨中的一批人都看出來了，他和季陶先生、果夫先生一道，很早就看出來了。

女師大風潮，段祺瑞封了學校。那年夏天葉桃回家，他一點也不擔心。只要回了家，她慢慢就會忘了那些一時的熱情與衝動。可那段時間，他開始忙起來了。表面上他仍舊當他的教授，參加社團活動、辦同人雜誌，私下裏他投入了國民黨的懷抱，參加右派會議，了解到有一種東西叫作法西斯主義。他在學生中挑選一些人，培養他們，悄悄地搭起了他自己的秘密組織。他把他們派往各地，打算在未來某一個時刻，把這個組織貢獻給國民黨中的強人。盧忠德即是其中之一，這枚提前佈局的棋子，後來起了極大的作用。

民國十六年“清共”，那段時間他越來越忙。國民黨內四分五裂，廣州有一派，武漢也有一派，他認定了南京蔣總司令。他正在上下運作，打算把他那個小型秘密組織變身為正式的特務機關。他破獲了不少共黨地下組織，漸漸獲得重視。

他本來打算把少年老成的陳千里也拉進那個組織，那個時候，他覺得陳千里正是他需要的人，是可造之材。直到有一天下午他回到家，看見廂房虛掩著門，裏面有人說話。他推開門，第一次發現他不在家時，陳千里進了葉桃的房間。桌上放著茶杯，還放著一沓報紙，那是《嚮導》，是中共的機關報。他常年研究中共，這些報刊他一眼就能認出。他還認出那是一份當年七月的停刊號，上面刊有中共中央對時局的宣言。他頓時有些失望，但並沒有多說什麼，只對陳千里說了一句：你以後不要進葉桃的房間。

後來黨務調查科逐漸成形，葉桃跟他去了南京。把葉桃放在自己身邊，他很放心。這樣一來，她就不會受陳千里的影響。他並不想讓女兒一直在特務機關做事，那種充滿陰謀詭計的生活，對她並不合適，也許在某個恰當的時機，她身邊會出現一個恰當的人，到時候他就可以徹底放心。又過了一年他才發現，原來陳千里也跟來了南京。

風從堂前吹過，葉啟年抓了一把橘紅糕放進嘴裏，狠狠地嚼了幾下。

“她躺在舊城牆的藏兵洞裏，子彈打在她背後，她到死也不知道是誰開的槍——”

“你沒有查出來是誰開的槍？”

“除了陳千里還能是誰？”

“他既然把葉桃引了出來，為什麼要朝她開槍？”孟老似乎並不同意葉啟年的推測。

“他們為了達到目的，又有什麼做不出來？”

“那他到底有什麼目的呢？”孟老垂著頭，覺得葉啟年似乎有些煩躁。他半閉著眼睛，早就習慣了與葉啟年用這樣的方式閒談：只使用極少的一部分注意力，耳朵聽著，偶爾回應一兩句，而頭腦中的絕大部分似乎都進入了某種休眠狀態。

“葉桃到南京後，慢慢就變得聽話了。在瞻園，我們經常開一些講習班，讓那些思想轉變、從中共脫離出來的人站出來，給大家上課。隔一段時間，我們還會舉辦辯論會。找兩三個人，把他們集中起來，花幾個月學習中共各種文件。等到開會，就讓他們坐在講台左邊，其他人坐在右邊。坐左邊的人就用共黨那套理論與右邊的人辯論。我們並不要求右邊的人一定要贏，坐在講台左邊的人只要辦得到，他們完全可以咄咄逼人，把對方辯得啞口無言。”

孟老面露微笑，像是對葉啟年居然把學生社團的風格帶進黨務調查科，感到十分有趣。

“開這種會，總部的人只要在南京，都要坐在下面聽聽。每一次葉桃都參加了，一次也沒有缺席。我以為她把陳千里忘記了，以為她把那些危險的想法也一起忘記了。”葉啟年不禁黯然神傷。

“但他們是不會忘記的。過了一年，陳千里也來到南京，他們來找她了。他們故意過了一年才來找她，是想讓我不再防備，果然我掉以輕心了。我甚至覺得經過了這段時間，也許葉桃反倒會給陳千里帶去一些正面的影響。事到如今才明白，我對葉桃能起的作用，可能不及陳千里的一句話。這個年齡的女孩子……”

“如果你真的只是不想讓葉桃受共黨影響，何不斷然處置，禁止他們往來？恐怕你仍然存著一點私心。”孟老淡淡地說。

“他們在葉桃身上下功夫，真正的目標卻是我。”葉啟年話鋒一轉，“我也是到後來才看清楚，他們是想通過葉桃，把觸角伸進瞻園。等我發現這一點，已經太晚了。短短幾個月，陳千里已經在瞻園進進出出，如入無人之境。我的女兒，她的男朋友，瞻園沒有一個人敢得罪。”

“以你的縝密謹慎，怎麼會那樣遲才發現？”以孟老對葉啟年的了解，完全不相信他會如此疏忽大意。

葉啟年說他太忙了。黨務調查科規模日盛，急於把觸角伸向全國各地。他不得不親自督戰，建立分站，挑選幹部，配置人員，檢查通信聯絡，與地方實力派周旋。他每時每刻都在等待各地的電報，坐火車來上海，後來有了機場，他也常常飛去廣州。

他真正在意的工作都跟共黨有關。早年間他分派出去的那些學生，如今起了大作用。每個月，黨務調查科總能破獲一兩處共黨地下機關。上峰越是信任他，他越感到壓力沉重。

但是漸漸地，奇怪的事情發生了。情報及時送到，計劃也很周密，但跑到現場抓捕的行動人員卻撲了個空。在上海，有些重要的共黨分子明明已經抓到巡捕房，第二天卻被人找個理由放了出去。共黨武裝分子甚至能在押解途中劫車。他們怎麼會知道準確的押送路線？好幾個潛伏在共黨內部的特務被他們清除了。有兩個共黨叛徒，因為他處理迅速，所以完全沒有暴露，他把他們派回去，繼續假裝給老東家做事，可沒等到他們起作用就被人家發現了。他意識到內部出了問題——

"民國十八年春天，我們開始察覺到內部有漏洞。我漸漸把焦點集中到陳千里身上，這很明顯，葉桃在機要室，所有來往電文、報告、審訊記錄她都有機會接觸。只要我不在瞻園，陳千里隨時可以去。我找人觀察，漸漸總結出規律，每一次內部洩密事件，都發生在他來過後的第二天，或者第三天。"

想到這些，葉啟年不由生出了怒氣："那年端午節前，最重大的一次洩密終於發生了。我們在廣州的工作獲得重要突破，抓住了共黨特委書記歐陽民。可是就在第二天，當我們佈置了全面抓捕計劃，準備把廣東的中共地下組織機關一鍋端時，發現與歐陽民有關係的共黨人員和機關大部分都撤離了。

"這個時候我已經開始提防他們。我去了廣東，但沒有告訴葉桃。在廣州抓捕那個歐陽民，做得十分機密。我不許他們使用電台向南京通報，我打算推遲通報這場勝利，使用電台必須得到我允許。但是消息仍然洩露了。

"事後查明，有人以黨務調查科的名義到機場查了保密的乘客名單，又向廣州衛戍司令部發電報，要求確認我的行蹤。隨後黨務調查科的廣州站電台收到一份奇怪的電文，是以我的名義發出的指令，使用我的專屬加密電碼，要求廣州站通報昨天夜裏發生的情況。”說到這裏，葉啟年有點咬牙切齒。

孟老站起身，也許是想到院子裏透透氣，也許是不願意聽聞黨務調查科的這些機密，但是走到門邊又折了回來。

“是葉桃冒用了你的加密電碼，使用了電台，一點也不擔心事後會有洩密調查。從這點上來看，葉桃相信你不會真的把她抓起來。”

“這個命令當然不是從我這裏發出的，我自己人在廣州。發電報的人似乎完全知道我的習慣，我不喜歡住各地分站的機關。他們知道凌晨時候我一定在某個地方睡覺，就趁機向廣州站發報，廣州站收電報的人以為我已經悄悄離開，回到了南京，所以老老實實發報告知對方，抓獲那個中共負責人後，正在站裏連夜審訊，並且說審訊已出現突破可能。站長可能覺得加上這麼一句，我聽了會很高興。發生了那樣的事情，我當然十分憤怒。那麼多人，花了那麼多年時間。但是事情涉及葉桃，我不得不低調行事。我不動聲色，猜想陳千里一定還會再來。下一次他再出現在瞻園，我打算讓人悄悄地把他殺了。這樣葉桃就安全了，沒有人會知道她做過的事情。”

“也沒有人會知道葉啟年的女兒通共。”孟老半閉著眼睛，似乎昏昏欲睡。

葉啟年掃了他一眼，面有慍色，但依然繼續說下去：“隔了兩天他果然來了。我早就關照了門口警衛室，把他放進去。等他再出門時，埋伏在假山後面的殺手就跟了上去。我以為那麼一來，事情就了結了。那是瞻園最好的殺手，手槍匕首無一不精。讓他去殺陳千里，就像摁死一隻螞蟻。那天下著暴雨，我一個人坐在辦公室裏等著殺手的好消息，可是等了半天殺手都沒來回覆。兩個小時後，我去了機要室，她們說葉桃出去了，陳千里打來過電話，但是人沒有進機要室。我知道事情不對，他們倆是早就想好要逃跑了，陳千里是來接她的，他們可能意識到廣州洩密事件一定會被我發現。我馬上派人出去搜查，在街上發現了殺手的屍體，下雨天，屍體倒在牆角沒被人看見。我讓人搜了整整一個晚上，直到第二天早上才找到葉桃，躺在神策門舊城牆的藏兵洞裏。”

孟老忍不住問他：“這件事情最後什麼結論？”

“他們發現了殺手，知道這套把戲已被我揭穿，為了掩蓋真相，切斷線索，就背後開槍，把葉桃殺害了。”

“公開的說法呢？”

“黨務調查科機要室幹事葉桃，被中共地下組織綁架，因為拒不透露黨國機密，遭到殺害，壯烈犧牲。”

“動靜那麼大，竟然遮掩過去。巨慟之下，你倒能從容收拾殘局——”

葉啟年臉色鐵青，他抬起眼睛盯著孟老，心中瞬間動了殺機。這個老頭早就不想活了，也許可以成全他。

他為什麼要養著這個老頭，有時候連他自己也會恍惚。他們從來就不是朋友，說心裏話他也從不認為自己需要一個朋友。也許他不過是把孟老當成另一個自己，他把心裏的秘密告訴他，就像自己跟自己對話。如果不這樣，他可能會發瘋。這個老頭知道他太多秘密，也許他總有一天會殺了孟老，就像殺掉另一個自己。他知道孟老常常故意拿話刺他，好像他不僅厭倦了小桃源外面的世界，也厭倦了小桃源，所以才不斷諷刺他，戳他痛處，好讓他找到動手殺他的理由。

“不這麼做又能怎樣？在喪女之痛裏沉淪麻木？或者像你一樣，躲進小桃源，欺騙自己，以為可以遠離紅塵，忘記一切？”

“戾毒攻心，報復殺人又有何用？”

“我要殺了他們，不是為了報私仇，是為了不讓他們再去誘騙年輕人。”

“年輕人，哪有那麼容易上當受騙。說不定葉桃和陳千里就是不想讓自己上當受騙，才走了另一條路。”

“他們是自尋死路！”葉啟年簡直是在嘶喊，“面前只有兩條路，一條生，一條死。中國的命運，這些年輕人的命運，葉桃也一樣。沒有第三條路。但是他們殺了葉桃，是共產黨殺死了葉桃，他們要付出代價。”

孟老打斷葉啟年：“年輕人，只要給他們時間，就算一時走錯了，總還會找到正確的方向。反倒是你我這樣的人，用一些堂皇的號召，順之者昌逆之者亡，爭來奪去，不過是為了權力。為了殺掉他們的理想，就去殺掉那些年輕人，殺掉葉桃。野心熾盛者，機狡為樂，到頭來不免反噬，這些年你妻離子散，也應該反省一下自己了。”

“住口！”葉啟年咆哮道，接著又壓低聲音，“一個人修身養性，是為了好好活著，不是去尋死。你後來參加第三黨活動，我顧及往日情誼，把你拉了出來。我以為你住在這小桃源裏，慢慢會轉了性，想不到你仍舊離經叛道，與我們作對。你說這是權力的野心，我說這是心懷天下，有什麼不一樣？誰制定了法律？誰擁有軍隊？誰是這片土地的主人？你以為那些人是什麼人？你以為小桃源外面的那些人都是什麼人？天地不仁，以萬物為芻狗，強者不仁，誰要是自憐，誰就去做芻狗！”

葉啟年平靜下來，他想著，一會兒要讓馬秘書派人看著小桃源。

染坊曬場

陳千里猜到今天會有特務上門，但沒想到他們來得那麼快。

今天是正月十四，一大早他就出了門，穿街走巷，裝作一點都不知道背後有兩條尾巴。在老西門，他進了一家茶館，叫了一碟包子、一碟乾絲，要了茶。趁盯梢的特務沒注意，他借了鄰桌客人的報紙，找到了那條廣告。

廣告上出現的數字依次為三、一、八、五、三、四、六、六，摩爾斯電報碼上，這八個數位即為“浩瀚”二字。廣告下面有一個電話號碼，浩瀚同志只要一打那個電話，就置身於危險之中。

回到夢花街那幢房子，他上了三樓。昨天晚上他強迫自己睡了一覺，就在三樓這間廂房。他站在後窗口向外看，後窗下是一條夾弄。夾弄很窄，另一側是一道圍牆，圍牆裏是染坊的曬場，方形曬場上豎著一排排晾架。晾架高出圍牆一大截，上面掛著成百上千條藍布，在陽光下飄蕩。陳千里計算了一下距離，如果站到窗台上，能夠跳上對面的圍牆，翻過圍牆，穿過曬場就能離開這幢房子。他把椅子放在後窗下，面朝窗外坐了下來，頭腦中再一次把所有事情過了一遍，確信他在船上設想的計劃仍有可能完成。

他知道今天會有特務衝進來。葉啟年不是盧忠德，不會輕易讓他蒙混過關。昨天在碼頭上他演了一齣戲，讓盧忠德以為自己沒有暴露，特務既沒有開槍，也沒有衝上來抓人。可是昨天晚上葉啟年多半越想越不放心，今天仍然會派人來抓他，或者直接除掉他。

昨天下午他讓盧忠德幫他安排了住所。他知道，只要他不去跟林石和同志們碰頭，特務們有可能暫時不去抓他們。把他們放在外面，"西施"才能開展"工作"。去廣州前，他讓衛達夫秘密找了一個地方，打算這兩天就讓大家轉移到那裏，下船前他已讓梁士超去那裏待命。

晚上他去了陳千元那裏，可他沒有上樓，也沒有進弄堂。他裝作發現有人盯梢，受到了驚嚇，在那裏繞了一大圈，回來了。

現在特務們來了。他聽到樓下有雜亂的腳步聲，樓梯上什麼東西叮噹滾落。剛剛他上樓前，順手拿起廚房兩隻破爛的鋼精鍋，放到了樓梯上。三樓只有他一個人住，不會有人來拜訪他。樓梯間十分昏暗，特務衝上來時，不會注意到腳下有兩隻鍋子。

他推開窗，站到窗台上，縱身一躍。

圍牆上有青苔，手滑了一下，但他還是抓住了。翻過圍牆，他跳進了一大片藍布中。布匹有些已經曬乾，有些半濕著，空氣裏有一股淡淡的酸味。他在藍布間慢慢移動，知道事情沒有結束。昨天傍晚，曬場收掉了一批布，靠近曬場大門那頭露出了一片空地，他遠遠看見門口站著兩個人。房子是盧忠德找的，他當然熟悉周圍的地形。

陳千里蹲下身，從布匹底下向外觀察，過了一會兒，他看到一雙腳在移動，但另一雙腳遲遲沒有出現。

身後有人在喊叫，他不能再等，開始向那雙腳的方向快速奔跑，在縫隙間穿行，儘可能不讓布匹晃動起來。現在他看到了，透過藍布他看到了人影，弓著腰，手裏拿著槍，左看右看，舉棋不定。他奔了過去，跑動中順手撩起布匹甩向那個影子。他沒有停下腳步，一直衝到那個特務的面前，揮手一拳打在對方的喉結上，特務還沒有來得及喊叫，他又刺出一記直拳，打在對方肋骨中間的凹陷部位。他沒讓這個特務直接倒在地上，而是伸手抓住了他的衣襟，慢慢放倒在地，從特務手裏摘下了手槍。

他猜另一名特務仍然站在曬場門口，門在右側，他卻跑到左面，用力拉扯布匹，晾架劇烈搖晃起來。他沿著兩排布匹間的通道，迅速跑到右側。從晾架到大門還有七八步距離，他從最後一排布匹中躥出，向門口衝去，口中大吼一聲，不要動，腳下卻一步不停，左手拿著槍，槍口正對著還沒打定主意的特務。他沒有開槍，跑過特務身邊，右手上匕首一揮，就像順手擼了一下對方的下巴，就像手臂在奔跑時擺動，不小心碰了對方一下。直到他已經跳到門外，那人才感覺到咽喉上的一絲涼意。

他仍然沒有停下來，繼續向弄堂左面奔跑，隨後向右轉，進入一條直巷。巷子右邊是一道高牆，高牆裏面人聲喧嘩，高牆外面的小巷卻十分安靜。從巷口出來，是一條較寬的街道，他沒有轉彎，仍然鑽進對面的巷子。下一個巷口外又是一道寬街，總算有了一些人。

陳千里放慢腳步，調整呼吸，頭腦開始思考，突然有了一個主意。他沒有跑向外面的馬路，反而去了學前街，從學前街弄口進了普育里橫弄。他轉進直弄，順著直弄穿過兩三排房子來到弄堂口。外面是蓬萊路，盧忠德的書畫舖就在弄口左側。他進了店舖，一把拉住盧忠德往後屋去，邊走邊說："老易，特務衝進了我那裏，我幹掉兩個逃出來了。你也趕緊撤離吧。"

"特務怎麼知道我那個地方？"盧忠德狐疑地問。

"昨天晚上我想去找陳千元，有兩個特務盯上我了。可能他們發現了那個地方。你馬上離開店裏。"

"我不忙著撤退。夢花街那房子就算暴露了，他們也找不到我，租房子的人這會兒回四川過年了。撤退轉入地下，就要重新換一套身份，我們有重要任務，來不及準備那些，能堅持多久就堅持多久吧。"

陳千里從書畫舖出來，鑽入擁擠在蓬萊路國貨市場周邊的人群中。在方斜路法商電車公司車站，他朝月台旁的電線杆看了一眼，找到了梁士超的字條，貼在一則尋人啟事旁。原先這個位置貼的是小廣告，廣告上的圖案被撕掉一大半，藥瓶看不見了，只剩下半個禿頭。字條上有一個電話號碼，像是哪個放學的小孩，在空白的地方用鉛筆歪歪扭扭寫了一句罵人的話：盧忠德是個王八蛋。

他上了五路有軌電車，買了票，打了洞，擠在後面三等拖車內。這洋商電車只有頭等、三等，卻沒有二等，租界裏的外國人顯然覺得在他們與中國人之間，隔了不止一個等級。

他打算先去肇嘉浜，通知林石和李漢馬上轉移。他在心裏盤算，秦傳安、田非、董慧文和陳千元這幾個人都住在租界裏，葉啟年就算想要抓人，動作也不會那麼快。他估計廣州和香港交通站的撤離，可能會讓葉啟年警覺。公和祥碼頭他雖然成功騙過了盧忠德，但今天對他的抓捕，說明葉啟年改變了主意。這麼一來，他就不應該讓其他同志再冒險了。司乘用法語和漢語各報一次站名，電車在斜橋轉向西行，過了馬浪路、盧家灣、打浦路橋、潘家木橋，在亞爾培路站陳千里下了車，車站就在肇嘉浜岸邊。他在街角一家煙紙店給梁士超打了電話，然後沿著肇嘉浜路往前走。

茂昌煤號外並無動靜。工人運煤過橋，兩個人一個在前面拉縴，一個在後面推車，板車上裝滿了剛剛製好的煤球。木板橋上沒有橋欄，煤車通過時，他側著身，勉強讓自己站在橋板邊緣。

堆場車間裏有傳送帶嘎吱滾動的聲音，太陽照在河岸淤泥上，河面上漂浮著一些綠藻，一群麻雀在煤堆上尋找食物，鐵絲網圍繞的煤場裏，看不到一個人。他繞過小山一般的煤堆，平房西牆邊有人弓著腰、背對外面站著，陳千里靠近時，他剛撒完尿，轉身問，你找誰。他找李漢。

那人往工人居住的棚屋方向揮揮手：“李漢昨晚上值夜班，剛回去。”

他知道李漢住在哪裏。煤場西北角有一段鐵絲網被扯開了，那裏緊靠河岸，周圍都是荒地，外人不會來。扯破的鐵絲被小心捲了起來，露出一個洞，洞外有一條小路，不是專門修建，而是被人常年用腳踩出來的。小路周圍全是荒草，從土堆一直長到土坑裏，土堆上有晾曬的衣服，土坑則成了垃圾坑。小路彎彎曲曲，通向一排棚屋。煤場裏的工人，大多住在這些棚屋裏。

棚屋有兩排，東一間西一間，隨隨便便搭在河邊，有幾間是磚牆，大多數是土牆，牆上倒是都刷了石灰。外面一排棚屋面朝荒地，門前一片地被平整過，鋪上了煤渣和土，是棚屋居民的小廣場，到了夏天，他們便在這裏吃晚飯、乘涼。這時候天冷，場地上只有晾曬的衣物和野貓野狗。場地南邊，距棚屋大約二十來米的地方，打了一口井，平時這裏總有幾個婦女在洗衣服洗菜。

李漢住裏面靠河岸這排，兩排棚屋中間有一長條空地，空地上靠著各家各戶的門牆，壘了些水槽灶台，牆上掛著辣椒、大蒜和曬乾的豆角，李漢的棚屋外面卻掛著一大塊鹹肉。

這塊鹹肉是安全信號，看見它，陳千里便從牆邊轉身出來，往裏走。剛進那片長條空地，他心裏就忽然生出危險的感覺。李漢的棚屋關著門，他知道平時李漢很少關門，哪怕他去煤場上班。實際上棚屋裏的這些居民，平時都很少關門——除了夜裏，就算天冷也開著門，這樣棚屋裏才比較亮，可以省下煤油。

陳千里連忙回退幾步，轉到棚屋的背後。這排棚屋的後牆緊貼著河岸，河岸是一道陡坡，上面是多年堆積的淤泥，在陡坡和棚屋後牆之間，平地只剩極窄一條，一個人側著身勉強能站在上面。他貼著棚屋後牆慢慢向前移動，一間、兩間、三間……他知道李漢的棚屋是第七間。棚屋後牆上沒有窗，所以裏面的人不用防備屋後，但是李漢的鄰居家卻開了後窗。他推開那家的後窗，悄悄翻了進去。

一進屋他就知道發生了什麼。李漢那裏有特務。隔壁，李漢和林石正交替著說話，一個要喝水，另一個卻要撒尿，有人輕聲地呵斥他們倆。陳千里走到房門邊，門是用長條木板釘成的，木板和木板之間有縫隙，他從縫隙間向外看。前面那排棚屋的後牆跟這排一樣，有些開著後窗，有些沒有。他懷疑那些窗後面可能也有人。

他不知道隔壁房間有幾個人，有幾支槍。他只能等。他等了很久。太陽已經有些偏西，陽光從門板縫隙間照射進來，外面空地上有小孩追逐著跑過，然後又是一片沉寂。

他知道隔壁是個陷阱，專門為他設下。他們在夢花街沒有抓到他，葉啟年就猜到他一定會來這裏。他現在擔心的是葉啟年會不會看破他在盧忠德面前製造的假像。特務到茂昌煤棧來抓人，說明葉啟年似乎已經不在乎暴露"西施"。李漢從菜場逃脫沒有被捕，崔文泰也沒有來過煤棧，他們到煤棧來抓人，是不想讓盧忠德繼續潛伏在地下黨組織內部了嗎？他是不是低估了葉啟年的判斷力？廣州交通站撤離，會不會讓葉啟年認為他們在這條交通線上已經挖不出什麼新線索，打算收網了？這是一盤錯綜複雜的棋局，他不僅需要猜到對手下一步會做什麼，而且要猜到對手是如何猜想他的下一步。無論如何，現在還不能讓盧忠德覺得自己暴露了。

機會來了。隔壁房門打開，有人出來，站到空地對面，一邊哼著小曲，一邊對著牆根撒尿。陳千里看到他肩膀一抖，便向外輕推房門，又往回合上。撒尿的特務猛然轉身，狐疑地向這邊張望。沒有動靜，特務放心了。他繫著扣子，又哼起了小曲，準備回到李漢的棚屋。

門又開合了一下，這一次動作更大，聲音更響。這下特務驚嚇到了，大叫一聲："是誰？"

斜對著李漢棚屋的一扇木窗推開了，兩個特務伸出腦袋，有一個高聲呵斥："鬧什麼鬧？滾進去。"

撒尿的特務往陳千里的方向指了指，又有兩名特務從李漢棚屋裏出來，幾支手槍齊刷刷對著這扇門，卻不敢貿然進門，遷延良久，最後才有一個膽大包天的，舉著槍踢開門衝了進去，但是房間裏什麼人也沒有，後窗倒是半開著。

"原來是風！"這名特務驚魂未定，大罵一聲好讓自己回過神來。

現在陳千里知道前排棚屋的特務躲在哪裏了。他翻窗出去，順著牆邊只有一腳寬的窄路繞到棚屋東頭，在那裏等了一會兒，等四周又再次安靜下來。他開始奔跑，像一隻貓，或者一隻獵豹，跑起來腳下一點聲音都沒有。他跑到躲著特務的那間棚屋門口，完全沒有停步，靠那股衝力撞開房門，直接衝到後窗前，那兩名特務還沒有反應過來，陳千里手裏的匕首就劃開了一名特務的喉嚨，只見他愣愣地看看陳千里，又看看自己的同夥。看了一會兒，他的腿開始發軟，倒下了。另一個就是剛剛發聲呵斥的傢伙，他盯著倒在地上的特務，卻不敢發出任何聲音，因為他的脖子上頂著一把鋒利的匕首，刀尖扎在喉結部位，他覺得咽喉冰涼，似乎有液體在往外冒。

刀尖沒有刺進去，陳千里低聲說：“讓對面房子裏的人出來。”

他沒聽明白。

陳千里朝窗外努努嘴：“把他們喊出來。”

特務叫喊起來，全部出來，全部出來。從李漢的棚屋出來三個特務，陳千里沒有等待，一把奪過特務的手槍，上膛、射擊、再射擊，動作一氣呵成。三名特務倒在地上。看到陳千里開槍，房間裏的特務從後面撲上來抓他，他頭也不回，曲肘向後撞擊，回身又是一槍。

陳千里跳出視窗，向對面奔去。衝進門，發現棚屋裏面已打了起來。屋裏還有兩名特務，槍聲響起的瞬間，他們愣了一下。林石和李漢趁機動手，李漢抱住一名特務滾在地上，死死掐住了對方的脖子。林石則舉起桌上的茶壺，衝上去砸到另一個特務的腦袋上，但他腿傷未癒，這一下並沒有把那個特務砸暈。見特務抬起手槍，林石合身撲了上去，像李漢那樣，也跟特務一起滾在了地上。

陳千里一步躥過去，提腳踢向抱著林石的那名特務的後腰。這一腳足以踢斷對方的腰椎，但是這個特務在被踢到之前開槍了，槍壓在兩個人的腹部之間，槍聲聽起來有些沉悶。

揚州師傅

虹口公園東側是靶子場，圍牆裏傳來槍聲，一大早租界商團就在實彈訓練。兩道圍牆之間有一條煤渣小路，因通往日僑聚居的千愛里，這條路就被叫成千愛路。千愛里有內山書店，陳千元常去那裏，日人開辦的書店，可以看到很多別處不敢賣的書。但今天來得太早，書店還沒開門。路邊的房屋是三層小樓，門前庭院有磚砌的鏤空圍牆，圍牆只有齊腰高。庭院裏種了不少樱花樹，“千愛里”就是從樱花的英語讀音來的。

董慧文一到，兩個人就順著那條煤渣路向北，他們約好了去公園。

這是他們最喜歡散步的小路，但是陳千元先要問一句：“你甩掉尾巴了嗎？”

“今天不理他們。”董慧文回答。她打算像普通情侶那樣，好好過上一天。

在公園的湖岸邊，他們找了長椅坐下，剛買的栗子還有點溫熱。

“昨天下午他就忙起來了，快半夜了還在廚房，我下樓逼著他才去睡覺。”董慧文說道。

“我就叫他董伯伯吧？我要是叫他爸爸，他會不會馬上就問我們什麼時候結婚？”

“你不叫他爸爸，也會問你。”董慧文望著河面上乾枯的浮萍說。前一陣董慧文進了龍華看守所，她爸爸嚇了一大跳。等她出來，覺得他一下子老了好幾歲，過了年精神才好些。

栗子殼落在水裏，水紋一圈圈向外漾，幾條魚從水底冒上來。

陳千元忽然下了決心：“等見到哥哥，我就跟他說，順便也就請示了上級。”

他們倆第一次見面是在地下黨秘密機關，那是戲院邊上的一幢房子，樓梯與戲院樓座合用。她去的時候，戲院裏正上演新編話劇，下午場。戲已過半，檢票員不知去了哪裏，通往樓座的門大開，舞台上馬振華痛心疾首，樓道的每個角落都能聽見她悲傷的聲音，她準備寫完那封信就去投江自盡。

樓梯轉角旁有一扇門，她敲敲門，重重地敲，她擔心馬振華說話的聲音太大。開門的男生眼睛很亮，看起來還像個學生，正怒氣沖沖望著她。

房間很小，沒有窗，裏面放著拖把、水桶和一堆板箱。板箱上有一本書，書頁翻開，箱子旁邊放著一隻板凳。她愣住了，這裏是機關？後來她才知道，機關在樓梯上一層，穿過戲院樓座入口前的長廊，才是秘密機關所在。

他們說了接頭暗號，她把文件遞給對方，但是他餘怒未消，低聲訓斥她：

“為什麼要那樣敲門？”

“你怕別人不注意嗎？”

“這裏是黨的機關，你當是你小姊妹的宿舍？”

她去過那裏三次，每次都是去送文件。每一次接到任務，她的心情都很輕快，像信鴿從天上飛越大街小巷。她已經愛上他了，只不過那時候她自己不知道。直到送信的任務突然停止，連續五個月，老方都沒有讓她送文件去那個機關。她不能向老方打聽那是為什麼，她也不敢打聽。也許送信的任務再也不會交給她了。是她犯了什麼錯嗎？他向組織上告狀，說她敲門太重？可是他不再生氣了呀，隨後的兩次任務，他表現得很溫柔。給她倒水，跟她說話。

有一次是夏天，他還到樓下捧來半隻西瓜，讓她坐在板箱旁邊吃西瓜。那一次他們說了很多話，他告訴她，俄文書的作者名叫涅克拉索夫，他正在翻譯他的詩歌，哥哥和他女朋友都喜歡涅克拉索夫，後來他也愛上了。難道是因為這一次他們說話說得太多，她在聯絡點耽擱了太久？她以為自己再也不會去那間小小的密室了，她以為永遠也見不到他了。

後來她又見到他了。在第二年五月的一次街頭集會上。他慷慨演講，但幾分鐘後，聚攏的聽眾散開了，巡捕衝了過來，警棍砸在他頭上，她跑上去扶住他，他們轉進了弄堂，再轉到另外一條馬路上，她把他送到一個安全地點，原來她和他的上級都是老方。

史考托盃賽是租界體育盛事。公園草地上，下午開始的西聯會甲組第二場已賽至下半場，陳千元喜歡看球，但他們倆今天到這裏約會，卻由董慧文提議。他哥哥離開上海好多天了，一直沒有音訊，陳千元有些焦慮。球賽對外售票，球場兩側各有三座臨時搭建的長條木台，木台高至膝蓋，放著五排長條凳子，每座木台能坐二三百人。木台周圍攔著繩子，不願買票的人也可以站在攔繩外面觀看。

董慧文緊挨著陳千元，站在攔繩外看球的人群裏。僑商臘克斯隊那幾個人高馬大的英國人，跑起來比較奔放，震得草地嗵嗵亂響。兩隊一番爭搶，眼看著球要出底線，暨南隊的一個瘦長隊員滑鏟過來救球，連土帶草揚起一陣灰沙。

攔繩外的觀眾驚呼著紛紛拍手，互相點頭稱許，人群中一個女聲十分尖亮，董慧文聽著有些耳熟，循聲看去，只見陶小姐花枝招展地擠在人群中，那個受到歡呼的瘦長隊員正朝她頻頻飛吻。

董慧文拉了拉陳千元的衣袖，正打算離開，卻見陶小姐在向自己招手。她低聲對陳千元說了句：“那個陶小姐。”

話音未落，陶小姐在人群中朝他們擠過來。

“董小姐！董小姐！”陶小姐漲紅著臉，汗津津地跑到他們面前，她一邊打量著陳千元，一邊拿手帕扇著風，“你們也來看球啊？”

董慧文客套道：“我們是路過。”

陶小姐看出董慧文有點敷衍：“哦哦，這麼好的天氣，出來遊園最好了。不過哦，踢球還是很好看的，你看那幾個洋人，腿像大象一樣，把草地踩得像地板一樣響。誰住在這種人樓下，真是倒楣死了。”

陶小姐見董慧文無意介紹陳千元，倒也並不介意：“那位凌太太好？上次在銀行裏碰到一次，急急忙忙也沒說幾句話。”

凌汶動身去廣州好些天了，一直沒有消息，陶小姐忽然一提，董慧文又有些惴惴不安：“凌太太蠻好的，她說起過有次碰到你。”

“說起來真的很不好意思。”關於龍華那封信的事，陶小姐終於碰到個機會想解釋幾句，但是又不知道該說什麼。

董慧文見她有些尷尬，連忙說：“陶小姐，你看球吧，盡興。我們有點事情，先回了。”

“沒事的，比賽我也看不懂，我是來看人的。”陶小姐說著朝董慧文眨眨眼睛，好像已經忘了之前想要說什麼。

此刻場上暨南大學隊一比零領先僑商臘克斯隊，暨南隊左邊鋒帶球突擊，球又到了底線附近。

四周觀眾目不轉睛，陳千元卻看見兩座看台之間的通道上，有人在朝他們這邊張望。看球的人或站或坐，全都面朝球場，這兩個人卻側身站著，在那裏指指戳戳。

帶球進攻的隊員轉身一腳遠射，球被僑商隊守門員抱住，他正想扔球給後衛，手卻一鬆，門前禁區內，暨南隊前鋒見勢衝上前就是一腳，球脫手向後落入球門。四周觀眾頓時瘋狂喝彩。陳千元拉了拉董慧文，兩個人趁亂悄悄離開了。

董慧文住在鄭家木橋聚源坊，父親是淮揚菜名廚，靠手上鍋勺掙下全副家業。揚州師傅當年，用一味普普通通的扒燒整豬頭，在一年一度的揚州南門宴業公會一夜成名。其時揚州城內飯店業幾百位老闆、廚師全都會聚現場，甚至北平上海的淮揚幫館子也派人前去觀禮。

當天晚上就有人送來禮金和聘書，延請他去掌勺。上海有幾位銀行家，學租界裏洋商的樣子，依樣畫葫蘆，也辦了一個私密的銀行家同人俱樂部。除了打牌聊天，必不可少的就是要有一個好廚房。

董師傅四十歲才結婚生女，只可惜妻子得了產褥熱，產後兩天就過世了。董師傅一個人把女兒養大，等董慧文畢業做了教師，自己過了六十歲便告老退休。雖然退了休，他在廚房裏也教成了一兩個徒弟，但是政商兩界，很有幾位耆宿記著他做的菜，逢年過節，或者遇上什麼事要辦宴席，仍舊會請他出來主持。明天是元宵節，上個月赫德路程家就派人來說定了日子。程家雖然標金失敗，倒了生意，仍要撐著場面，打算正月十五那天遍請各方友好。董師傅不好意思推辭。

所以他讓董慧文請陳千元到家裏吃飯，只能安排在正月十四，今天晚上。

牆上掛著董師母的照片，中間放了圓台面，客人加主人只有三個，放了三把椅子。圓桌上幾隻小碟，油爆蝦、筍尖、鴨胗、火腿、醉魚，加上一碟什錦菜。拌炒的鹹菜，裏面倒有香菇、木耳、竹筍、豆腐乾、芹菜、豆芽十幾種，都切成絲淋了香油。桌子中間放著一壺燙好的紹酒，董師傅卻仍在後面廚房。

陳千元和董慧文前日去街上買了一頂皮帽、一條圍巾，裝了盒子，預備今天拿來送給董師傅。董慧文拿起盒子走到後面，進了廚房，出來就預報功能表："今天董大師傅請你吃三頭宴。"

話音未落，董大師傅隆重出場。因為在廚房幹活，只穿了一件玄色洋緞短褂，下身同色直貢呢紮腳褲，天冷又加了羊皮背心，頭上歪戴一頂簇簇新的貂皮帽，肩膀上掛著條駝絨圍巾，半條在前面，另外半條垂在背後，前面長後面短，險險乎要往下掉，董師傅卻騰不出手。他雙手托著大盤子，盤中坐著一隻棗紅色豬頭，豬臉栩栩如生。豬頭拆骨鑷毛，焯水三次，大鐵鍋竹箅墊底，鋪上蔥薑，加冰糖醬油作料，小火燜了幾個小時。裝盤雖是整隻豬頭，卻眼球軟、耳朵脆、舌頭酥、腮肉潤、拱嘴耐嚼，分出五種口味。

下一碗是拆燴鰱魚頭。過年前董師傅的徒弟回了一趟揚州，帶回來幾條三江口血鰱，董師傅養在缸裏，就等今日待客。魚頭拆骨以後裝入篾編網兜，加火腿筍片燉成腴厚濃湯，裝入湯碗，兩鰓魚雲如花瓣綻放。

最後是一隻砂鍋，裏面四隻拳頭大小的獅子頭。因為這會兒連一隻大閘蟹也找不到，董師傅便用鮰魚代替，將肋條肉與魚肉同斬，用手捏成鬆鬆一丸，逐個放入砂鍋，小火清燉而成。

董師傅平日裏早就被沒大沒小的女兒治得服服帖帖，這會兒卻端著架子。他毫不客氣地叫陳千元去給董師母磕頭，照片下放著案桌，案桌上放著兩碗菜餚，一盤八寶飯，一盤棗糕。青磚地上，陳千元恭恭敬敬跪了下來，三個頭磕好，董師傅就把陳千元當成了自家小孩。

董慧文被抓進了龍華看守所，董師傅才意識到自己家裏也有了共產黨，即使七八年前國共合作時，他也只是從報紙上聽說過他們。雖然從報紙上或者從宴席上傳到廚房的片言隻語裏，讓他對共產黨有那麼一點模糊的印象，但自己女兒加入了共產黨，這讓董師傅對他們有了一種隱隱的好感。

他不打算把心裏的感覺表現出來。女兒在龍華的那些日子裏，他甚至去找了銀行家俱樂部的陳先生，他知道陳先生在南京認識很多人。但陳先生對他說，老董，這個事情我幫不了什麼忙。董師傅希望自己能通情達理地說出一些看法，讓這兩個孩子注意到他的希望，他希望他們倆早一點結婚，生兒育女。但他說不出什麼道理，他只知道連陳先生都不願意幫忙的事情，贏面一定不大。

紹興酒喝了兩杯，董師傅像是隨口問一句：“那幾天小文在龍華，你和她一起嗎？”

陳千元回答是的，但男牢和女牢並不在一起。這麼一來，董師傅又接不上話了，飯桌上一陣沉默。

董慧文抬頭看看父親：“他們抓錯人了。”

噢，董師傅點點頭。他不相信女兒的說法，共產黨，一般人想見也見不到，如果他們把小文抓去，那她多少沾了一點邊。但今天是好日子，應該開開心心。他又問陳千元：“你們倆是同學？”

他今天什麼話都對陳千元說，什麼問題都問陳千元，他是故意的。

“當然不是同學，他比我大三歲。”

“那麼你們是怎麼認識的呢？”他仍然對著陳千元問。

“在戲院的辦公室。”陳千元一邊說，一邊微笑地看了一眼董慧文。

“好意思說辦公室，那就是個貓洞。”董慧文轉頭對董師傅說，“他在木板箱子上讀書。”

“怪不得外面有一隻貓拚命撞門。”

“你才是貓，脾氣很大的野貓。”

董師傅當然知道他們倆是故意打情罵俏，好把他的注意力引到別處。他用筷子把豬耳朵分出來，一隻夾給千元，一隻夾給小文。他希望他們倆吃了燉透的豬耳朵，耳朵根也軟軟的，聽得進勸告。

他端起酒杯，想要跟千元乾一杯——

陳千元端著酒杯站起身來，他想確實應該敬老人家一杯，也許以後再也沒有這樣的機會了。

就在這時候，門被撞開了，廚房邊的走道裏好像進來很多人，三個人拿著酒杯、筷子，轉頭朝門外看。

是游天嘯，帶著偵緝隊四五個手下。

他大搖大擺走進來，在客堂間前面站定，眼神對著面前幾個人掃了一圈：“兩位真能跑，在足球場上我的人正想上來找你們，一轉眼你們跑到這裏來了。吃好了嗎？把這杯酒喝了，跟我們走一趟吧。”

董師傅剛想站起身，卻被兩個特務按住了肩膀，游天嘯對他說：“董師傅，大廚師。我們穆處長也吃過你做的菜，對你的豬頭肉讚不絕口。”

他看看桌上，伸手抓起一塊，是豬頭上一塊拱嘴，塞進嘴裏，邊嚼邊說：“你也不用到處找了，案板上大刀小刀都讓我們收起來了。”

墓地

正月十五，元宵節。

汽車一路向西，行駛至小閘鎮附近。蒲匯塘一段舊河道中，河水已被抽幹，沿途只見數百名河工，正在疏浚開挖河道。這項去年十二月開始的工程，完工後將貫通蒲匯塘和漕河涇兩條河道。

寧紹山莊就在小閘鎮南面，墓園門前有座木橋，橋後林木森然。汽車停在橋前，葉啟年下車後獨自過橋。草地間的小路上，零星有幾個來掃墓的人。墓園分甲乙丙丁四區，葉啟年穿過一方草地，草坪後冬青環繞，他走到葉桃和她母親的墓前。

葉桃墓前有一小堆栗子，已遭鳥雀啄食，散落在四周。葉桃愛吃栗子，葉啟年似乎心裏想到了點什麼，盯著栗子看了半天，又俯身用手把墓穴石板上的殘渣掃落草叢。

今天是葉桃的生日，誰還會記得這個日子？他將葉桃的骨灰從南京送回上海陪伴她母親，沒有什麼人知道。至於陳千里，他有何面目來見葉桃？是他們殺了她。他想，也許是她的那些同學，她們曾一起分享零食，分享對男生的看法，也分享那些讓人誤入歧途的思想。

葉啟年並不希望手下當場擊斃陳千里。他想抓到他，讓復仇變得漫長而徹底。他們在夢花街沒有抓到他。現在他知道，陳千里已受過專業訓練，是他大意了。他記憶中的陳千里，還是從前那個少年意氣的學生。

所以昨天他離開了來安里，去了小桃源。也因此夢花街失手的消息傳回正元旅社時，游天嘯作了草率的決定。在茂昌煤棧，他們又一次失手，還賠上了好幾個行動人員。游天嘯懷疑陳千里有貼身護衛，但是他看了偵緝隊拍攝的現場照片，也去了停屍房，他認為那些乾脆俐落的致命一擊，應該是一人所為。

好在游天嘯總算把陳千元抓回來了。葉啟年讓他把陳千元、董慧文押回他們的住處，並把上海站行動人員全都派了出去，再加上龍華偵緝隊的人，打算在那裏給陳千里設下陷阱，馬路上、弄堂裏、房間裏、屋頂上，這一次全都佈置了人手。他命令他們，可以開槍，但要留活口。

一陣風吹過，有人在遠處輕聲哭泣，聲音像是在吟唱。葉啟年忽然覺得背後有些異樣，他猛地轉過身，幾步開外，陳千里兩手垂在大衣兩側，鎮定地注視著他。

寧紹山莊是個不大的墓園，四周圍著木柵欄，進門只有一條路。

"你把我的人怎麼了？"葉啟年順著蜿蜒的小路，望了眼墓園入口。

陳千里環顧四周："司機在車裏，有人看著。"

"你還是改不了不請自到的毛病。"那個興沖沖的年輕人依稀還在，似乎時間還沒有來得及徹底修改他。

“你派人找了我幾趟，這次我自己來了。”

兩隻灰背鶇落在草叢中，牠們是新來的覓食者，對別的鳥兒啄過、已經裂開的栗子不感興趣，而是找到了一顆完整的栗子。

“那麼這些栗子是你帶來的？你倒記得她喜歡吃這些。”陳千里仍然盯視著葉啟年，他似乎根本沒聽到葉啟年說的話。

“你跟著葉桃跑去南京，現在又跟著我來她的墓地。”

陳千里淡淡地回答：“找你不難，看守墓園的人有一本登記簿。這幾年，你每年元宵節都會來一次，放下一點錢。”

葉啟年冷笑了起來：“我差點以為你會專門來看看葉桃。你是打算在她們的墓前殺了我？”

陳千里的聲音很平靜：“你不配死在她們的墓前。”

“這是我的女兒！”葉啟年突然咆哮了起來，“你利用她，然後又把她殺了！”

陳千里厲聲道：“是你殺了葉桃，是你殺了自己的女兒！”草地間的小路上一對男女向這裏走來，他們好像感覺到了什麼，猶猶豫豫地停住了腳步，轉身向另一條小路走去。

葉啟年盯著陳千里，壓低了聲音：“你們欺騙她，讓她進入瞻園竊取情報。她被發現了，你們就認為她沒了利用價值。她投奔你們，你們卻把她殺了。從背後開槍，讓她孤零零地死在藏兵洞裏。”

陳千里覺得是時候戳破這個冥頑不化的特務頭子的妄念了：“葉桃是為了她的理想犧牲的。她去南京，利用你的關係進入瞻園，是她主動向黨組織提出的請求。還有更重要的，和你說的正相反，她在女師大加入了共產黨，是她把我引上了革命的道路。”

葉啟年看著葉桃的墓碑，面無表情地說：“你們把她殺了，再把她塑造成你們的烈士。但是我的女兒是黨國的烈士。我的女兒。我非常清楚！”

“你清楚？我來告訴你不清楚的。”陳千里看看四周，也壓低了聲音。

“雖然她暴露了，但她知道你不敢公開告訴其他人，把她抓起來。她是你女兒，如果她是中共情報人員的事情被別人知道，你不光丟了面子，在瞻園的地位也會搖搖欲墜，因為上面那些人就會知道，原來行動前屢屢洩密，漏洞在你葉主任自己家裏。”

“是我引狼入室——”葉啟年悔恨不已。

陳千里明白，真相可以摧毀他那自欺欺人的盔甲：“可是她也沒法撤離瞻園。先前洩露的情報，都是從那裏出去的，她出不了瞻園，你不許門衛室放她出門。她一到門口，門衛就會攔住她，然後給你打電話。她沒法離開，也不敢離開。她覺得就算出了門，你也會悄悄派人盯著她。”

“我派人監視自己的女兒？一派胡言。”

“葉桃了解她的父親是個什麼樣的人。如果她貿然出去聯絡黨組織，很可能連累其他同志。”

“你以為你編造的這些能夠矇騙世人？”葉啟年心想，父親的本能是否讓自己在特殊時刻失去了一個特務的應有判斷。

“那時正值梅雨季節，那年南京雨下得特別多，也特別大。每個人都穿著雨衣，帶著傘。”

陳千里彷彿又看見那個下午，看見葉桃焦急的模樣：“她想出了一個主意。她懷疑你可能會監聽她的電話，所以悄悄跑到總務科，總務科常常跟外面聯繫，從那裏打出去，總機不會特別注意。她在電話中跟我商量好，讓我去買雙馬牌雨衣，要紡綢面料上塗膠的那種，紅色。買兩件一模一樣的。再買兩把雨傘，也要一模一樣。她讓我穿上雨衣，打著雨傘到道署街瞻園南門口。”

“你在向我解釋瞻園的內務？”葉啟年仰頭望著天，面露譏嘲，似乎對陳千里說的這些毫無興趣。

“門衛室給她打了電話，讓我進門。我沒有去機要室，而是跑到假山洞裏躲了起來，把另一套雨衣雨傘放在石階上。兩三分鐘後我就從假山出來，回到門口離開了瞻園。”

葉啟年終於直視著他，表情猙獰：“事情到了那一步，你真以為瞻園的門衛還能讓你隨便進出？”

“當然是你讓門衛放行的，因為你想讓特務在背後跟蹤我。”

葉啟年當然記得自己當年做了些什麼，他一直試圖忘記，或者試圖以忘記來修改他不想面對的一切。

“她從機要室出來，跑到假山後換上雨衣，戴好兜帽，拿著雨傘，這樣別人就不知道她離開了瞻園。她從機要室後面的北門出去，這樣門衛就不會兩次看見我離開瞻園。”所有那一切，陳千里歷歷在目。

“我和她約好了，在馬府街等她。我遠遠看見她從九條巷過來，立刻跑過去，但槍聲響了。等我趕到時特務躺在地上，她自己也中了槍，子彈是從背後打進去的。她說特務蹲下來檢查，打算再補一槍，但他看到了葉桃的臉，愣了一下，這時候葉桃口袋裏那支袖珍手槍射出了子彈。”

葉啟年後悔沒有隨身帶著槍。

“她昏迷不醒。我背著她向北面狂跑，丹鳳街、洪武路、子午路，一直跑到神策門。”陳千里眼前浮現出當時的情景，他們冒雨上了城牆，城牆頂上有向下的階梯，下去幾階就進了城牆裏面的藏兵洞，那裏可以躲幾千個兵卒。

“她全身都濕了，血和雨水混在一起。她醒來後對我說，她知道為什麼會有人來殺她了。她說，那不是要殺她，那是衝著我來的。你不想讓人知道你的女兒通共，你認為只要把我殺了，就切斷了葉桃和地下黨之間的聯繫。你以為她是因為我才加入了共產黨。”

只是一瞬間，葉啟年就像燃盡的蠟燭開始銷蝕坍縮，雖然還站在那裏，但已是神色委頓。

葉桃說她很高興替他擋了這顆子彈，她不能想像子彈打在他的身上。陳千里好像又聽到了那時的心跳聲。他找了一塊乾燥的地面，讓她躺在那裏。他想去找醫生，但葉桃攔住他，她有話要對他說。

她告訴他，她是中共地下組織的情報人員，受命潛伏在瞻園。她說，雖然你應該早就猜到了，但我還是應該正式地告訴你。她一直想介紹他加入黨組織，也讓他做了很多周邊的工作，每次她打電話讓他去瞻園，都是要完成一件黨的任務，只是他自己不知道。就在那天，她原打算帶著他一起去地下黨秘密機關，她請示了上級領導，而領導也認為經過一段時間的考驗，可以接受陳千里入黨。

那個地方就在馬府街，他不是常幫她去那兒買桂花糖芋苗嗎？她微笑著說。他們之前約好了，出了瞻園以後，到馬府街碰頭。她在昏迷中，不知道陳千里背著她，一直往前跑，遠遠地離開了馬府街。她要他立刻趕去馬府街，向組織上彙報，她找到了那個答案：歐陽民是叛徒。

他不願意離開她，但他必須走。他下了城牆，又拚命向南奔跑。可是馬府街周圍全是特務。瞻園傾巢出動，街上設了關卡，到處都是穿著橡膠雨衣的人。

他在雨中觀察了一會兒，只得回頭。他再一次拚命奔跑，想去找一個醫生，可是街上開始出現大批軍警，警車呼嘯而過。

黨務調查科對外宣稱，機要室女幹事葉桃被中共綁架，全城到處都在搜查，沒過多久街上就貼了他的畫像。

他根本跑不出那一帶，最後翻牆跳進了一個院子，躲在院牆角落的枇杷樹背後。樹上結滿枇杷，有些熟過了頭，有些被鳥兒啄開，在暴雨中，他聞到濃烈的酸甜氣味。

他到現在也忘不了那個氣味，忘不了那強烈的焦慮和悲憤。他想衝出去告訴特務，葉桃在城牆上奄奄一息，可他不能。因為葉桃對他說，他必須去馬府街，把那個答案報告給黨組織。

直到那天晚上，他才有機會進入馬府街，找到了地下黨。組織上馬上派人陪他一起，悄悄去了神策門城牆，但那段城牆被封鎖了。特務發現了葉桃。

陳千里看著面前這個殺死了自己女兒的父親："我想去找醫生，但街道被你派出去的人封鎖了。你派人槍殺了葉桃，還堵死了救她的一線希望。"

他長舒一口氣，望向墓地上空，天色不知什麼時候起了變化，濃雲密佈，像是要下雨了。他凝視著葉桃的墓碑，上面只是簡單地刻著葉桃的名字和生卒年月，樸素如她在世時的面容。平靜，令人信賴，視死如歸。

從墓地到河邊的那段路，葉啟年完全不知道是怎麼走過來的，他面無人色，渾身像被抽去了骨頭。寒風席地而來，墓園中的落葉被捲至半空。

看見汽車上多了一個人，葉啟年並不驚訝，他沒有回頭看陳千里，打開後座車門，坐了進去。坐在副駕駛座上的是李漢，他正拿槍指著馬秘書。

陳千里把手插在大衣口袋中，向四周掃視了一圈，也坐上車。

上了車，葉啟年似乎稍微恢復了一點生氣，他直了直腰，對陳千里說："我知道你想要什麼。到漕河涇鎮上打個電話，我可以讓他們放人。"

前座的馬秘書發了急，回頭喊道："主任，讓他們先放了我們。"

李漢用槍口在馬秘書腰上使勁戳了一下。

僵持了一會兒，葉啟年說道：“把人放了再殺了我們？陳千里不是那樣的人。”

“陳千里不是葉啟年。”

時機稍縱即逝，行動迫在眉睫。為了最終完成轉移浩瀚同志的任務，他抑制著立刻手刃這個特務頭子的衝動。

漕河涇小鎮，鎮中心是一條直街，街上開著些竹器店、米店和柴行。

葉啟年本想對陳千里說去鎮公所打電話，但陳千里事先偵查了周圍的環境，在豆腐店旁邊找到了一家煙紙店，裏面有一台公用電話。

在電話裏，葉啟年讓游天嘯把佈置在陳千元家裏的人全都撤了。

牛奶棚

陳千里的新計劃中，衛達夫的角色十分重要，而且相當危險，所以他這會兒做出一副悶悶不樂的樣子，坐在老西門一家小酒館裏，要了一壺燒酒。桌上一碟是花生，另一個碟子放著些雞腳、雞頭、雞屁股，他自斟自飲起來。

他在心裏默默地說，這一杯，是為了老方，喝幹了。下一杯，他想著是替林石喝的酒。前天下午在茂昌煤棧，與特務搏鬥時，林石中了槍。陳千里讓李漢找來一輛三輪車，把他轉移到法華鎮，當時除了陳千元和董慧文，其他人都到了。秦醫生雖然缺少手術器械，但也想盡了辦法。他們一度考慮通過秦醫生的關係把林石送往租界的外國醫院，可是還沒等他們聯絡安排好，林石就犧牲了。

衛達夫一連喝了好幾杯，為那位到菜場報信的同志也喝了一杯，他們連他的姓名都不知道。他想自己也應該為凌汶喝一杯，根據陳千里的判斷，她一定被盧忠德殺害了。後來他甚至想為從來沒見過的龍冬喝一杯，為許許多多他沒有見到過的人喝一杯。

現在是晚上九點，這家小酒館營業到深夜，除了酒菜冷食，也賣陽春麵。只有一些深夜買醉的酒鬼、夜班員警和職業可疑的人才知道這個地方。可是這會兒，那些人都還沒有來，店裏只有他一個人。

盧忠德來了。他坐在小桌對面，提起錫壺晃了晃，皺起眉頭說："怎麼喝那麼多？"

盧忠德大聲叫來堂倌，讓他切半斤羊肉，再來兩碗陽春麵。

"陳千里在哪裏？"他問衛達夫。

"他躲起來了，他們都躲起來了——"衛達夫拿著一根雞腳，醉眼朦朧。

"怎麼回事？"

"前天，從早上到晚上，特務都在抓陳千里，他跑到哪兒，特務就追到哪兒。幸虧他沒來找我。他們找到茂昌煤棧，林石死了。"

葉啟年要游天嘯故意放過秦傳安的診所、衛達夫的家，因為他還想讓盧忠德繼續偽裝一陣。

"林石犧牲了？"

盧忠德假裝大驚失色。

"對，應該說犧牲，林石同志犧牲了。"

"陳千里人呢？這會兒他在哪裏？"

"他躲起來了，不知道他在哪兒，其他人都在法華鎮。我找的地方，他去那裏給大家佈置了任務。"

"什麼任務？"

"各有各的任務，我可不能告訴你。"衛達夫醉得抬不起頭，把腦袋放到桌上撞了兩下，又抬頭對他說話。

“你看看你現在什麼樣子。”

他一直是衛達夫的領導，知道衛達夫雖然看起來吊兒郎當，但人卻相當精明。

衛達夫喝光剩下的半杯酒，覺得沒喝夠，提起酒壺倒滿，一仰頭又喝幹了。

盧忠德掏出煙盒，點上一支，又把煙盒伸到衛達夫面前，讓他拿一支。衛達夫拿了一支夾到耳朵上，想了想，又點上了。茄力克是最好的香煙，平時拿到一支好煙，他會先存起來，等心情好的時候再抽。衛達夫深深地吸了一口，然後吐出一段長長的煙，煙霧在盧忠德眼前散開。

“老易，你說我們做的這些事情，究竟是為了什麼？我們還有前途嗎？”

盧忠德注視著他，似乎在鑒別他臉上每一處細微的變化，好從中尋找到他企圖背叛組織的證據。或者，也許是想尋找一些足以證明他言不由衷的證據。

他看看衛達夫手上夾著的香煙，把煙盒裏剩餘的煙都給了他：“我們一定會成功。”他回頭看了一眼櫃枱，又重重加上一句：“革命一定會成功。”

衛達夫笑了起來，搖了搖頭。

“死了那麼多人，就算真有成功那一天，我們可能也看不到。”

盧忠德低聲呵斥：“混蛋，衛達夫同志，你這種想法很危險。”

堂倌從後面出來，端來兩碗陽春麵和切好的羊肉。吃完麵，衛達夫看上去稍微清醒了一些。

“陳千里讓我告訴你，立刻從書畫舖轉移，隱蔽起來，把聯絡方式告訴他，等候行動通知。”

盧忠德想了想：“陳千里有沒有說過，‘千里江山圖’到底是什麼計劃？”

“他怎麼會對我說，”衛達夫嚼著一片羊肉，回答道，“不過這兩天都忙起來了，秦醫生到處買藥，裝了滿滿三箱，我叫了一輛黃包車，幫他送去給了李漢。只有李漢知道陳千里在哪兒，他有什麼事情也都是讓李漢通知大家。”

“他讓我也去法華鎮？”

“我找的地方，很安全。四面全是牛奶場，牛奶公司一塊一塊買地，周圍全買了，獨獨剩下這幾間房子，聽說當初他們不肯賣地，牛奶公司索性不買了，周圍全造了牛棚，臭是臭得來不得了，沒人願意住在裏面。賣也賣不掉，租也租不出去，早晚歸了牛奶公司。正好，我們先拿來用用。”

“我不能離開書畫舖。現在不能告訴你原因，這是老方同志犧牲前給我佈置的任務。”

盧忠德信口編了個理由。圍捕陳千里未果，他對那個神出鬼沒的傢伙心生畏懼。游天嘯明明抓住了陳千元，在他家裏佈下天羅地網，也不知發生了什麼事，葉啟年竟然打電話讓游天嘯把人撤了，放人。昨天晚上他在正元旅社見到葉啟年，感覺老師像突然老了幾十歲，看上去十分頹唐。

“老易，早點躲起來吧，管它什麼任務呢。你自己以前不是老對我說，做工作，安全第一位，如果覺得情況不對，就不要去冒險。”

有兩個人叼著香煙走進酒館，看了看寫在黑板上的酒菜價格，盤算了一下口袋裏的錢，又轉身出去了。盧忠德不知怎麼變出了一種沙啞的嗓音，對衛達夫說：“有時候，有些冒險是必須的，也是值得的，甚至是可以為之獻出生命的。”

衛達夫有些肅然起敬，他望著桌上的小酒盅，沒有說話。

“除了讓秦醫生買藥，他還讓大家做了什麼？”

“昨天晚上吃飯時，聽李漢說他和陳千里一起去了董家渡。田非到火車站接人，沒回來。陳千元和董慧文兩個人下午來了就一直歇著，什麼都不幹，難道是他弟弟就可以躲著不做事？”

“接人？田非去接什麼人？”

“我不清楚。任務內容都躲在小房間裏單獨傳達。吃早飯時田非笑著說，這可能是跟大家一起吃的最後一頓飯了，如果發生意外，他打算犧牲自己。”

“什麼人那麼重要？”

衛達夫愁容滿面，沒有回答。

深夜，衛達夫回到法華鎮。法華鎮是公共租界、法租界和華界三方交界之地。這一片民居極少，除了廠房、外國球場，也有一兩家類似銀行俱樂部、農業學會那樣的機構。在這些工廠機構的圍牆外仍有大片農田，種著青菜和玉米。衛達夫摸黑走在牛奶場圍牆間的土路上，土路七拐八彎，一路上看不見人影。他進了那幢房子，裏面卻沒有人。

他上了樓，黑暗中有人問："老衛？"

問話的人是梁士超，他點燃一盞煤油燈，衛達夫這才看見他手裏拿著一把槍。

"老梁你別那麼一驚一乍的，還拿著槍。陳千里呢？"

"在後面。"

衛達夫走到後窗邊，推開窗戶，只見後牆緊貼著牛奶場圍牆——為把這幾家居民趕走，牛奶公司把圍牆直接建到人家窗下，窗戶對面是黑濛濛的大片棚房。

梁士超在後面說："你聲音輕點，別驚動那兩條大狗。"

"沒事，牠們倆認得我了，白天我給牠們吃了兩大塊牛肉。"

衛達夫拿油燈朝窗外晃了幾晃，又撮起嘴，長短不一吹了幾下口哨，窗外棚房間的夾道躥出一個人影，迅速奔過來，把一架梯子靠到圍牆上，衛達夫順梯而下。來接他的人是李漢。他們倆在充斥著牛糞氣味的夾道裏繞了幾個彎，鑽進了其中一間棚房。這是牛奶公司的一間備用牛棚，閒置了半年，地上還有些乾草。衛達夫認識管這片備用棚房的奶場工人，那幢房子就是從他那兒聽說的。不知用什麼法子，衛達夫說服了那個人，讓他睜一隻眼閉一隻眼，這段日子不要到這兒巡查。

其他人各自佔著一間牛奶棚睡著了，陳千里卻還醒著，靠著圍欄坐在乾草上。見衛達夫進門，他站起身迎了上去。

"怎麼樣？"陳千里問。

"他不肯過來。說老方犧牲前交給他一個任務，他必須守在那裏。其他的話我都對他說了。"

“他看上去怎麼樣？”

“我喝了不少酒，他應該是確定我醉了。”

陳千里坐下抱著膝蓋想了一會兒，說：“你先睡覺。我想想下一步怎麼做。”

第二天上午，衛達夫再一次離開法華鎮。他走了很長一段路，又換乘了兩輛電車，跑到二馬路大舞台對面，找到那家小吃店，好好吃了一頓早點。他最喜歡這家店的生煎饅頭和砂鍋餛飩。吃飽喝足，他打了一個長長的哈欠，鬆了鬆肩背，起身出了小吃店，走到了三馬路申報館。

報館門口靠牆蹲著許多報販，面前的地上鋪著油布，布上放著各種報紙。《申報》發行量大，每個報販手底下都有很多報童。所以凌晨《申報》發行，報販們把報紙摺疊點數，發給報童，然後依舊守在申報館牆邊。稍晚幾小時，望平街上別家報館也會把報紙送到這裏，交給《申報》報販，再由他們發給報童。

報館底樓是印刷廠和排字間，衛達夫在二樓營業廳櫃枱打聽，說自己要在報紙上發一條廣告，報館的人把衛達夫領到了廣告科。他說這條廣告必須加急刊登，明天早上就要見報，廣告只需刊登一次，但他願意花刊登一週的錢，而且願意支付加急的費用。他把擬定的文字交給負責接待他的吳小姐，還順口誇了吳小姐的新髮型，問她是在哪家著名理髮店做的頭髮，說他要去報告女朋友。他並不急著離開，盯著吳小姐一字不差地把那段文字謄錄到稿紙上，吳小姐被衛達夫誇得心花怒放，倒也沒有對他的百般要求心生厭煩。

開了單子付了錢，廣告的事情算是辦完了。衛達夫看看時間，又問吳小姐："能不能讓我用一下電話？"

吳小姐指了指窗邊架子上的電話機。

電話那頭是陳千里，他對衛達夫說，不要到處亂跑，不要喝酒，也不用回法華鎮，讓他找地方躲起來，明天一早到顧家宅公園門口跟他碰頭，有事情讓他做。

放下聽筒，衛達夫笑著對吳小姐說："今天沒事了，老闆剛剛讓我休息，不要回公司，要不我請吳小姐午飯？"

這一回，吳小姐沒有理他。

出了申報館，已是下午一點。衛達夫似乎沒有注意到報館周圍有三個人盯上了他。望平街上有一個，三馬路上有一個，在三馬路對面街角上也站著一個。他打算去二馬路上的悅來川菜館，他覺得吃一點辣的食物，可能比較適合他此刻的心情。

距離川菜館還有幾十步，一輛小車靠近衛達夫身邊。他覺得有異樣，轉頭看那輛車，身後有個人拍了一下他的肩膀："衛先生，找了你好久，欠了人家錢，你忘了嗎？"

他想回頭，但後腦勺被人用手按住了，兩個肩膀上也各有一雙手。這時候從前面過來一個人，抓住他洋裝的衣領。衛達夫認出了這個人，在電車上就看到過，他甚至還跟著自己換了一趟車。

昨天晚上跟盧忠德說過那番話之後，衛達夫就預料到會有人來抓自己。他半夜一直睡不著，事情縈繞在心，不吐不快。後半夜他去了陳千里那間牛奶棚，想把他叫醒，但陳千里也沒有睡著，依舊背靠圍欄坐在乾草上。月光從棚頂氣窗照射進來，兩個人就蹲坐在地上說了一個多小時。陳千里跟他想的一樣。昨天晚上他在小酒館裏說了那些話，他們不會不對他感興趣。

幾個人把衛達夫按進了汽車後座，後座的另一側坐著游天嘯。他被夾在游天嘯和一名便衣特務中間，前座除了司機，也坐著一個特務。一路跟他到這裏的那三個人中間，只有一個人上了車，另外兩個消失在二馬路的人群中。行人並沒有注意到街邊發生的這一幕。

是綁架，但衛達夫沒有叫喊，他知道對這些人叫喊也沒有用，反而會讓自己皮肉多吃點苦頭。汽車並沒有朝龍華方向駛去，反而順著浙江路向北開。不知道他們會把他帶到哪裏，衛達夫心裏有些惴惴不安。

北站

衛達夫在車上被人用黑布蒙了頭，隔著頭套，他只能看見一些光亮和影子。但在蒙上黑布之前，他看到了汽車越過馬路中間拒馬排成的長龍。上海的馬路他熟悉得像自己的手指，他猜他們要把他押送到閘北。

停車前他聽到汽笛聲，火車在鐵軌上哐噹而過，聲音那麼近，他想這裏一定在北站附近。進門前他絆了一下，摔倒在台階上，趁亂他從頭套下面的縫隙看到了外面。他熟悉房子，看見一個牆角就能想出整幢樓房的樣子，他馬上猜到這兒是來安里。他隱約記得來安里有一家旅社。

他很少到這裏來，因為這裏地近北站，是租界華界交錯之地，兩處的員警巡捕都不願意跑到這裏來，附近出沒的人品流複雜。去年年初日軍轟炸閘北，不單火車站，寶山路、新民路上樓房俱毀，遍地瓦礫。

因為正對著火車站，來安里弄堂、房頂和天台上埋伏過十九路軍。當時有幾百名日軍試圖從來安里進窺火車站，被居高臨下地擊潰。但是那麼一來，居住在附近的平常人家就住不下去了，只要有辦法，全都逃進了租界。如此，來安里成了賭場煙館的淵藪，除了這些，也有很多當舖和押頭店。出沒其間的，除了賭徒、煙鬼、妓女、流氓，剩下的也就只有擦鞋匠和賣煙的小販。

衛達夫知道，他遭到綁架，被人蒙著腦袋押進旅社，周圍的人就算看見也不會當回事。只要進了房間，摘下頭套，他就有數了。

他被押上樓，但是不知道具體方位。房間被人騰空了，裏面只有一張床，衛生間是跟外面的套間合用的，門被人從外面鎖住。窗子下半部分被木板封死，上半部分也釘了鐵條，只剩下幾條窄縫。他從窄縫向外看，遠遠看見很多鐵軌，也能看見候車樓一角，車站主體被路局大樓擋住了。他知道多看無益，就往床上躺下了，雖然床上沒有被褥，光剩著床板，但他一夜沒睡，倒下便睡著了。

他以為自己睡了很久，還夢見了自己早已去世的父母親，可實際上沒過多長時間，便被人從夢中粗暴地叫醒。衛達夫隱約記得夢裏最後幾分鐘他被一大幫人圍著踢打，而他剛睜開眼睛，就被兩個人一把拖起來，拉到房間外面。外面原是套間的起居室，家具也被搬得乾乾淨淨，只放著一張桌子，桌後放著兩把椅子，桌前放著一把，衛達夫心裏有數，這就是審訊室了。

這房間本就沒有窗，外面那扇窗也被封了一大半，再加上關著門，審訊室裏一片昏暗。有人打開桌上的燈，這是特製的審訊室聚光燈，人家發明這種燈，原本是打算在舞台上用的，卻讓他們用到這裏。這燈亮得嚇人，衛達夫被它一照，眼睛頓時一陣刺痛，燈光聚攏在一起，光圈籠在他身上，這下他覺得周圍更加黑暗了，隱約看見桌邊有兩團黑影，前面那個他勉強辨認出來，是偵緝隊游隊長，坐在側後方那個人，就完全面目不清了。

房間裏面沉默了很久，間或外面有幾聲火車進出站的汽笛聲，可是傳到這個四處密封的房間，聲音也似乎隔得很遠。火車過去後，房間變得更是死寂一片，衛達夫竭力讓眼睛避開直射的燈光，但燈光好像可以從任何角度籠罩住他，怎麼轉頭也讓不開。他被照得渾身發熱、冒汗，頭開始疼痛。光線突然好像變成一種巨大的聲音，在他的耳朵裏隆隆作響。

“知道為什麼把你抓進來嗎？”游天嘯毫無新意地開了口，聲音也很遙遠，像是從水下聽見水面上有人在說話。

衛達夫突然微笑起來，舉起兩隻攤開的手，手腕對著手腕轉動了一下，嘴裏說一聲，卡！

游天嘯愣住了。只聽衛達夫接著說：“這段話太沒有新意了，游隊長重新來一個。每次你們都會問人家，你知道為什麼把你抓進來？你抓人家進來，你自己不知道為什麼嗎？”

游天嘯不怒反笑，側頭對坐在他背後的陰影說：“這個衛達夫，別看他平時黏糊糊軟塌塌，關鍵時候還有點青皮光棍的勁頭。”

陰影似乎輕微晃動了一下，但沒有說話。

“上一次四馬路菜場開會，你也去了。你跑得快，沒有抓住你。”

“什麼菜場？開什麼會？你怎麼知道我也去了？”

“這幾天你去哪兒了，怎麼又不回家了？”游天嘯又問。“你又不是我老婆，我不回家關你什麼事。”

這下連陰影都失聲笑了一下，但旋即停止，倒像是清了清嗓子。

“你沒有老婆孩子，這倒是你的優勢。”游天嘯認為自己這句話說得意味深長，停頓了片刻，又接著說，“不過連老婆孩子都沒有，你做人也失敗得很。”

衛達夫並不接話，似乎在想著什麼心事。游天嘯以為自己這句話說對了地方，連忙乘勝追擊：“你那些同夥，包括陳千里，也讓我們全都請到這裏來了。這裏房間很多，他們正在旁邊審著呢。”

衛達夫心裏一驚，旋即知道那是對方誆騙他，他沒有作聲。法華鎮一帶也是越界築路之地，治安分別歸公共租界、法租界、華界三方員警管轄。他們隱蔽得很好，搜捕並不容易，如果用密捕和綁架的辦法，卻又並不知道他們躲在哪一幢房子裏。

“說說看，你的同志們最近都在忙什麼呢？”

“我天天陪人看房子，你說的同志是誰我不認識。再說，你想知道別人在忙什麼，你要問他們自己呀。”

“知不知道這是什麼地方？”游天嘯突然提高聲音，“你跟我們唱滑稽，想死得快點？”

衛達夫又不說話了。

“把陳千里交給我們，你想要什麼我們都可以滿足你。”

“我不認識那個人，再說出賣別人的事情，衛達夫也做不來。”

“你還蠻講義氣。很好，國民黨也喜歡講義氣的人。說說看，你可以把什麼交給我們，換你自己一條命？”

衛達夫想了一會兒，說：“要不我給你打個欠條，你放我出去，等我哪天賣房子發財了，我送你一萬大洋？我衛達夫說話算話，一定不會賴掉這筆人情帳。”

為了讓衛達夫學會好好說話，游天嘯叫來幾個壯漢，把他拉到另一個房間。衛達夫的頭又被蒙住了，這一回用了黑布棉套。因為要在心理上對衛達夫造成足夠大的壓力，準備工作做得十分緩慢。棉套從上往下罩住他的頭以後，用繩子在底下收緊，再把他的手腳都綁住，頭朝下倒吊了起來。

儘管蒙著頭，衛達夫仍然意識到自己被吊得很高。他們開始用一種穩定的節奏拍打他的頭部，拍打得並不很重，但是頻率很快，他的頭像拳擊沙袋那樣左右晃動。沒過多久他就覺得腦袋像要炸裂開來那麼疼痛。拍打的聲音越來越響，甚至連耳廓與棉套摩擦的聲音也變得刺耳難忍。

他失去了時間感，覺得這個過程無休無止，甚至可能永遠也不會結束。

過了很久，有人隔著棉套問他願不願意好好回答問題。他沒有發出聲音，也沒有哪怕輕輕動一下腦袋。於是特務們開始對他的各處關節下手。他的臂肘和膝蓋關節被人朝反方向使勁推。把他拉直按在地上，臉貼著地面，從後面向前拉他的手臂，他的肩關節咯吱作響，似乎正在慢慢斷裂。

施刑的特務訓練有素，他們做得慢條斯理，對他的身體逐漸增加壓力，讓他在手臂被拉斷前，有足夠的時間可以認輸。等特務們鬆開手，血液似乎在一瞬間湧進關節部位。這正是施刑者想要的效果，讓他的身體在極度痛苦和麻木感之間來來回回。

衛達夫忍不住哼了一聲，又點點頭。

他被拉回到椅子上，解開綁繩，又拿掉了頭套。

強烈的光圈又籠罩在他臉上，在他的視覺完全回來前，隱約看見坐在後面的那個陰影對游天嘯說了點什麼。

"願意開口了？你不願意出賣別人，也可以——"游天嘯說，"那就說點你知道的事情吧。"

衛達夫又猶豫起來。太快了吧？他想，第一輪他就開始說話，這樣他說的話太不值錢了。他們也許會不當回事，那他就白白做了一回叛徒。他決定再堅持一輪。他搖搖頭，不肯說話。

於是壯漢們再次上場。這一回沒有給他套上頭套，也沒有拉到別的房間。

衛生間浴缸裏放著一條長凳，長凳一頭的兩隻凳腳被鋸短了一截，凳板一頭高、一頭低，成了斜面。他被平放到斜面上，腳放在高的那一頭。他們把他綁到凳子上，拿來一塊濕毛巾，蓋在他臉上。

衛達夫聽見水管發出呼嚕呼嚕的聲音。隔著毛巾，他的臉被橡皮管戳了一下，然後水就下來了，剛開始他以為自己能忍受，他屏住呼吸，以為可以間歇吸一口氣，但自來水源源不斷地灌到毛巾上，毛巾沉重地貼在臉上，他覺得窒息，眼前直冒金星。水一停他就開始咳嗽，可沒等他咳夠，水就又下來了。

他又被拉回到椅子上。"打算說點什麼了嗎？"

他又咳嗽了一陣，幾乎把頭垂到地上，早上吃的那些生煎包、砂鍋餛飩早就吐完了。他嘔了很多水。

“你想知道什麼？”他開口了。

“首先，你要先向我們承認你是地下黨成員。”

衛達夫點點頭，現在這些都不用瞞著他們了。先前他只不過是不想對游天嘯認輸。陳千里把盧忠德的事情告訴了大家，那麼這些情況，他們早就掌握了。

“梁士超去了哪裏？”躲在後面的陰影也開口了。

“他本來就是到上海養傷的紅軍指揮員，現在傷好了，他回蘇區了。”

“凌汶呢？她去了哪裏？”

“她去了廣州，沒回來。”

“這樣就很好。你對我們沒有抵觸情緒，這樣就好辦了。陳千里呢？他在哪裏？”

“我不知道，他沒在法華鎮。”

“我想聽你說說你們所謂的計劃。我了解你其實並不知道多少情況，你就把你知道的說一說。”

“這個特別保密，我們都只聽說過名字，知道是很大一件事，多半是要建一條新的交通線吧。”

“這些我們都知道，你最好跟我們說一些我們沒有聽說過的事情，這麼一來，你和我們就交了朋友，其他事情就都好辦了。”

“讓我喝點東西。”

“水？”

“我要酒。”

“我這兒沒有你喜歡喝的紹酒，只有一瓶常納華克。”躲在黑暗裏的人讓游天嘯到他房間裏去拿酒。

“陳千里這個人我很熟悉，他是個笨蛋。”

趁著游天嘯去拿酒，陰影說了一句閒話，並不要求衛達夫回答。過了一會兒他又說：“他以為他那些偷偷摸摸幹的事情我們不知道。這兩年，政府為了肅清共產黨，動了不少腦筋，也積了不少經驗。我們有很多耳目，無論你們做什麼，不用多久我們就會知道。我建議他們先不要把你送去龍華，秘密地把你請到這裏來，這是給願意改過自新的人一次機會。”

酒來了，衛達夫其實喝不慣這種酒。他們還給他拿來一些吃的，但他並不覺得飢餓。他希望他們在審訊中主動把問題提出來，這樣會顯得更加自然。但他們並沒有問，他們只是要他說說自己知道的情況。可這麼一來，話題就又開始新一輪兜圈子。他想可能他們還沒有發現陳千里今天會完成的一些佈置。

“你去二馬路申報館做了什麼？”

“發了一條廣告，陳千里讓我到那兒找廣告科，明天早上要見報。”

“廣告上說了什麼？”

“寫在紙條上，我可記不清那麼多字。你們肯定去申報館要來看了吧。”

“為什麼要發這條廣告？”

“那我就不知道了。”

審訊進入膠著狀態，坐在黑暗中的人悄悄地離開了審訊室。游天嘯忽然開始詢問他有關易君年的問題，想知道那個人為什麼明明知道他們要抓他，卻膽敢不逃，仍然趴在他那家書畫舖裏不動。衛達夫想了想，回答說，易君年是他的上級，按照地下黨的規定，他不能打聽上級的工作和行蹤。他對游天嘯說，他剛剛被弄得精疲力竭，想要休息一下。游天嘯認為他又開始油腔滑調，不好好說話，一生氣，便離開了審訊室。

他們沒有讓衛達夫回到先前關押的房間。衛達夫新進入的地方甚至稱不上是一個房間，既沒有窗，也沒有任何家具。特務把門一關，裏面一點光線也沒有。衛達夫蹲在地上，摸黑向四面測了測，發現這裏十分狹窄。他想這倒也好，他可以好好睡一會兒。但他們不會給他休息的機會。他剛躺到地上，裝在天花板上的聚光燈就打開了，他根本看不清頭頂上到底裝了幾盞，他頭一次體驗到燈光可以那麼亮，光線像無數根細針刺向他，他就算緊閉著眼睛，那些光針仍然可以鑽進瞳孔、鑽進他的腦袋裏。他想砸爛那些燈泡，可他夠不到。

片刻後燈光熄滅，震耳欲聾的聲音又開始撞擊他的耳膜。他們在房間裏裝了汽車上用的高音喇叭，就好像喇叭的按鈕被一個頑童按住不放，這些喇叭只響了可能不到一分鐘，衛達夫就覺得腦子炸開了。

正元旅社另一個房間裏，盧忠德歪在沙發上抽煙。見葉啟年進來，他略欠了欠身，又坐下了。

“你怎麼進來的？”葉啟年對盧忠德沒有起身行禮略感詫異，這個得意門生此番從廣州回來，神色間就有一絲異樣，也許是太疲倦了。

“馬秘書開了角上那扇門，沒人看見我。”

“有什麼情況你要跑到這裏來？”

“陳千里讓田非到店裏來了一次，通知說他們準備與外界切斷聯繫，我既然有老方犧牲前交代的任務，不能脫身去隱蔽集合處，他們就暫時不跟我聯絡了。”

“切斷聯繫？”葉啟年有點奇怪。

“我想他們一定有個大行動。”

“‘千里江山圖’？”

“有可能。”

“這個‘千里江山圖計劃’，到底是要搞什麼名堂？”他們為了查清楚這個秘密計劃絞盡腦汁，花了那麼多時間，至今連個大概情況都沒弄到手。

“總是跟交通線有關吧。”

“沒那麼簡單。總部分析各地獲得的情報，我有一種預感，共黨中央最近可能要離開上海。浩瀚的情況可能不是孤立事件。我們抓了他一次，他就徹底消失，不見了。過了幾天，共黨分子中有人被我們說服，同意把他交給我們，打聽到他要跟方雲平接頭，我們派人過去，又讓他逃了。耐人尋味的是，那個方雲平正是你們這個臨時行動小組的頭目，與浩瀚接頭的那一天，他原打算接著就到菜場參加會議。我們去抓方雲平，他卻寧死也不願意讓我們抓住。可惜了——”

“千里江山，共黨中央離開上海，聽起來倒真像那麼回事。”盧忠德琢磨著，他忽然肩膀一抖，拍著沙發扶手說，“租一艘船，包下客艙？”

“你昨天晚上打電話給我，我連夜派人到法華鎮，讓他們一大早就開著車，在附近大小馬路上找，果然看見了衛達夫。他們跟著衛達夫一路跑到申報館，把他抓了回來。”

“他去申報館做什麼？”

“發廣告。”

“又發一個廣告？發給浩瀚？”

“當然不是。按照你從廣州帶來的那條廣告，把這條廣告中的數位拿去查摩爾斯電報碼，又出現了一個共黨中央的大人物。”

“是誰？”盧忠德興奮地說。

葉啟年看了他一眼，沒有告訴他。

“老師，現在怎麼辦，去法華鎮把他們都抓回來？”

“法華鎮那個地方，地形複雜，連他們的具體位置在哪兒都不知道，貿然去抓只會打草驚蛇。你本應該那天跟他一起去。”

陳千里從夢花街逃跑那天，去了書畫舖，要盧忠德跟他一起撤離。盧忠德對葉啟年說的理由是，他已經和浩瀚接上了頭，如果跟著陳千里跑，擔心會出什麼變故。但葉啟年知道盧忠德是不敢去，他害怕陳千里。

“在碼頭上就應該殺了他，或者把他抓回來。在那兒不動手，你就應該跟他去，進退之機，不能猶豫不決。”

“老師，如果那時候殺了他，這背後的‘千里江山圖’，我們就看不到了。”

葉啟年讚許地對盧忠德說：“這倒是說對了，行動的步驟，歷來考慮的不僅僅是一時、一地、一人。樓上在審衛達夫，我剛剛坐在後面聽了一下。這個滑頭，又不想死，又不想得罪那一頭，碰到關鍵問題就閃爍其詞。熬刑倒是有兩下子，要讓他好好說話也不那麼容易。我看，先要在他這裏打開缺口。”

魚生粥

光亮和聲音一下子消失了，四周一片黑暗。過了一會兒，衛達夫向左挪動，伸出手臂，他碰到了牆壁。他又向右挪了一下，也碰到了。他想起來了，這裏是一間極其窄小的密室，小得像個箱子，像個棺材。

他用手指關節敲了敲，牆壁是水門汀。他不知道審訊後到現在過了多久，連他被審訊過這件事情也是慢慢想起來的。時間很重要，他聽陳千里說起過，要保持清醒的頭腦，就要盡量把握住時間，有了時間感，身體就會形成某種秩序。但他忘記了時間，連刺眼的亮光突然熄滅到現在有多久，他也有點模糊了。

他只記得一件事情 —— 他打算叛變。他腦子裏有一些重要情報，只要他說出來，事情就會不一樣了。但他要在一個恰當的時刻開口，這樣他說出去的話才值錢，才會有效果。不然他就會害人害己，不僅於事無補，而且還讓自己白白做了一回叛徒。

有人打開門，手電筒晃了幾晃，光圈照在他臉上。進來兩個人，一左一右抓住他腋下，提起他，把他推了出去。在沒有燈光的走廊裏，他被人拉著繞了幾個彎，又下了一層樓梯，最後被推進了一個房間。房間裏有沙發、茶几，還有一隻小圓桌，桌上放著幾碟糟雞臘肉，另有一隻砂鍋。

沙發上坐著的人他並不認識，但是一開口他就聽出來了，是剛剛坐在陰影裏的那個人。在法華鎮的牛奶棚裏，陳千里對他說過，有個特務頭子名叫葉啟年，看上去像個嚴肅的教授，對他要十分小心。他請衛達夫坐到小圓桌上，砂鍋蓋打開，是一鍋熱氣騰騰的魚生粥。

“火車站附近的宵夜店，也就這樣了。”葉啟年客氣地說。但他自己卻沒有坐下來，而是離開了房間。衛達夫沒有經歷過多少這樣的場面，他有些不知底細，坐在那裏不敢動彈。

有人進來了，是盧忠德。看到他在這裏出現，衛達夫還是十分吃驚，這震驚並不全是裝出來的。愣了一會兒，他叫出一句：“老易——你怎麼也在這裏？”

盧忠德在小圓桌對面坐下，打開煙盒，自己點上一支，對衛達夫說：“你先吃一點，喝了粥再抽煙。”

在盧忠德仍是衛達夫心目中那個老易的時候，其做派素來為衛達夫所佩服。混在城裏的各種小騙子，衛達夫見識過不少，但他從來沒想過老易也是假的。他很想當面問他一句，你到底把凌汶怎麼了？他抱有一線希望，希望她這會兒還活著，哪怕是被關在某個監獄裏。他仍然記得她那好看的側臉，後來他才想起來，早在一次未曾預計的接頭中就見過她。如果不是因為參加革命，他可不會認識一個女作家。他一度以為她和老易的關係不一般。如果真像陳千里推測的那樣，凌汶被面前的這個人殺害了，那這個傢伙簡直是禽獸。

但衛達夫不敢那麼問他。

“報館是陳千里讓你去的？”盧忠德隨口問了一句，就好像從前的易君年，總是這樣隨口問衛達夫，心裏知道衛達夫絕對不會有什麼事情瞞著他不說。

衛達夫想了想，說：“這我可以對你說，是的。”

“有什麼不可以對我說？”

衛達夫搖了搖頭，沒有說話。盧忠德開始循循善誘，從前他假扮成“老易”時，常常這樣勸導一會兒吊兒郎當、一會兒垂頭喪氣的衛達夫。他從國共兩方面的局勢說起，提到近年來國民黨特工總部破獲了多少地下黨機關，抓了多少人。他歷數了被捕人員的不同結局，不經意地提到了槍斃和死亡。從這裏，他借著身體髮膚受之父母這句老套陳詞，話鋒一轉，把話題引向了衛達夫的父親和母親。

盧忠德實在太了解衛達夫了。他知道衛達夫的父母去世了。那年長江發大水，田地一夜盡毀，他們夫婦倆坐著搖櫓船從安徽到上海，在蘇州河北岸搭了間棚屋。父母去世後，有一陣衛達夫常對“老易”說，陪人看房子，每次打開房門進入昏暗的房間，他會恍然覺得爹媽的面貌身影在眼前閃過。衛達夫對他說過，他爹媽現在所在的地方，和他們活著時住的地方一樣陰暗，沒有窗戶。他希望有一天，他能好好頂下一幢房子，實現他們二老的心願。

“你心願未了，就去見他們二老嗎？”

衛達夫輕輕歎了一口氣。他在心中問自己，是時候了嗎？他沒有說話，把一碗魚生粥兩三口就喝完了，然後夾起一塊糟雞，在嘴裏嚼了很久。

“情報就像這魚生，切出來馬上就要下鍋，過了時間就不好吃了。”盧忠德說。

“那也要等廚師到了才能下鍋，”衛達夫接了一句，“再好的魚生，也要送給識貨的大廚。”

盧忠德笑了起來，他知道面前這個自以為精明的跑街在想什麼。他在笑聲中說：“你是不相信我，擔心我吞沒了你的獎金？”

衛達夫心中作出了決定，也微笑著對他說：“笑話，老易，你不是不了解，我衛達夫做事向來光棍，真到要下注，哪一回抖過手？這手牌實在太大了。往大裏說，只要打好了，你們的‘剿共’事業就完成了一半。我擔心的倒是你老易打不了這手牌，卻白白讓我當了一回叛徒。”

盧忠德點了點頭。他不緊不慢地把手上香煙抽完，見衛達夫不吃了，把銀煙盒往桌上一丟，說了一句，你自己抽，便轉身出了門。

“找兩個人到走廊那頭站崗，你在房間裏守著。上海站的人一個都不許過來，衛達夫有什麼要求，你打電話上去叫他們辦。”關上門，在走廊裏，葉啟年命令馬秘書。他和盧忠德兩個人從衛達夫那裏出來，又躲進盧忠德先前所在的房間。

現在是正月十八凌晨，葉啟年連夜審訊衛達夫，取得驚人成果。衛達夫聽說站在他面前的人是特工總部葉副主任，就說出了他了解的全部情況。盧忠德異常興奮，可他見葉啟年仍然有些神不守舍，心中有些不解：“老師，你是不是太累了，要不然你去休息一會兒？”

盧忠德不知道，他的這位老師，特工總部葉副主任，兩天來一直心如死灰。某些時候，他甚至覺得自己應該像孟老一樣，躲到小桃源裏了此殘生。他恍惚了一陣，又努力振作起來。

如果不是陳千里揭開了那件陳年往事，葉啟年此刻心裏應該會狂喜。這是運氣嗎？他覺得不是，這是他多年來殫精竭慮、付出極大代價取得的收穫。很有可能，明天夜裏他將抓獲一大批共黨首要分子。這樣的勝利即使在世界特工史上也獨一無二，在南京他將成為第一功臣。

租一艘貨船，他確實有些佩服陳千里，如此膽大妄為。貨船上裝著大米、木材、棉花。裝船、驗單、報關完成後，到了晚上開船前，他們才用小火輪，在黑暗的江面上把人送上船，推說是有一批剩下的貨剛剛才到碼頭。

沒有人會關心那是些什麼人。大部分船員那時候都不在甲板上，他們不會看見船舷旁發生了什麼。少數船員也許會覺得有點奇怪，可是船長早就關照過了，這是船東的安排，不要大驚小怪。

江面上巡捕房的緝私巡邏艇也不會關心，這樣的事情常常發生，輪船只要有艙位，總是能賣多少就賣多少，一直賣到開船前的最後一刻，船東們恨不得把船長室都拿來賣錢。只要通過合適的人向巡捕房打個招呼，他們就睜一隻眼閉一隻眼，隨他們去了。

貨船出港以後，誰也管不著他們，唯一需要擔心的是下船出港。那也很容易，貨船通常都會順便帶一些旅客，只要準備一些身份證明文件，共黨對於舖保保單這類事情，一向十分在行。

當然最重要的是能弄到船。船，陳千里說弄到了，可他諱莫如深，不會把情況統統告訴不必要了解的同志。但是衛達夫這個機靈鬼看出了一點跡象。他是個大滑頭，不可過於信任。可這一次他機靈對了地方。

陳千里從口袋裏掏出擬定的廣告文字時，沒有注意到夾帶了一片小紙頭，那是打了洞的電車票。衛達夫存了個心眼，把車票塞進了口袋。葉啟年拿到車票，立即讓馬秘書給華商電車公司打電話，根據車票顏色和編號，加上打出的票洞，電車公司接電話的人馬上告訴馬秘書，那是一路電車，上車地點是董家渡。

這就好辦了，他叫一直等在站長辦公室的游天嘯連夜帶人到碼頭打聽。碼頭上發生的事情總有人會知道。不管是六股黨、八股黨、十六股黨、三十二股黨或者七十二股黨，他要游天嘯以淞滬警備司令部軍法處的名義，狠狠敲打敲打這些碼頭幫會，天亮之前一定要打聽到消息。

“事到如今，這下我們全弄清楚了。”盧忠德興高采烈，他恨不得越過葉啟年直接去南京向委員長報告。

“李漢去接人了。衛達夫發廣告，又接了一個。老師讓申報館把廣告發出去，真是太高明了。”

馬秘書查了廣告上的那個電話號碼，電話公司說，那台電話機裝在法華鎮的一幢住宅裏。

“現在可以猜想，至少有三名共黨首要分子企圖乘這艘貨船逃出上海。考慮到陳千里要租下貨船剩餘的十多間客艙，我們甚至可以想像數量可能更多。”

葉啟年閉著眼睛，沒有理睬他的學生。他在等著游天嘯從碼頭帶回的消息。

將近凌晨四點，游天嘯開車回來了。他一回到站長室就用內線電話機給葉啟年打電話。葉啟年認為到這個時候，“西施”計劃已圓滿完成。他讓游天嘯下樓，直接來到這間位於正元旅社樓下的密室，這裏原是特工總部上海站專門用於指揮秘密行動的地方，這回葉啟年一到上海，就讓他們把這裏闢出來專門給他使用，站裏其他人不能來到這個地方。

游天嘯看到房間裏坐著易君年，愣住了。隨即他就想到，原來他才是那個“西施”。游天嘯給他上過電刑，此刻想起來，臉上倒有些訕訕的意思。可是沒有人要聽他說那些客套話——

“碼頭上有什麼消息？”葉啟年立刻問道。

“王家碼頭街，林泰航運公司。正月十六一大早，有個三十多歲的人，打扮得像個闊氣商人，跑到他們那裏，說是要包下一艘貨船的全部客艙，當場付了定金。一根金條。

“他們正好有一艘船要去廈門和汕頭，運送一批洋貨，貨主是正廣和洋行。回程將裝運木材和礦石。

“開船時間是正月十八晚上。那個人是以旅行社名義包租船艙，但他說，坐船的客人下午五點坐火車到上海，所以夜裏十一點以後他們才能登船。而且，他希望貨輪早點離開碼頭，到吳淞口附近等他們用駁船靠上船舷。之後這個人又去了沙船業船舶會館旁邊的公茂運輸行，租了一艘小火輪，正月十八晚上使用，要求把船停靠到浦東某個小碼頭接人上船，然後把人送到吳淞口大船上。

“究竟在浦東哪個碼頭接人，那個人說當天下午他會派人來運輸行，先行上船，具體接人地點臨時通知。在這裏他也付了定金。”

“這個陳千里，實在太狡猾了。”盧忠德咒罵了一句。這麼一來，他們很難確定抓捕地點。浦東小碼頭那麼多，小火輪在黃浦江上開來開去，又是晚上，天知道他們會在哪裏上船。也許他們可以到貨船上設下埋伏，可是說實話，葉啟年對碼頭幫會那些傢伙很不信任。游天嘯隨便一打聽就能得到消息，他們要是提前控制大貨船，讓軍警從碼頭棧橋登船，消息說不定就會洩露出去。

要把一艘漂浮在黃浦江上的大貨船當成陷阱，變數實在太多了。軍警在哪裏秘密上船？他們會不會派人監視貨船？對方有多少人？他認為，這些共黨首要分子在浦東集結的碼頭，他們必須先得到消息，這樣才能確保抓捕行動順利完成。

盧忠德對先前衛達夫見到他說的第一句話，一直耿耿於懷。這會兒兩個人坐著抽煙，他就把自己真正身份告訴了衛達夫。

“不習慣，”衛達夫說，“叫了你幾年老易，現在改過來太不習慣了。”

“這沒關係，你仍然可以叫我老易，我估計今天你還要叫我一天老易。”

衛達夫琢磨了一會兒："什麼意思，你還想回去？"

"我們必須知道他們上船前的集合地點。"

"去法華鎮把陳千里抓起來不就行了？"一晚上沒睡覺，衛達夫打了個哈欠，想了想又說，"倒也是，把他們抓起來，沒人去接頭，線就斷了。要不然，把董家渡全部封鎖起來？"

"這不行，陳千里鬼得很，董家渡附近他肯定佈下暗樁，稍微有點動靜，他們就縮回去不動了。"

"船呢？把船找到也行呀。"

盧忠德搖了搖頭，又問："你從申報館出來到現在也不回去，你說陳千里會不會懷疑你出了意外？"

"昨天在報館，我給他打過電話。他倒是讓我不要回法華鎮，今天上午八點到顧家宅公園跟他碰頭。到時候要給我佈置新任務。"

這一點，衛達夫倒沒有信口胡說。他們在申報館門口抓住他以後，就去報館廣告科盤問了那個吳小姐。吳小姐說他後來打過一個電話，掛了電話，還樂滋滋地說老闆放他一天假，他要約吳小姐吃午飯呢。

黃浦江

早上八點，在顧家宅公園門口，陳千里果然等著衛達夫。

盧忠德泰然自若，他知道馬路對面的那輛車上，總部訓練有素的槍手正瞪著眼睛往這邊看。如果衛達夫稍有異動，子彈馬上就會打穿他的腦袋。剛剛出來前，葉啟年再次猶豫。在正元旅社那間密室裏他對盧忠德說，拿浩瀚當誘餌，釣出陳千里的秘密上船地點，這一局他覺得本下得太大了。

盧忠德覺得老師可能真是老了。這件事只要做成了，有可能抓住大批中共高層。這是與中共地下組織的一次決戰，下多大本錢都值得。

"老師請放心，我們佈置了人手，控制了接頭地點，陳千里翻不出什麼花樣。"

盧忠德嘴上這麼說著，心裏卻不像往日那麼踏實。他最初沒有把陳千里視為真正的對手，跑馬場接頭之後，他一直不懂葉老師為什麼這麼擔心這個人。他見過那麼多地下黨，老練如龍冬，都成了他的手下敗將。但是，銀行保管庫那一回，著實讓工於心計的盧忠德暗自嘆服，可他又覺得這個含蓄內斂的對手多半是靠著運氣。最近這幾天游天嘯帶那麼多人圍捕，都被陳千里一一化解，確實顯示了他機敏過人的身手。此刻盧忠德又寬慰自己，特務工作並不是學過幾手格鬥術，靠著運氣就能逢凶化吉的。

陳千里仍然是那副高深莫測的樣子，看見盧忠德也沒表現出驚訝：“你的事辦完了？”

“老易要向你彙報一件事情——”衛達夫剛要直截了當地把釣餌扔出來，又想起盧忠德關照他的話，不能心急，先聽聽陳千里怎麼說。

“那你們先說。”

衛達夫猶豫地看了看盧忠德。

盧忠德沒有看衛達夫，他對著陳千里說道：“這是老方犧牲前——實際上是在菜場開會前跟我交代的事情。”

在公園門口說話，總會有一種不安定的感覺。買菜的用人提著籃子慌忙走過，謹慎地看了他們一眼，又匆匆走開。一輛三輪車搖晃著衝過來，車上裝滿分格的板條扁箱子，箱子裏是空的牛奶瓶，瓶子在木格裏蹦跳，不斷發出叮叮噹噹的聲音。幾個外國小學生衝向公園大門，途中互相“追殺”，其中有一個在盧忠德背後被噴水槍擊中，偷工減料地倒下，又跳起來回擊。

他們看著小孩嬉鬧著跑過，各自的臉朝著不同的方向，陳千里低聲說：“換個地方說吧，這裏不方便。馬路對面有一輛汽車，停在那裏半天了。”

盧忠德狠下了心，同意換個地方。他們進了公園大門，順著林蔭大道走到池畔，在面對環龍碑的長椅旁站定，陳千里和盧忠德坐了下來，衛達夫站在他們面前，因為地勢傾斜，他往右邊挪了一下，這樣就可以靠在池邊那棵小樹上。

現在，盧忠德打算正式放出誘餌，不過在那之前，他要先講一個有關老方的故事。

"菜場開會那天早上，七點不到就有人敲打書畫舖門板。門一開，是老方。那麼冷的天他滿頭大汗，一定是走了很多路，臉色很不好，看樣子一晚上都沒睡覺。我到隔壁早點舖子要了油條豆漿，我們邊吃邊說。再過幾個小時就要去開會了，我讓他到後面休息一會兒，回頭我叫他一起去開會，但是他說不行，馬上就要走，臨時有個重要的接頭，接完頭他會再去菜場開會。

"但是那天他沒有來，會議因為他耽誤了十幾分鐘，然後特務就衝進來了。幸虧耽誤了一會兒，不然會上林石同志把任務一傳達，崔文泰就知道這個機密了，那樣一來可能特務也不會把我們放出來。

"老方是臘月二十一那天犧牲的，那個時候我還關在龍華看守所，臘月二十二才釋放，一放出來就從巡捕房內線得到老方犧牲的消息。我當時心裏很難過，悲憤，完全沒有心思去想別的，第二天才想起來一件事情。

"老方其實和我有一個秘密聯絡信箱，說是信箱，其實是蓬萊路新舞台觀眾席的一個座位，椅座後面的擋板下有一條縫，正好可以塞進一片紙。把紙塞進去再用手捏一下，根本看不出來。但你如果知道它，只要坐到後面那排座位上，等戲開演，俯下身就能摸到，再用手輕輕一掰，木板縫中那片紙就會掉下來。

“老方早就跟我約好，有什麼緊急情況，他會把密信塞到這裏面。我到第二天才想起來這件事，連忙買票進了戲院，到那兒一摸，果然有一片紙。我一看見上面的字就淚如雨下，那是老方的字。

“老方在密信中讓我過了年以後，到正月十四，在《申報》上發一條廣告。廣告內容他都寫在紙上了，要求一字不差刊登到報紙上。廣告是秘密接頭信號，接收這個信號的同志你猜猜是誰？是浩瀚同志。我一看到這個名字就全懂了。

“為什麼老方不能來開會？為什麼他會犧牲？原來他是為了掩護浩瀚同志犧牲的。廣告需要附上一個電話，浩瀚同志看到廣告後就打這個電話接頭。所以你讓我離開書畫舖，我不能同意，因為浩瀚要打那個電話，我必須守在電話機旁。我雖然與浩瀚同志接了頭，卻沒有辦法安排撤離。按照老方寫在紙上的指令，我應該與林石同志商量撤離路線，但他也犧牲了。我想了半天，只能來找你商量。”

“你把浩瀚同志安排隱蔽在哪裏？”

盧忠德本想說他還沒與浩瀚碰頭，只是在電話中約定了接頭地點，但話到嘴邊，他又改口道：“我已接到浩瀚同志，把他安排在一個秘密住所內。地方十分安全，沒有任何人知道。”

“老方沒有跟你交代撤離辦法？”

“他只是說到時候跟‘老開’商量。”

陳千里想了很久，半晌才對他說：“我來安排撤離。你把浩瀚同志安排在哪裏？”

盧忠德搖了搖頭：“我不是不能告訴你。老方交代過，浩瀚同志實在太重要了，知道的人越少越能確保安全。這是老方犧牲前交給我的任務，我必須完成。這是不惜犧牲也要完成的使命。”

盧忠德說得有些激動。陳千里不再說話，他靜靜地想了一會兒：“其實不止浩瀚同志。中央還有部分領導同志都要在近期撤離上海，上級早就把這個任務交給了上海行動小組。林石同志就是來上海負責完成這個任務的。

“我估計上級通知老方在開會那天與浩瀚接頭，就是決定由上海小組負責浩瀚同志的轉移工作。

“這幾天撤離路線已安排完成，實際上，今天晚上就會有一批同志坐船離開。我們租了一艘貨船，今天半夜，船會停在吳淞口等候，我們用小火輪把領導同志接送上船。

“集合地點在浦東，小火輪晚上十點會在那裏靠岸。”

“浦東哪裏？”

“小火輪靠岸地點現在還未定，這是為了預防水警巡邏，也是為了防止消息洩露。陳千元今天下午會提前登上小火輪，指揮小船在浦東沿江慢慢航行。天黑以後，他會讓小船選擇一處碼頭停船靠岸，他自己上岸到浦東塘橋，接應在那裏等候上船的同志。你今晚七點以前從董家渡租舢板船擺渡過江，李漢會在對岸等你，把你們護送到塘橋集合地點。”

“在塘橋集合。”盧忠德琢磨著，“所以小船停靠在附近碼頭？”

“也可能很近，也可能不近。陳千元在小火輪上，他來決定。”

“如果離塘橋太遠，交通怎麼解決？”

“只能靠雙腳了。”

他們分手時，陳千里對衛達夫說：“我馬上就要上那艘貨船，到吳淞口等候。你也可以跟著我去坐坐大輪船。”

衛達夫朝陳千里微笑，說老易這裏更需要他。

夜晚，董家渡口江風蕭瑟。黃浦江上這一段，船隻不多。因為沒有燈火，對面塘橋的沿江岸線已辨認不清。董家渡外馬路上，停下一輛汽車。過了一會兒，有人打開車門，先下車的人是盧忠德。

陳千里躲在一家木行倉棧的平房頂上，手裏拿著一副望遠鏡，遠遠地看著盧忠德。借著路邊燈光，他認出了隨後下車的浩瀚同志。

他開始快速奔跑，趁著夜色跑到江邊，縱身躍入寒冷的黃浦江。他盤算了很久，推斷葉啟年一定已在塘橋佈置了大批軍警。黃浦江西岸這邊，雖然看起來風平浪靜，黑暗中一定也藏著很多敵人。

這個時間，搖櫓擺渡船早該停運，船工們躲進了渡口木屋裏，正在喝酒吃肉。下午五點不到，有人來到渡口，說他是警備司令部偵緝隊的人，讓他們準備好一艘渡船，船工待命，七點左右有人要用船。並且，所有船工休工後都不准離開渡口，違者以通共論處，抓到龍華槍斃。說完，這個人又從裏馬路回民館子叫來幾隻鍋子，請大家晚上在渡口喝酒吃涮羊肉。

夜色濃重，盧忠德引著浩瀚上了棧橋，有人在棧橋那頭等著，下午在正元旅社，葉啟年讓他見了這個人。

“都安排好了嗎？”盧忠德遠遠問了他一句。

那人朝停靠在碼頭邊的木船揮揮手。

對岸的塘橋，此刻一片黑暗。游天嘯坐在車裏盯著江邊的渡船碼頭。他看到渡口棧橋上出現了人影，應該就是李漢，他恨不得馬上就抓住他，在茂昌煤棧，李漢和陳千里殺了他好幾個手下。

從塘橋鎮過來報信的手下告訴他，有幾個陌生人進了鎮，敲開一家小飯館的門，坐在店裏吃晚飯。他們沒有過去仔細看，怕驚動了對方。遠遠望去，桌上有不少人，他們認出了董慧文。游天嘯一得到這個消息，馬上讓人到江邊向對岸打燈光。等盧忠德到達渡口，等在渡口的上海站特務會悄悄暗示他，一切準備就緒，讓他過江。軍法處穆川處長是第一次來正元旅社，他也是第一次獲悉特工總部在上海有這麼一個秘密分站。他清楚自己即將調任南京，猜想葉副主任邀請他到此一遊，也許是聽到了什麼消息。當然，葉副主任也是有理由的，這次抓捕中共地下組織首要分子，將由特工總部與淞滬警備司令部軍法處聯合採取行動。

他與葉啟年同為簡任，官階相當，見面倒也不用十分拘禮，兩個人坐在沙發上喝了一會兒茶，電話就打進來了。是游天嘯。他報告說，塘橋鎮上確實來了不少共黨分子，他認出了其中幾個。這些人都坐在一家小飯館裏，上海站行動人員和軍法處偵緝隊的軍警已將那裏團團包圍，只等“西施”放出釣餌，把陳千里引上鈎，說出小火輪的靠岸地點，現場立即實行抓捕，一網打盡。

“盧忠德到渡口了嗎？”葉啟年追問。

“看不見對岸情況。我們已向埋伏在對岸渡口的行動人員發出信號，一切準備就緒。”

“那兩艘船到哪兒了？”葉啟年放下電話，轉頭問馬秘書。

“林泰航運的貨輪，剛剛完成裝船，仍然停在招商局北棧碼頭上。公茂運輸行那隻小火輪沒有拖駁，下午單獨離開了碼頭，一直在黃浦江上游弋，間或接近沿江小碼頭，可能在察看岸上的情況。陳千元在船上。”

“能盯著嗎？”

“穆處長從警備司令部借了巡邏艇，不過江面安靜，引擎聲音太大，不敢靠得太近，怕驚動了他們。船在黃浦江裏，他們跑不了。”

葉啟年看了一眼穆川：“陳千里在哪裏？”

“我們的人從顧家宅公園一路跟著他，下午他去過招商局碼頭。從碼頭出來以後，盯梢的人跟丟了。”

葉啟年點點頭，馬秘書退了出去。

穆川望著掛在對面牆上的地圖，那是一幅一比一萬的軍用地圖，圖上詳細繪製了黃浦江兩岸的地形，也標示了駐軍哨所和員警署的位置。那是穆川專門從警備司令部帶來送給葉副主任的。去年閘北戰事結束後，警備司令部重新勘測了防區地形，地圖是軍事機密，雖然送給特工總部葉副主任問題不大，卻也是個不大不小的人情。

南京傳說穆川即將調任軍委會密查組，將來與葉啟年就是同行了。

“聽說穆處長也要負責調查工作了？”

“沒有得到上峰調令前，我都是軍法處長，繼續配合葉主任和游隊長做好工作。”

“游天嘯在軍法處偵緝隊，多得穆處長照應，總部一直有人說，派往各處的調查人員中，與淞滬軍法處合作最為愉快。”

“葉主任客氣，我生性散漫，這些年游隊長辛苦。”

葉啟年想了想，笑著說：“好像穆處長對調查工作有一些看法？”

“調查工作是黨國要務，委員長也很倚重，視為耳目。我以前不理解，覺得殺氣重，不過看到葉主任殫精竭慮，視共黨為個人仇恨，必欲除之殺之，我也受到了感召。”

對岸董家渡渡口，盧忠德讓浩瀚先上船。等兩個人坐定，船工解開纜繩，小船慢慢離開碼頭。

塘橋鎮上這家小飯館，平日一到晚上根本沒有生意，今天卻來了一群客人。飯館並沒有準備，但客人一點都不挑剔，讓老闆隨便炒盤青菜，蒸一塊鹹肉，再加一鍋米飯。老板安排好客人，自己也跑到後面自家飯桌上去了。

客人們很少說話。他們知道小飯館外面有大批特務，在那片黑暗中躲著很多敵人。他們知道不久之後自己就會被捕，也許會犧牲。秦傳安、董慧文、田非，每個人都來了，連梁士超也來了。陳千里曾對他說："老梁不用去江邊，他們認為你離開了上海。"

梁士超卻說他也要去。夜裏，只要他稍微改變一下外貌衣著，敵人從遠處就分辨不出他是誰了。這裏需要他，塘橋鎮上出現的人越多，特務就越相信他們的"魚餌"起作用了。同志們心甘情願進入敵人設好的"陷阱"，心中充滿豪情，無所畏懼。

陳千里游得很快，在黃浦江河道中間，他追上了那艘渡船。盧忠德沒有聽取他的建議，另租一隻舢板過江，仍然使用渡船，渡船船尾上有一盞煤油燈，盧忠德十分謹慎，還另外打著手電筒。這就比較麻煩。

他游到船工所站位置的另一側，把頭伸出水面觀察。現在是落潮時刻，這段江面上水向北行，搖櫓船為了準確靠到對岸碼頭上，船工先將船朝東南方向奮力划行，到了江心，船頭就開始折向東北。

從水下潛游到船邊後，陳千里悄無聲息地把手搭在船板上，一動不動地等了一會兒，身體完全放鬆，讓自己跟著船漂行。當聽見船上開始說話時，他用力抓住船板，身體向上一躍，翻身滾到船上。他早已看好方向，一上船就將煤油燈打落黃浦江。盧忠德一驚，抓著手電筒向他照過來。

陳千里沒有站起身，就勢撲到盧忠德面前，手中的匕首刺過去。慌亂中，盧忠德用手電筒一架，手電筒也落到了水裏。陳千里知道不能拖延，他不能讓對方有喘息之機，他不知道如果盧忠德叫喊起來，埋伏在兩岸的軍警特工會不會聽見。燈光一滅，他就跳起身，只一腳，就把盧忠德踢進了黃浦江。他隨即也跟著跳進水裏，合身撲向盧忠德。他抓住盧忠德的衣服，把他往水裏拖。他想用匕首結果盧忠德，但對方一個掙扎，匕首在衣領上劃了一下，脫手落進江底。陳千里屏住呼吸，潛入水底，抓著盧忠德的兩條腿，把他死死地往黃浦江水底拖。他堅持了一兩分鐘，直到感覺盧忠德的身體不再掙扎。他把盧忠德的腦袋拖到近前，在水下用手指關節狠狠捏了一下他的喉結部位，然後鬆開手，看著這個特務順著黃浦江水越漂越遠。

陳千里望著黃浦江右岸，天地變得越發黑暗。他知道那些同志馬上就會被敵人逮捕，還有千元。為了“千里江山圖計劃”，他們義無反顧，勇敢地讓自己成為“釣餌”，為了把釣餌直接下到葉啟年、盧忠德的嘴邊，衛達夫故意被特務抓去，假裝叛變。在顧家宅公園門口，他心裏忽然一動，讓衛達夫不要再跟著盧忠德回去，他是想把衛達夫拉出魔掌，但衛達夫微笑著拒絕了那也許是唯一的逃生機會。

但他卻不能去營救他們，他要負責把浩瀚同志安全地送到瑞金。年初一晚上在茂昌煤棧向同志們佈置任務時，早已安排了一明一暗兩組任務。在凌汶和盧忠德去廣州時，他自己帶著梁士超去了汕頭。另外打通了一條絕密交通線。

陳千里再次翻身上船，抹去臉上的水，望了一眼船艙，命令船工把渡船轉向蘇州河方向。

2022 年 3 月完稿於上海思南

一封沒有署名的信

（龍華犧牲烈士的遺物）

我一直想給你寫一封信，但是不知道怎麼落筆才不會洩露。

也許該用密寫的方式寫在紙上，或者用莫爾斯電碼編成一段話，但是所有這些方式，都只是試圖在萬一被發現時無法破譯。而我真正想對你說的並非秘密，可以寫在雲上，或者寫在水上，世間任何人都可以看到，但那只是寫給你的。猶如我此生說過的所有的話，被你的眼睛、耳朵捕獲，像是盲文或者世界語，它的凸起，它對自然語言的模仿，那隱約的刺痛或者句法，為你的指端所記取。

我從來沒有想過我們會分別。雖然，每分每秒都可能是我們永別的時刻。而如果我們能看著彼此分開，那已經是幸運了。

你大概讀不到這封信，我也許已經不在了，已經離你很遠，在某個我不知道的地方。

我不知道我應該在哪裏等你，你才能找到我。但你會知道的吧？

我們並不指望在另一個世界重聚，我們摯愛的只有我們曾經所在的地方，即使將來沒有人記得我們，這也是我們唯一願意為之付出一切的地方。

我愛聽你講那些植物的故事，那些重瓣花朵，因為雄蕊和雌蕊的退化與變異顯得更為豔麗，而那些單瓣花朵的繁衍能力更強。

什麼時候你再去龍華吧，三四月間，桃花開時，上報恩塔，替我再看看龍華，看看上海。還有報恩塔東面的那片桃園，看看那些紅色、白色和紅白混色的花朵。

我們見過的，沒見過的。聽你講所有的事，我們的過去，這個世界的未來。

有時候，我彷彿在暗夜中看見了我自己。看見我在望著你，在這個世界上，任何地方，一直望著你，望著夜空中那幸福迷人的星辰。

附錄

材料一

節錄自保存在某省檔案館有關卷宗中一篇未曾發表的口述記錄。記錄者顯然原本打算用於發表，特地給裝訂好的記錄稿寫上了封面標題：

我所了解的陳千里同志（節選）

……1979年，我專門去了一次水利局，終於見到陳千里同志。在這裏加上“終於”這兩個字，並不是什麼修辭。見到他真的很難。說起那天見到他時的場面，還真可以說是富有戲劇性。

那個時候，我們黨正處於撥亂反正的重要時刻，每個中國人的臉上都充滿笑容。所以我一看到他，不能說沒有一點驚訝。因為他好像對人並不十分熱情，一點也看不出當年國民黨統治最黑暗的時刻，他在對敵鬥爭中所表現出來的那種大無畏的革命精神，以及那種敏捷和智慧。

之前我對那段往事做過不少調查，也看了很多解放後繳獲的敵特檔案，包括一些國民黨軍警特務在徹底改造好之後，提供的口述材料。但我一直都沒有找到他的照片。

讀到後來我才慢慢意識到，在當時，中共地下組織是處於怎樣的危急時刻。在短短的一個多月時間裏，陳千里和他的戰友們，不僅查清了內奸，建立了一條從上海繞道廣東抵達瑞金的秘密交通線，還成功地營救了黨中央重要的領導人浩瀚同志。這是需要多麼大的勇氣和智慧啊。

明白這點以後，縈繞在我心頭的一些疑團才徹底消除。比如說，為什麼這些堅定的革命戰士，在開會時居然用賭錢作為掩護藉口？又比如說那次銀行行動：陳千里在行動前並沒有十足的把握，如果特務發現箱子裏面沒有金條，一定會猜到在銀行裏被調了包，只要馬上封鎖銀行，不許任何人和物進出，情況就危險了。所幸那個動搖分子自己逃跑，才把特務們引到另一個方向上去。

在那種情況下，陳千里為什麼要冒險採取行動呢？這些原因我現在完全搞清楚了。形勢十萬火急，不可能有萬全之策，最重要的是必須馬上行動。應該說，在那些行動中，陳千里同志也都出色地完成了任務。在緊急時刻，他憑藉著一種獨特的智慧，或者說直覺，領導著那些戰友，一次又一次挫敗了敵人的陰謀。至於說到運氣，那也是有的。但一個辯證唯物主義者，不就應該認識到，偶然性正是寓於必然性之中嗎？

……我到了水利局，從門衛那裏打聽到陳千里在哪個辦公室，就直接去找他了。我以為進了辦公室，只要說一句，我找陳千里，他自己就會站出來。但他不在辦公室。有老師告訴我，他可能在會議室。到了會議室門口一看，裏面並沒有人，會議室空空蕩蕩，上方橫七豎八拉著很多繩子，繩子上掛著剛寫好的標語，在晾乾。

我看看裏面沒人，就叫了一聲：陳千里同志。窗開著，只有風呼啦啦吹動標語的聲音。我又叫了一聲：陳千里同志在這裏嗎？仍然沒有人回答。我估計裏面沒人，但又忍不住想進門看個究竟，結果遠遠看見會議室前面，靠窗有一個人，正趴在桌上用毛筆寫大標語。很大的紙上一次只寫一個字，我走近一看，他正在寫一個"踐"字。

我就問："陳千里同志在這裏嗎？"

那老人不回答我，繼續寫他的大字。

"我找陳千里同志。"

他寫完最後一筆，慢慢抬起頭，又慢慢直起腰，放下筆，把紙往桌子裏面挪了挪，然後轉過身，望著我。

"我找陳千里同志。"我客氣地說，其實心裏有點惱火，因為他那副樣子，好像就是故意的。

他仍然盯著我看，一句話都不說。我想他年紀大了，可能反應遲鈍，便等著他回答，也站在那裏不動。兩個人就那樣面對面站了至少有一分鐘，然後他說了一句話，其實就是兩個字："是我。"

我心目中的陳千里，不是這個樣子的……

……後來想想，那一次採訪，我其實並沒有從陳千里那裏得到過什麼新材料。整個過程將近兩個小時，我感覺把他說的話加在一起，可能頂多也就有十幾分鐘。大部分時間都是我在說。我把之前通過調查閱讀所了解的情況全部說了一遍，好像是我在把那段歷史講述給他聽，他只是對我的話加以確認，或者不同意我的看法。

某些時候，我的話又好像喚醒了他的某些記憶，讓他得以重新想起一些久已忘懷的片斷往事。聊到後來，我甚至覺得哪怕就是為了幫助他抵抗垂老的頭腦，可能也是值得的。

但我後來漸漸意識到，他的智力一點都沒有退步，記憶也完好如初。因為每次只要我說錯一點什麼，他馬上會發現，雖然他並不是每一次都向我指出。有時候他會極其微弱地閃爍一下眼神，有時候他的眉頭會幾乎看不見地皺一皺，或者動動嘴角，似乎想說些什麼。他的沉默很可能是一種長期自我約束、自我訓練的結果。

我問他有關衛達夫的情況。我讀了一些有關他的檔案，都是從國民黨中統局繳獲，或者特務分子的交代材料。我問陳千里，衛達夫到底有沒有叛變革命，他明明向敵人說出了秘密行動的計劃，為什麼敵人要把他殺了？我猜想，他的情況可能與廣州的歐陽民差不多。

但陳千里明確回答：“他是死間。是烈士。”

“浩瀚同志脫險以後，是從哪條路線離開上海到達蘇區的？”

他沒有回答我。我想他可能記不清了，便提醒他："是不是當天晚上就上了船？"

他笑了笑，不置可否。

說起六十年代葉啟年在香港一本雜誌上刊登的回憶文章裏，仍然說陳千里槍殺了葉桃，他小聲說了一句："葉桃清楚。"

說完這句話，他就回頭去寫標語，再也不搭理我了……

材料二

在相關行動中犧牲的中共地下組織成員

葉桃，中共地下組織成員，一九二四年在北京女子師範大學就學期間入黨，後受黨組織派遣，潛入南京國民黨黨務調查科。一九二九年端午節後，在國民黨白色恐怖最倡狂的時期，犧牲於南京明城牆藏兵洞。

無名氏，中共地下組織秘密情報網成員，潛伏在租界巡捕房。為向正準備召開秘密會議的中共地下組織示警，一九三三年一月十日犧牲於上海四馬路菜場。

方雲平，中共地下組織上海區領導，一九三三年一月十六日在掩護中央特派員陳千里撤離時，犧牲於上海北四川路附近（具體地址已無法查明）。

凌汶，中共地下組織婦女幹部。一九三三年二月二日於廣州豪賢路中共地下組織交通站原址被國民黨特務殺害。

林石，代號：老開。中央特派員，一九三三年二月八日在上海茂昌煤棧工人宿舍與特務搏鬥中中槍，後經搶救無效，犧牲於法華鎮。

陳千元，中共地下組織成員。一九三三年四月四日犧牲於上海龍華監獄。

董慧文，中共地下組織成員。一九三三年四月四日犧牲於上海龍華監獄。

衛達夫，中共地下組織成員。一九三三年四月四日犧牲於上海龍華監獄。

李漢，中共地下組織成員。一九三三年四月四日犧牲於上海龍華監獄。

梁士超，紅軍指揮員，在上海養傷期間參加上海地下工作。一九三三年四月四日犧牲於上海龍華監獄。

田非，中共地下組織成員。一九三三年四月四日犧牲於上海龍華監獄。

秦傳安，中共地下組織成員。一九三三年四月四日犧牲於上海龍華監獄。